# AMARRADA
*Comigo*

With me in Seattle 6

KRISTEN PROBY
BESTSELLER DO NY TIMES

Editora Charme

TIED WITH ME Copyright © 2014 by Kristen Proby
Tradução © Editora Charme, 2020
Edição publicada mediante acordo com Taryn Fagerness Agency e Sandra Bruna Agencia Literaria, SL.

Todos os direitos reservados.
Nenhuma parte deste livro pode ser reproduzida, digitalizada ou distribuída de qualquer forma, seja impressa ou eletrônica, sem permissão. Este livro é uma obra de ficção e qualquer semelhança com qualquer pessoa, viva ou morta, qualquer lugar, evento ou ocorrência é mera coincidência. Os personagens e enredos são criados a partir da imaginação da autora ou são usados ficticiamente. O assunto não é apropriado para menores de idade.

1ª Impressão 2020

Produção Editorial - Editora Charme
Foto - Depositphotos
Criação e Produção Gráfica - Verônica Góes
Tradução - Bianca Carvalho
Preparação - Alline Salles
Revisão - Equipe Charme

FICHA CATALOGRÁFICA ELABORADA POR
Bibliotecária: Priscila Gomes Cruz CRB-8/8207

| | |
|---|---|
| P962a | Proby, Kristen |
| | Amarrada Comigo/Kristen Proby; Tradução: Bianca Carvalho; Revisão: Equipe Charme; Capa e produção gráfica: Verônica Góes – Campinas, SP: Editora Charme, 2020. (Série With me in Seattle; 6). 264 p. il. |
| | ISBN: 978-65-87150-08-6 |
| | Título Original: Tied with Me |
| | 1. Ficção norte-americana \| 2. Romance Estrangeiro - I. Proby, Kristen. II. Carvalho, Bianca. III. Equipe Charme. IV. Góes, Verônica. VI. Título. |
| | CDD - 813 |

www.editoracharme.com.br

# KRISTEN PROBY
BESTSELLER DO NY TIMES E USA TODAY

# AMARRADA Comigo
With me in Seattle 6

Tradução - Bianca Carvalho

Editora Charme

# Dedicatória

Para L.

Obrigada por me encorajar a escrever esta história desta forma.

# Nota da autora

Este livro da série With Me In Seattle é um pouco diferente dos outros. Cada uma das histórias é sexy, sensual e apresenta um macho-alfa com uma mulher forte, e este não é exceção. No entanto, Matt Montgomery não é apenas um macho-alfa comum. Matt também se interessa pelo mundo de BDSM. As cenas que exploram esse estilo de vida são respeitosas e consensuais, como sempre deveriam ser. O coração desta história, como as outras, é o romance. A descoberta de amor e o profundo afeto por outra pessoa são fundamentais.

Espero que você aproveite a jornada de Matt e Nic.

Obrigada,

Kristen

6    Kristen Proby

# Prólogo

## Nic

— Por que estamos aqui? — pergunto a Bailey pela quadragésima vez desde que chegamos ao Centro de Arte de Seattle.

— Porque você precisa de emoção em sua vida — ela me informa com um sorriso malicioso. — E eu não tinha mais ninguém para vir comigo.

— Este é o tipo de emoção que você acha que preciso? — indago, incrédula, e analiso a cena diante de mim.

Bailey, minha melhor amiga, me convenceu a participar do festival erótico de primavera em Seattle. Como ela conseguiu, não faço ideia. Sou a pessoa menos excêntrica do planeta.

Sou tão baunilha que chego a cheirar a ela.

Ou talvez seja porque a uso para cozinhar o dia inteiro.

— Não seja tão puritana — ela me adverte com um revirar de olhos. — É divertido.

— Não faz muito meu estilo — respondo e me afasto quando um homem todo vestido de couro e correntes esbarra em mim.

A sala principal foi transformada em uma grande boate. Há um DJ no palco, música alta saindo dos alto-falantes e luzes piscando enquanto os corpos se movem e se esfregam na pista de dança.

Existem muitos níveis diferentes de roupas. E de *falta* de roupas. A nudez não é permitida, mas muitos ultrapassaram os limites, cobrindo apenas as partes mais necessárias de seus corpos. Em uma sala menor, à direita, há uma pista de dança também menor, com música mais suave e um palco, onde um grupo burlesco está prestes a se apresentar. Há também um bar totalmente abastecido nessa sala.

À esquerda da pista de dança principal, há outra grande sala dividida em segmentos, onde diferentes excentricidades são demonstradas para a multidão.

— Entraremos lá mais tarde, depois de você tomar algumas bebidas —

Bailey me informa e me puxa na direção do bar e do show burlesco.

Bailey tem cabelo loiro-escuro que cai até sua bunda, com fios retos. As mechas da vadia são naturais. Seus olhos são grandes, de um castanho profundo, e, quando ela sorri, faz covinhas que lhe concederam o rótulo de *fofa*, o que ela odeia com fervor.

Quando nos aproximamos do bar, pedimos dois 7&7s a um barman vestido com shorts e suspensórios laranja e depois encontramos um assento perto do palco.

— O que está achando até agora? — Bailey pergunta com um sorriso e toma um gole de sua bebida.

— Há muito mais pessoas do que eu esperava. — E elas são de todas as idades e tamanhos, diferentes orientações sexuais. O que mais me surpreende é como todas parecem abertas e confortáveis, sorrindo, felizes por estarem quase nuas e sem se desculparem por explorar seus lados sexuais mais excêntricos.

— Esta comunidade é maior do que você imagina — ela afirma e deixa os olhos vagarem pela sala. — Você está linda, a propósito. É ótimo te ver sem aquele dólmã e a touca brancos que sempre escondem seu corpo.

— É o meu uniforme de trabalho — respondo secamente.

— É isso aí. Você está sempre no trabalho, amiga. Então, sempre está com aquela roupa horrorosa, que esconde o corpo, ou de pijama.

Dou de ombros e distancio meu olhar. Não há nada a dizer. Ela está certa. Olho para a minissaia jeans curta e as meias até as coxas, os saltos e a blusa sem alças vermelha que Bailey insistiu que eu usasse. Não posso deixar de admitir que é bom me arrumar um pouco.

Faz com que lembre que sou uma mulher com necessidades que vão além de uma cozinha quente e coberturas de chocolate.

Bailey me ajudou a aplicar a maquiagem, que consiste em delineador preto, cílios postiços e batom brilhante, e penteou meu longo cabelo escuro em cachos que cai nas minhas costas e sobre meus seios, que também foram erguidos e valorizados por um decote que mostra como eles são pequenos.

Deus abençoe Bailey e seus segredos de beleza.

— Você tem um corpo incrível, Nic. Deveria mostrá-lo mais.

— Para quem? — pergunto com uma risada. — Meus clientes querem cupcakes, não meus peitos na cara deles.

— Depende do cliente — ela diz com uma risada no momento em que as luzes diminuem e uma música bem alta explode em um ritmo sedutor. Então, uma jovem loira aparece no palco, usando um uniforme de marinheiro, dançando vigorosamente.

Depois de trinta segundos, ela já está só de fio-dental.

Não faço ideia do que aconteceu com as roupas dela, pois desapareceram rapidamente.

Inclino a cabeça e a vejo mover-se sem esforço pelo palco, sorrindo, mordendo o lábio, flertando com os caras — e as mulheres — da plateia.

Mais quatro garotas se apresentam, para o deleite da multidão, antes de acontecer uma pausa, para que elas possam reorganizar adereços e dar à multidão a chance de pegar mais bebidas ou explorar outras partes do evento.

— Ok, vamos pegar outra bebida e conferir as exposições. — Bailey bate palmas e me puxa para que eu fique de pé.

— Temos mesmo que fazer isso?

— Sim! — Ela revira os olhos novamente e me arrasta para segui-la. — Você não precisa participar. Apenas assista. É divertido, Nic.

— Se você diz — murmuro e tomo um gole ávido da minha bebida gelada, enquanto caminhamos pela pista de dança em direção às exibições de fetiches, onde não se ouve mais música, em vez disso, há risos e gemidos de prazer.

— Você não me disse que as pessoas participam. — Minha voz soa três oitavas acima do normal, e eu nem me importo com isso.

— Claro que elas participam. Mas *você* não precisa, se não quiser.

A primeira demonstração com a qual nos deparamos me faz sugar minha bebida em um longo gole no canudo e arrancar a bebida de Bailey da mão dela para tomá-la também.

Uma mulher está deitada em uma mesa de massagem, de barriga para cima, com uma faixa de cetim azul cobrindo seus seios nus e a pélvis. Um homem grande, sem camisa e lindo, está de pé sobre ela, com uma varinha de metal na mão. Esta está ligada a uma máquina, e, quando encosta na pele da garota, dá choque.

— Electro play — Bailey me informa.

Não consigo tirar os olhos da mulher enquanto ela se contorce e geme em cima da mesa. O homem se inclina e murmura em seu ouvido, mas ela sorri e balança a cabeça.

— Ele está conversando com ela, para garantir que está bem.

— Gentil da parte dele — respondo sarcasticamente.

Ele continua encostando a varinha em seus seios — fazendo os mamilos se eriçarem ainda mais do que já estavam, o que não parecia possível —, no estômago e, finalmente, entre as pernas, proporcionando-lhe um orgasmo que a faz gritar.

— Meu Deus.

Bailey ri de mim. Nem percebi que tinha proferido as palavras em voz alta.

— Você gosta disso? — pergunto a ela.

— Não, não é para todos. É preciso muita confiança e alguém muito experiente como parceiro para mergulhar nesse mundo. — Ela sorri enquanto observa o casal no pequeno palco.

O homem desliga a máquina e puxa a mulher para seus braços, acalmando-a e acariciando-a enquanto ela estremece e ofega. Ele beija seu rosto e sussurra carinhosamente em seu ouvido. Observá-los juntos, tão íntimos, tão carinhosos, faz meu peito doer.

É lindo.

— Esses dois são casados. Ela é submissa dele há cerca de três anos.

— Submissa? — pergunto.

— Você é mesmo tão ignorante no assunto? — Bailey indaga com um aceno de cabeça.

— Eu não fazia ideia de que isso acontecia na vida real. Achava que era coisa de livros de romance.

— Acontece.

— Você é submissa?

Ela sorri para mim e dá de ombros.

— Infelizmente, não. Eu tentei, mas minha boca continuava me causando problemas. Minha bunda ficou dolorida por um mês.

Engulo em seco conforme avançamos para a próxima demonstração.

Eu pulo quando ouço o chicote.

— Puta merda!

Bailey ri e enlaça o braço no meu enquanto assistimos a outro homem alto, magro e sem camisa empunhando um chicote. Uma mulher está suspensa pelos pulsos por uma corrente que pende do teto, os braços puxados acima da cabeça. Ela está usando calcinha preta e sutiã.

O homem ergue o chicote sobre a cabeça e o estala à sua frente, deixando apenas uma pequena marca vermelha na omoplata da mulher. Ela geme, como se fosse a coisa mais sexy que já sentiu.

O homem a circula, completamente focado nela, e, quando chega às suas costas, repete o movimento, deixando outra marca idêntica na outra omoplata.

Ele se aproxima, segura os cabelos ruivos em seu punho e puxa a cabeça para trás para que possa sussurrar em seu ouvido.

— Sim, senhor — ela responde sem fôlego.

Ele sorri e a beija profundamente antes de soltar os cabelos e erguer o chicote acima da cabeça, fazendo o couro beijar a pele da garota, deixando uma, duas, três outras marcas vermelhas nos dois lados da coluna.

— Muita e muita prática — sussurra Bailey de volta. — Este é o mestre Eric.

— Ela é submissa? — pergunto, orgulhosa de mim mesma por entender a linguagem tão rapidamente.

— Não, ela não está com ninguém que eu conheça. Mas é masoquista, e o mestre Eric gosta de dominá-la.

— Jesus — sussurro, mas não posso negar o aperto que sinto no estômago quando o Mestre Eric segura a bunda da mulher, penetrando-a com os dedos. Quando afasta suas coxas, vejo que estão ensopadas, brilhando sob a luz suave.

— Viu? Ela está feliz. Mestre Eric pararia se ela dissesse a palavra de segurança.

— Jesus — sussurro de novo. Palavras de segurança, chicotes e varinhas de choque. Quem poderia imaginar?

Quando seguimos em frente, vejo uma mulher derramando cera quente nos participantes ansiosos.

Amarrada Comigo    11

— Ah, estamos passando por demonstrações mais baunilha — explica Bailey. — Não que a cera quente seja baunilha, mas não é como um chicote.

Eu sorrio e assisto em êxtase quando um homem sem camisa recebe a cera no peito e no abdômen definido e sorri de prazer. O enorme volume sob sua calça jeans prova que ele está se divertindo.

— Quer experimentar? — Bailey pergunta.

— Não, obrigada. — Balanço a cabeça, mas não consigo desviar o olhar quando a próxima mulher na fila se senta e tira o cabelo do pescoço, dando à outra um espaço para que a cera quente se espalhe por seu peito e clavícula. Esta esfria e endurece quase imediatamente e é retirada sedutoramente da pele.

Na verdade, é meio. . . *sexy.*

— Oh! A área de bondage! — Bailey exclama animadamente e me puxa para onde uma pequena fila de mulheres espera pacientemente, enquanto um homem bonito amarra uma corda longa ao redor de seus torso, braços e pernas, deixando um rastro de nós intrincados em torno de seus corpos.

Uau.

— Eu não tinha ideia de que as cordas poderiam parecer tão artísticas — murmuro.

— É definitivamente uma forma de arte — Bailey concorda e avança com entusiasmo quando o homem faz um gesto para que ela se junte a ele.

Ele cruza as mãos dela na parte inferior das costas e começa a dar laços e amarrar uma corda azul em volta dela. O contraste da cor azul contra seu vestidinho preto é lindo e acentua suas curvas.

Ela está deslumbrante.

O homem dá um beijo em sua testa e sorri quando ela agradece e se aproxima de mim.

— Você devia fazer isso também.

— Você não pode mexer as mãos — respondo, apontando para onde os braços dela estão presos atrás das costas.

— Ele não precisa amarrar suas mãos — ela diz e me empurra para a frente. O homem está sorrindo, mas é interrompido por outro.

Paro a alguns metros e vejo o segundo homem sussurrar no ouvido do primeiro. Ambos acenam com a cabeça, o novo cara sorri para mim e, de repente, somos os únicos na sala.

Ele tem olhos azuis cristalinos. O tipo de olhos que te puxa e te faz afundar em suas profundezas. Seu cabelo é castanho-claro e cortado relativamente curto.

Seu rosto está barbeado, e seus lábios cheios e sexy, franzidos em um sorriso.

— Você vem ou não, pequena?

14    Kristen Proby

# Capítulo Um

### Nic

Casamentos realmente não são para mim. Porém, não posso dizer o mesmo sobre preparar bolos para eles. Sou dona de uma loja de cupcakes bem-sucedida no centro de Seattle, e cupcakes são o que mais gosto de fazer.

Mas, quando Brynna Vincent, agora Montgomery, me pediu para fazer um bolo para seu casamento, não pude recusar. Ela entrou na minha loja há cerca de duas semanas, com os olhos brilhando de felicidade, e me fez o pedido, porque meus cupcakes são os seus favoritos.

Sim, foi uma bela acariciada no meu ego.

E, quando ela me garantiu que só precisava de um bolo simples de duas camadas para um casamento pequeno, topei. O fato de suas adoráveis filhas gêmeas de seis anos terem comprado uma dúzia de cupcakes de chocolate para viagem também pesou na decisão.

Contudo, agora que estou no meio do salão — organizando o bolo, certificando-me de que será exibido perfeitamente —, enquanto os últimos votos são proferidos e a família atrás de mim aplaude com prazer e alegria, sou lembrada do porquê de nunca ter me aventurado no ramo de bolos de casamento: é estressante demais.

É quase um sonho trabalhar com Brynna. Ela não é uma noiva estressada, graças a Deus, e eu até gostaria de dizer que ela e eu nos tornamos amigas nas últimas semanas, enquanto construíamos as ideias para o seu lindo bolo.

Mas a execução real, no dia do casamento, é uma tortura para mim. Tenho que me certificar de que cada minúscula rosa e a colocação da cobertura do bolo. . . *tudo* esteja perfeito.

Porque, se eu fosse a noiva, gostaria que tratassem o meu assim.

Dou uma corrida até meu carro para pegar os últimos suprimentos e volto para a mesa de bolos, localizada nos fundos da casa onde Brynna e seu marido estão se casando.

A propriedade não é muito grande. Fica em um bairro comum e parece possuir uns três ou quatro quartos. Entretanto, o quintal parece daqueles de revista, tipo a *Better Homes and Gardens.*

Brynna mencionou que seu novo sogro é um jardineiro de primeira, e ela não estava brincando. O quintal está florescendo intensamente com flores perfumadas de verão. Há lagoas e trilhas de pedras espalhadas por toda a propriedade, dando uma sensação de parque.

Crianças, desde a infância até as idades das gêmeas, estão correndo, aproveitando o dia ensolarado. Uma música suave começou a tocar, mas não tenho certeza de onde vem.

— Quando ganharemos bolo? — um homem pergunta atrás de mim.

Eu me viro e preciso inclinar a cabeça para trás para ver o rosto dele. Tem olhos azuis radiantes, cabelo loiro-escuro e está sorrindo para mim.

É um dos homens mais altos que já vi e, por algum motivo, parece muito familiar.

— Isso é com os noivos. Estou apenas dando os toques finais.

Sorrio de volta para ele e mexo no último botão de rosa, posicionado no topo do lindo bolo branco.

— Você vai contar para eles se eu roubar uma fatia? — ele pergunta com uma risada.

— Eu vou — uma ruiva belíssima responde secamente e revira os olhos. — Não ligue para ele. Está sempre com fome.

— Você me pegou — ele murmura e beija a têmpora da ruiva. — Sou irmão do noivo.

Ele estende a mão grande para me cumprimentar.

— E esta é a minha linda noiva, Meg.

— Prazer em conhecê-los. — E então me lembro: — Caramba, você é Will Montgomery, o jogador de futebol?

— Sim — ele confirma quase timidamente. — Mas hoje sou apenas o irmão do noivo.

— Legal. — Sorrio, orgulhosa de mim mesma por manter a compostura.

Eu não fazia ideia de que os sogros de Brynna eram *aqueles* Montgomery.

Will e Meg se afastam, e eu termino o bolo, depois procuro Brynna para dar os parabéns e sair da festa, aliviada pelo trabalho estar quase terminado.

Olho para o quintal e vejo Brynna em pé, com um grupo de convidados, acenando para mim. Sorrio enquanto limpo as mãos no meu dólmã e me junto a Brynna, ficando na ponta dos pés para abraçá-la.

— Parabéns, amiga! — murmuro. — Cadê seu marido?

— Bem aqui — Caleb anuncia com um sorriso largo, enquanto eu me afasto de sua esposa. — O bolo está lindo, obrigado.

— O prazer é meu — respondo alegremente, aliviada por estarem satisfeitos com o resultado de muitas horas de planejamento.

— Você faz o melhor bolo do mundo inteiro — diz-me uma loira ao lado de Brynna, mas, quando viro a cabeça em direção a ela, juro por Deus que se trata de uma alucinação.

Alguém me drogou e estou sofrendo com os efeitos colaterais.

Essa é a única explicação que posso encontrar, porque me deparo com o único homem que não consigo tirar da cabeça, não importa o quanto tente.

Pisco uma vez, porém ele ainda está lá, de calça cáqui e camisa social branca; seu cabelo castanho-claro está bem penteado, em vez das ondas bagunçadas da última vez que o vi.

Mas aqueles olhos. . . aqueles olhos azuis cristalinos, sob um cenho franzido, e fixos no meu rosto, observando cada movimento meu, são exatamente como me lembro.

— Puta merda — sussurro e tento dar um passo para trás.

— Vocês se conhecem? — Caleb pergunta.

Mantenha-se profissional!

Balanço a cabeça e dou a Brynna o melhor sorriso que consigo.

— Estou muito feliz por terem gostado do bolo. Está pronto. Parabéns de novo.

E, com isso, eu me viro para sair, mas, antes que possa dar um passo, ouço:

Amarrada Comigo    17

— Pare.

Por mais que isso me irrite totalmente, meu corpo para, e eu fico estática, de mãos cruzadas, observando-o com cautela. Só de ouvir o som dessa palavra saindo de sua boca sexy como o inferno meus mamilos se eriçam.

Graças a Deus ninguém consegue ver, já que estou usando o dólmã de confeiteira.

Eu me recuso a causar uma cena na frente de todas essas pessoas, no entanto, o que eu realmente quero fazer é mandá-lo se foder e sair da minha frente.

Prendendo-me com seu olhar, ele agarra meu braço e me afasta dos outros.

— Estou feliz em vê-la, Nic. Está bonita. O novo corte de cabelo combina com você.

Seu nariz muito próximo do meu ouvido e o cheiro masculino que me ronda faz meu estômago revirar e, francamente, não posso lidar com isso.

Não posso lidar com ele.

Estou respirando com dificuldade, e minhas bochechas estão vermelhas, quando me desvencilho de suas mãos, lanço-lhe um olhar furioso e saio em disparada.

Não tenho certeza, mas acho que o ouço dizer:

— Eu devia te dar uns tapas na bunda — ele murmura atrás de mim, fazendo-me andar mais rápido, rezando para que não me siga.

E, assim, as memórias que tenho lutado para esquecer retornam com força total. . .

*— Você vem ou não, pequena?*

*Bailey me empurra com o ombro, e eu tropeço em sua direção, incapaz de desviar o olhar daqueles incríveis olhos azuis.*

*— Então, quer tentar? — ele pergunta, capturando meu olhar.*

*Engulo em seco e assinto com a cabeça lentamente.*

*Aonde diabos minha voz foi parar?*

— *Preciso de uma resposta verbal, por favor* — *ele diz com um sorriso de reconhecimento.*

— *Sim, por favor.*

— *Não se preocupe* — *ele sussurra, enquanto inclina o rosto para perto do meu.* — *Não vai doer nem um pouco.*

*Eu lhe dou um sorriso tímido, e ele me surpreende deslizando os dedos suavemente pela minha bochecha, depois passando o polegar sobre meu lábio inferior, deixando meu corpo excitado.*

*Meus mamilos se eriçam, e eu juro por Deus que preciso trocar de calcinha.*

*E ele ainda não fez nada!*

*Ele arrasta uma mochila preta pelo chão até os meus pés e vasculha o interior, tirando de dentro dela um longo pedaço de corda branca.*

— *O branco vai ficar lindo em contraste com a sua roupa* — *ele murmura, profundamente reflexivo, passando os dedos sobre a boca enquanto pensa, dividindo sua atenção entre mim e sua bolsa cheia de truques.*

*Dou risada ao pensar nisso, então cubro a boca com a mão ao mesmo tempo que ele se vira para mim e ergue uma sobrancelha enquanto me observa.*

— *Qual é a graça?*

*Balanço a cabeça negativamente, mas ele agarra meu queixo entre o polegar e o indicador, fazendo-me encontrar seu olhar cálido.*

— *Tente novamente.*

— *Só achei engraçado você vasculhar essa sua mochila cheia de truques.* — *Minha voz é suave. Por que sinto a necessidade de agradar esse cara?*

*Seus lábios se contraem, e ele me solta, deixando-me chocada com a sensação de vazio pela falta do toque de sua pele.*

*Deus, controle-se. Obviamente, preciso transar. Já faz. . .muito mais tempo do que me sinto confortável em admitir.*

— *Coloque os braços atrás das costas e segure os antebraços com as mãos.*

— *Não quero minhas mãos atadas* — *respondo rapidamente.*

*Ele me olha por um momento e depois se aproxima, inclinando-se para que sua boca fique perto da minha orelha. Deus, ele tem um cheiro incrível, como o de uma colônia com um toque apimentado, além do aroma másculo natural.*

— Posso cortar as cordas e te soltar em um segundo, pequena. Não vai te machucar. Confie em mim.

Ele se afasta, me olhando, e eu assinto, hesitante, colocando os braços nas costas, como ele pediu. Não sei por que confio nele, mas confio. Ele não vai me machucar.

Sou recompensada por um sorriso radiante e, se minha calcinha ainda não estivesse molhada, estaria agora. Puta merda, esse homem é incrível. Quando ele se afasta para pegar sua corda, deixo meus olhos vagarem por seu corpo. Ele é muito alto, tem mais de um metro e oitenta. Seus ombros são largos e estão cobertos por uma camisa preta de botão, as mangas arregaçadas e presas nos antebraços. A camisa está por dentro da calça preta, e ele também usa sapatos pretos e um cinto.

A cor preta deveria lhe garantir uma aparência assustadora, mas é sexy. Combina com ele.

Subitamente, quero lambê-lo inteiro.

Acalme-se, garota, você está aqui só para experimentar essa coisa de bondage.

Ao nosso lado, o outro homem voltou a amarrar as cordas em volta das garotas que estavam na fila atrás de mim. Procuro Bailey, mas ela não está em lugar algum.

— Ela não foi longe — murmura o estranho, lendo a minha mente.

— Qual é o seu nome? — pergunto baixinho quando ele se vira para mim, e seus braços me envolvem, amarrando meus pulsos nas minhas costas. Meu nariz está praticamente pressionado contra o peito dele, e não posso deixar de cheirá-lo novamente.

Sim, ele realmente tem um cheiro muito bom.

— Matt. — Ele puxa as cordas em volta dos meus braços e tronco, sorrindo para mim. — E você?

— Nic — respondo, observando enquanto ele começa a dar laços e amarrar a corda no meu tronco e estômago, fazendo um desenho perfeitamente simétrico ao redor dos meus seios. A cor das cordas contrasta incrivelmente com o tecido vermelho e preto do meu vestido. Suas mãos são longas e magras, e seus dedos trabalham com habilidade, rapidez e facilidade, fazendo os nós e laços na corda.

— Você é bom nisso — murmuro.

Ele sorri e continua observando as próprias mãos enquanto elas se movem e conforme as costas de seus dedos roçam nas laterais dos meus seios, sobre a minha barriga.

Minha respiração fica mais entrecortada, e meu batimento cardíaco acelera enquanto ele continua a trabalhar. Meu torso está pronto e, quando tento puxar as mãos, elas estão bem presas.

**20    Kristen Proby**

— Dói? — ele pergunta baixinho.

— Não — respondo com honestidade.

Ele assente enquanto alcança o vão entre minhas pernas e enrosca a corda, passando-a por minhas costas e por minhas pernas novamente. Tenho que morder o lábio para não gemer alto.

Meu Deus, como é possível que eu esteja excitada só porque ele está me amarrando com uma corda?

Finalmente, ele dá um nó, fazendo com que as duas pontas se unam, tornando impossível dizer onde a corda começa ou termina. Em seguida, fica em pé, cruza os braços sobre o peito e passa suavemente a ponta do indicador sobre o lábio inferior, enquanto seus olhos percorrem meu corpo. Seus olhos azuis reluzem de luxúria e desejo quando encontram os meus. Sua respiração está ficando mais acelerada, combinando com a minha, e juro pelos deuses da bondage que sinto minhas entranhas se revirarem por ele.

Se ele não me tocar — me tocar de verdade —, vou entrar em combustão espontânea.

Finalmente, ele se move lentamente para mim, segura meu rosto e beija minha testa, então sussurra:

— Você pertence a alguém?

A pergunta deveria me irritar, mas estou tão envolvida por seu feitiço que tudo o que consigo fazer é apenas balançar a cabeça negativamente.

— Ótimo — ele sussurra e beija o canto da minha boca, depois desliza seus lábios pelo meu queixo até o meu ouvido. — Normalmente, não fico assim tão excitado, mas quero te foder agora.

Prendo a respiração e meus olhos se arregalam quando me inclino para encará-lo.

Diga que não! Fuja! Jesus, que tipo de pervertido doente diz algo assim?

Mas, em vez disso, pego-me lambendo os lábios e inclinando-me para ele.

— Eu moro a três quarteirões daqui.

Ele afasta o olhar do meu e acena para o colega. Então, agarra meu braço com uma de suas mãos fortes e me faz caminhar lado a lado com ele — não atrás —, em direção à porta.

— Espera! Minha amiga. . .

— Está logo ali — diz ele calmamente, apontando através da multidão. Bailey está nos observando com um sorriso encorajador, fazendo um sinal de positivo e dando uma piscadela óbvia. — Viu? Ela está bem.

— Espere. — Firmo os calcanhares no chão e forço nós dois a pararmos. — Você poderia ser um assassino. Um drogado. Um estuprador.

Seus lábios tremem, e ele suspira enquanto afunda os dedos pelos meus longos cabelos, afastando-os do ombro.

— Boa menina.

— Então, te vejo por aí. . .

— Pare — ele ordena suavemente, e eu imediatamente obedeço, meus pés traindo todos os instintos que me mandam continuar a me afastar.

Ele caminha até mim, passa um braço em volta das minhas costas e agarra meus pulsos amarrados, puxando-me para mais perto dele. Com apenas um toque, meu corpo volta à vida, e eu não posso evitar e me encosto ainda mais nele.

Ele ri e desliza seu nariz pelo meu.

— Não me sinto fisicamente sintonizado a ninguém assim há muito tempo. Juro que não sou um criminoso. — Com isso, ele cobre meus lábios com os dele, afundando-se em mim, explorando meus lábios, mordiscando e me provando, e eu me derreto contra ele, submetendo-me a todos os seus desejos.

Não consigo mexer os braços e quero desesperadamente colocá-los em volta do seu pescoço, embrenhar os dedos em seu cabelo e puxá-lo para mim. Em vez disso, pressiono meu peito contra o dele e gemo enquanto sua língua assalta minha boca. Ele envolve o outro braço em mim e pressiona a pélvis contra meu estômago, me deixando bem ciente de sua ereção.

Porra, ele é sexy.

— A decisão é sua — ele sussurra.

— Vamos.

Ele não pensa duas vezes, apenas me leva para sua BMW e me coloca no banco do passageiro, afivelando o cinto de segurança e me deixando com os braços presos atrás de mim. É desconfortável e tenho que me afastar do encosto do banco, mas estou tão excitada que nem me importo.

Ele sorri maliciosamente antes de beijar minha bochecha.

— Gosto de ver você contida assim.

Antes que eu possa responder, ele fecha a porta, senta no banco do motorista e dá partida.

— Três quadras à esquerda — eu o instruo.

**22    Kristen Proby**

— *Em cima daquela confeitaria? — ele pergunta e aponta.*

— *Sim. Belo carro.*

— *Foi um presente — ele responde despretensiosamente enquanto estaciona.*

*Quem diabos dá a alguém um carro de presente?*

*Ele encontra vaga e me leva pelas escadas externas do meu prédio.*

— *Você terá que pegar a chave na minha bolsa — murmuro, virando meu corpo para que ele possa abri-la.*

— *Vasculhar a bolsa de uma mulher sempre me deixa nervoso — ele confessa com um sorriso. — Minha mãe cortaria nossas mãos se ousássemos abrir a dela.*

— *Bem, estou um pouco amarrada aqui — respondo com um sorriso.*

— *Está mesmo — ele concorda, enquanto encontra as chaves e abre a porta, colocando as chaves e a bolsa sobre a mesa e me conduzindo pelo apartamento em direção ao meu quarto.*

— *Algumas orientações — ele murmura baixinho. — Se você disser não ou pare, vou encerrar tudo imediatamente. Não sou sádico, então não quero que sinta dor. Mas você terá que me obedecer, sem questionar. — Ele se inclina e prende meus olhos com os dele, olhos azul-gelo. — Estamos entendidos?*

— *Não vou poder ter opinião?*

— *Eu não disse isso. Se estiver com dor ou desconfortável, quero que diga. Mas vou me certificar de que isso não aconteça. — Ele sorri, enganchando um dedo nas cordas que se cruzam entre os meus seios e me puxando em sua direção.*

— *Preciso de uma palavra de segurança?*

— *"Não" é sua palavra segura, pequena.*

— *Ok — sussurro, pouco antes de sua boca encontrar a minha novamente. Seu beijo é determinado e frenético, urgente. Já sei que o que iremos fazer será forte, feroz, e. . . Oh, mal posso esperar.*

*Chegamos ao meu quarto, e ele acende a lâmpada de cabeceira, proporcionando uma iluminação suave ao quarto.*

— *Não consigo tirar as roupas com essas cordas ao meu redor.*

*De pé, diante de mim, ele encosta a testa na minha e passa as mãos pelos meus braços e pelas laterais do meu corpo, pelas minhas coxas até encontrar a borda da minha saia.*

— Não preciso de você nua para te foder. Seria preferível, mas gosto de vê-la amarrada assim.

Sorrio e inclino a cabeça para o lado.

— Por quê?

Ele balança a cabeça e cobre minha boca com a dele enquanto desabotoa a camisa e a joga de lado. Afasta-se de mim para abrir seu cinto e calça, livra-se deles, e fico chocada ao ver que não estava usando cueca.

Como isso consegue me chocar, depois de tudo que vi esta noite, não faço ideia.

Seus olhos percorrem o meu rosto, meu pescoço até meus seios, onde meus mamilos estão pressionados contra o tecido da blusa. Ele segura ambos e se inclina para puxar os bicos rígidos com os dentes, mesmo através do tecido.

Minha cabeça se inclina para trás quando sinto o puxão entre minhas pernas, onde as cordas estão entrelaçadas. Tudo o que ele tem a fazer é puxá-las para o lado, assim como a minha calcinha, para deslizar facilmente dentro de mim.

— Quero tocar em você — sussurro. Quero desesperadamente agarrar seu pau duro, deixá-lo tão louco quanto ele está me deixando.

Ele coloca a mão no meu ombro.

— De joelhos — murmura, empurrando-me diante dele.

Abro a boca avidamente, levando a cabeça do seu pau para dentro dela, chupando e lambendo-o como se minha vida dependesse disso.

E, caramba, me sinto ainda mais molhada quando ele rosna profundamente.

Olho para cima para encontrá-lo me observando, sua mandíbula apertada com força e olhos estreitos, brilhando em azul profundo.

— Porra, você é boa nisso — ele geme e segura meu cabelo comprido, apenas puxando, sem me machucar, e começa a se movimentar para dentro e para fora da minha boca, nunca empurrando com força suficiente para me sufocar. Ele está no controle total, curtindo o sexo oral. — Não há nada mais sexy do que isso. Você, de joelhos, amarrada com minhas cordas, com sua boca sexy no meu pau.

Nossa, adoro essa boca suja.

Eu gemo em concordância e deslizo a língua pela longa veia na parte inferior do seu membro. Não consigo deixar de sorrir para mim mesma quando sinto os dedos presos ao meu cabelo tremerem.

De repente, ele me coloca de pé e me inclina sobre a cama. Ergue minha saia *por cima da bunda, afasta as cordas e puxa minha calcinha para o lado. Em vez de me penetrar, como eu esperava, ajoelha-se e enterra o rosto profundamente na minha boceta, chupando e lambendo, me fazendo ver estrelas.*

*— Puta merda! — grito e tento me levantar, mas ele coloca uma mão grande entre minhas omoplatas e me segura enquanto me agride com a boca. É a coisa mais incrível que já senti.*

*Penetra dois dedos em mim e massageia meu clitóris com o polegar, enquanto fica de pé. Então, abre um pacote de camisinha com os dentes e consegue colocá-la em seu comprimento usando apenas uma mão.*

*Ele rapidamente tira os dedos de dentro de mim e os substitui por seu pau, empurrando-o até que ele chegue ao fundo, fazendo nós dois gemermos. Ele agarra minhas mãos atadas e começa a investir, forte e rápido.*

*— Nossa, está tão gostoso. — Sua voz soa áspera e falhada. — Porra, tão apertada. Quanto tempo faz?*

*Eu dou de ombros. Ele quer que eu pense nisso agora?*

*— Responda-me — ele ordena e dá um tapa na minha bunda, fazendo-me gritar.*

*A dor me surpreende, mas é rapidamente substituída por um calor erótico que faz com que eu queira me contorcer debaixo dele.*

*— Não sei. Um ano?*

*— Porra! — Com a outra mão, agarra meus cabelos e me puxa para trás até que meu peito esteja fora da cama, deixando-me completamente à sua mercê.*

*— Dói? — ele pergunta, sua boca pressionada contra o meu ouvido.*

*— Não. — Suspiro. Nossa, esse ângulo faz com que ele pareça ainda maior. Quero rebolar, arquear-me contra ele, mas estou indefesa com os braços presos e meu torso sendo mantido fora da cama.*

*— Estou puxando seu cabelo com muita força?*

*Sim.*

*Mas eu gosto.*

*— Não — respondo e ofego quando ele estoca ainda mais forte, batendo os quadris na minha bunda. Sinto a tensão aumentando, instalando-se em meu corpo.*

*— Não goze até eu mandar — ele ordena, os dentes cerrados.*

*— Mas. . . — começo, porém ele agarra meu pulso com mais força.*

— Você me ouviu.

Engulo em seco e tento me concentrar em outra coisa. Compras de supermercado. Os pedidos que tenho para atender amanhã. O que enviar para minha avó no aniversário dela no próximo mês.

Mas não adianta. Meu corpo está pegando fogo e não há como voltar atrás.

Finalmente, com um rugido, ele investe mais uma vez dentro de mim e grita:

— Goze, Nic!

Assim, eu me entrego ao orgasmo mais intenso da minha vida. Minha bunda se contrai quando ele se libera dentro de mim, nossos corpos se movendo em sincronia, perfeitamente sintonizados um com o outro.

Finalmente, ele dá um beijo gentil entre minhas omoplatas, enquanto solta meus cabelos e pulsos, começando a me desamarrar.

— Você poderia cortar a corda — sussurro, descansando contra o algodão macio do meu edredom.

— Prefiro assim — ele responde baixinho.

Enquanto ele solta os nós, massageia minha pele suavemente, e meu corpo é inundado por um conjunto de sensações, desde o sexo intenso até a maneira gentil como está me tocando agora.

Quando meus braços estão livres, ele me ajuda a ficar de pé, para que possa terminar de desatar seus nós intrincados.

— Eu gostei — murmuro, observando suas mãos.

— Gostou? — Ele dá um sorrisinho.

Assinto timidamente, sentindo as bochechas esquentarem.

— Não precisa ficar com vergonha de mim agora.

— Obrigada.

Seus olhos encontram os meus, e ele faz uma careta.

— Por quê?

Inclino a cabeça para o lado, buscando as palavras.

— Por esta. . . nova experiência.

Matt sorri e ergue minha mão até sua boca, onde planta beijos doces nos meus dedos, então me puxa contra si. Ainda está completamente nu, e eu estou totalmente *vestida, mas finalmente consigo tocá-lo. Sua pele é quente e suave sob minhas mãos, enquanto eu as deslizo para cima e para baixo em suas costas, seus braços e os cabelos grossos.*

*— Suas mãos são perigosas — ele murmura contra os meus lábios.*

*— É bom te tocar.*

*Ele sorri para mim, pega minhas mãos, beija meu nariz e se afasta.*

*— Vou precisar do seu número de telefone.*

*Enquanto ele fala, seu celular toca no bolso. Ele franze a testa e se afasta de mim para atender.*

*— Sim.*

*Ele faz uma careta e começa a xingar enquanto pega suas roupas.*

*— Estou a caminho. As garotas estão bem? Chego aí em dez minutos.*

*Ele desliga o telefone e me olha, desapontado.*

*— Você tem que ir.*

*— Sim. — Ele me beija rapidamente, sua mente já em outro lugar. — Vou te ligar.*

*Com isso, sai correndo do meu apartamento, desaparecendo antes que eu pudesse lembrá-lo de que não chegou a pegar meu número.*

*Provavelmente é melhor assim. Ele gosta de coisas que eu ainda não conheço. Será apenas uma noite da qual nunca me esquecerei.*

*Tomo banho e visto meu pijama, pego um saco de batatinhas na despensa e sento-me no sofá, sem prestar atenção ao que está passando na TV.*

*Eu me pergunto quem são as meninas que ele mencionou. Será que tem filhos?*

*Oh. Meu. Deus.*

*Acabei de fazer sexo com um cara casado e com filhos! Sou tão estúpida! Só porque um homem é gostoso e diz "Confie em mim, baby" não significa que eu possa, de fato, confiar nele.*

*Jogo o saco de batatas para o lado e coloco a cabeça nas mãos. E o que diabos eu estava fazendo, bancando a garota submissa que gosta de ser amarrada? Eu não sou assim.*

Agora eu gostaria que ele tivesse pegado meu número para que pudesse lhe dizer poucas e boas quando ligasse.

— Nic, pare.

Sua voz soa rígida e autoritária atrás de mim.

Droga.

Quase cheguei ao meu carro.

— Por quê? — pergunto, virando-me para ele. — O que você pode ter para me dizer?

# Capítulo Dois

## Matt

— Primeiro, acho que preciso me desculpar por alguma coisa, com base na sua reação pouco calorosa ao me ver, mas não sei exatamente o que fiz de errado, exceto me esquecer de pegar seu número antes de sair correndo do seu apartamento.

Um erro pelo qual venho me condenando desde então. Aquela noite com essa linda mulher de cabelos escuros e olhos verdes me assombra desde que eu a tive debaixo de mim, amarrada com as minhas cordas.

— Tenho certeza de que sua esposa e filhas não gostariam de te pegar com meu número. Não acredito que fui tão estúpida. — Ela fecha os olhos e balança a cabeça, enquanto faço uma careta para ela.

— Que esposa e filhas? — Estou confuso.

— Suas.

Sinto meus olhos se arregalarem de surpresa.

— Não sou casado, Nic.

Ela lança seus olhos verdes em direção aos meus, e seu queixo cai.

— Por que achou isso? — questiono, enquanto me aproximo dela.

— Porque, quando você atendeu ao telefone, perguntou se as meninas estavam bem.

Toco seu queixo com a ponta do dedo, fazendo-a me encarar. O fato de ela ter se convencido, semanas atrás, de que sou um homem casado, capaz de trair a esposa com ela, me irrita mais do que posso expressar.

— Brynna sofreu um acidente de carro naquela noite, e as meninas estavam com ela.

Ela ofega, seus olhos se arregalam ainda mais, e então ela franze a testa, olhando para a casa.

Nic obviamente está querendo correr até Bryn, para checá-la.

Deus, ela é incrível.

— Então, como pode ver, sou tão solteiro quanto você, Nicole.

— Nic — ela responde distraidamente, depois balança a cabeça e se concentra em mim. — Isso não importa. Afaste-se.

Meus olhos viajam por seu corpo pequeno, coberto por um dólmã branco e uma calça preta. Um simples laço vermelho está amarrado à sua cabeça. Ela é linda de qualquer jeito, seja usando uma saia curta e um top ou este dólmã comportado.

Porra, ela ficaria linda em um saco de batatas.

E ainda não a vi nua.

*Ainda.*

— Por quê? — pergunto calmamente.

— Porque não faço o seu tipo, Matt. — Ela sorri e abre a porta do carro, jogando a bolsa no banco de trás e se virando para mim com olhos tristes que contradizem sua expressão teimosa.

— Por quê? — repito. — Que tipo seria esse?

— Submissa. Não tenho uma única célula submissa no corpo. — Ela abre bem os braços. — Tenho opiniões e gosto de defendê-las. Não gosto que me digam o que fazer.

Ela, definitivamente, não é adequada para ser uma participante em tempo integral. Não há uma única chance de que concorde em ser uma escrava. E não dou a mínima para isso, de qualquer maneira.

Não sou mestre de escravas.

Mas ela foi perfeita na cama. A maneira como se comunicava livremente, mas me permitindo ultrapassar seus limites, como seu medo de ter as mãos amarradas e de levá-la até o limiar da dor, segurando o cabelo nas minhas mãos e mantendo-a fora do colchão.

Porra, só de pensar em seu rosto corado e o jeito como ela olhou para mim enquanto eu estocava dentro dela faz meu pau latejar.

Sua respiração acelera, e suas bochechas ficam vermelhas enquanto me observa, como se pudesse ler meus pensamentos. Ela abaixa os braços e coloca as mãos na cintura.

— Desculpa, mas não concordo.

— Sou eu quem deveria implorar, certo? — Ela balança a cabeça e se abaixa para entrar carro. — Isso nunca vai acontecer. Deixe as coisas como estão, Matt.

Com isso, ela se afasta.

Não tem a mínima chance de eu deixar as coisas como estão.

— Então, sei que você é feio pra caralho, mas geralmente não assusta as mulheres. O que aconteceu? — Will sorri para mim quando me junto aos outros no quintal dos meus pais.

— Vá se foder — respondo baixinho e tiro uma garrafa de água de um refrigerador. Torço a tampa e dou um longo gole.

— Sério — responde Will com o rosto impassível. — Está tudo bem?

— Não sei. — Balanço a cabeça e me viro para ver minha família.

Caleb está dançando com Brynna. Estão sorrindo um para o outro e conversando baixinho. Suas filhas, Maddie e Josie, estão dançando ao seu redor, e seus lindos vestidos brancos ondulam em suas pernas enquanto elas riem e pulam. O cachorro, Bix, se junta à diversão.

Nossos pais estão juntos em uma mesa comprida. Minha mãe está segurando Liam, o bebê de Isaac, meu irmão mais velho, que baba profusamente e morde o punho. Meu pai a ouve, enquanto conta uma história aos pais de Luke, sorrindo como se ela fosse tão preciosa quanto a lua.

E, na nossa opinião, ela é mesmo.

Nossa família cresceu aos trancos e barrancos nos últimos anos. Com o casamento de Caleb, eu e Dominic somos os únicos a permanecer solteiros, e não pretendo mudar meu status tão cedo.

Nossa irmã mais nova, Jules, está acariciando a barriga e apoiando-se no marido, Nate, com quem está casada há quase um ano. Eles estão conversando com Natalie, amiga de longa data de Jules, que todos consideramos uma irmã, e seu marido, Luke Williams. Além destes, há a irmã de Luke, Sam, e seu irmão mais novo, Mark.

Em uma mesa próxima, a noiva de Will, Meg, está conversando com seu irmão, Leo, e nosso irmão mais velho, Isaac, com sua esposa, Stacy.

Dominic, um irmão que descobrimos recentemente como resultado de um breve caso do nosso pai, há mais de trinta anos, está conversando em voz baixa com Alecia, a organizadora de eventos que preparou este casamento.

— Então você estava dando em cima da confeiteira? — comenta Caleb enquanto se aproxima de nós. A música havia terminado, e Brynna voltara a conversar com Jules e Nat.

— Eu não dei em cima dela — rosno.

— Como você a conhece? — Isaac pergunta, enquanto também se junta a nós.

— Meu Deus, vocês não têm nada melhor para fazer?

— Além de meter o nariz na sua vida? — Will balança a cabeça, colocando alguns aperitivos na boca. — De jeito nenhum.

— Ela é apenas alguém que conheci há algumas semanas.

— Você gosta dela — comenta Isaac.

— Vai dar uma de mulherzinha? — Sorrio e olho para Brynna, que está rindo de algo que Jules acabou de dizer. — Vamos falar sobre nossos sentimentos agora?

— Isto é um casamento, cara — responde Will. — Os sentimentos estão correndo desenfreados por toda parte.

— Bem, neste caso, é hora de brindar.

E de tirar o foco de mim, pelo amor de Deus.

Ando até o centro do quintal e aponto para Alecia, que fala alguma coisa, aproximando os lábios do pulso e, magicamente, a música soa.

— Ok, pessoal, é hora de brindar — anuncio em voz alta.

Todo mundo se vira para mim, então, enfio uma mão no bolso e troco o pé de apoio, sentindo-me incomodado.

Nunca me senti confortável sendo o centro das atenções. Esse é o trabalho do Will.

— Primeiro, quero dar parabéns a vocês dois. — Olho para Caleb, enquanto ele fica atrás da esposa e envolve os braços em sua cintura, apoiando o queixo em seu ombro. — Cada um de vocês passou por seu próprio inferno para chegar onde está. Para encontrar um ao outro. E, honestamente, não consigo pensar em duas pessoas que mereçam ser mais felizes do que vocês.

Os olhos de Brynna se enchem de lágrimas, mas eu continuo.

— Brynna, você faz parte da nossa família há um tempo. Ao menos, não é de hoje que penso em você como uma irmã. Suas filhas, apesar de serem pequenas chantagistas, são lindas e maravilhosas, assim como a mãe. Você tem força e bom humor para suportar essa família às vezes esmagadora, e nós amamos você. É um prazer recebê-la oficialmente em nossa família.

Ouço gritos e ovações, enquanto todos aplaudem. Quando o barulho cessa, continuo:

— Caleb, você não é apenas meu irmão mais novo. Você é meu melhor amigo.

— Ei! — Will interrompe.

Mas eu o ignoro e prossigo:

— Você está aqui, íntegro e saudável, graças a Deus, porque precisava tomar Brynna e as meninas como suas. Eu acredito nisso. Estou feliz que tenha criado juízo e percebido isso sozinho.

— Também te amo, mano — ele responde baixinho.

— Você é meu herói — digo a ele com sinceridade e com uma voz forte. Todos os nossos irmãos e Jules concordam em murmúrios. — Então, a Brynna e Caleb. — Levanto minha taça, e todo mundo segue o exemplo. — Que vocês sempre sejam tão felizes quanto são hoje.

— Saúde! — exclama nosso pai.

— E agora os presentes! — Jules anuncia e bate palmas.

Dom dá um passo à frente com um sorriso. Ainda é surreal olhar para ele e saber que é meu irmão. Todos nós temos cabelo loiro a loiro-escuro, mas Dom é moreno, de cabelo castanho-escuro. No entanto, compartilha nossos olhos azuis.

— Vocês sabem que tenho uma casa na Toscana — ele começa. Os olhos de Brynna se arregalam, e Caleb ri. — Gostaria que passassem duas semanas lá. Aproveitem. Terão Maria, para preparar suas refeições, mas, fora isso, serão apenas vocês dois.

— Podemos ficar com as crianças! — grita o pai de Bryn.

— Maria é uma boa cozinheira? — Will pergunta, ganhando um soco no braço de Meg. — O quê? Talvez devêssemos ir para lá também.

— Muito obrigada — Brynna responde e cora quando Dom dá um beijo em sua bochecha, ganhando um rosnado de Caleb.

— Isso não é tudo — acrescenta Luke. — Vocês precisarão chegar lá. Por isso, nós — ele gesticula para o resto dos irmãos — nos juntamos para fretar um jato particular, para que possam ir quando for conveniente para vocês.

— Vocês não precisavam. . . — Caleb começa, mas Nate o interrompe.

— Uma coisa que você sabe sobre nós é que nunca fazemos o que não queremos. E foi um desejo nosso.

— Então, é só decidirem quando querem ir, e a casa será toda sua — informa Dom.

— Mas, até lá — Natalie se manifesta, com um sorriso largo no rosto bonito —, reservamos um quarto para vocês em uma pousada na praia. Vão poder fazer quanto sexo quiserem nos próximos quatro dias.

— Obrigada a todos. Muito obrigada — Brynna agradece com lágrimas nos olhos, abraçando um de cada vez.

— Vamos dançar, querida. — Estendo a mão para ela e a conduzo para a grama, onde a música recomeça: *Need You Now*, de Lady Antebellum.

Apropriado.

Puxo Brynna para meus braços e começamos a balançar com a música.

— Como está se sentindo? — pergunto a ela.

— Feliz. — Ela sorri.

— Não é isso que quero dizer — respondo, e ela assente.

Ela sabe que estou me referindo aos ferimentos que sofreu no acidente de carro há algumas semanas.

— Estou bem, Matt. Muito melhor.

— Que bom.

— Vai me contar sobre ela? — Brynna questiona com um sorriso curioso.

Nem me preocupo em fingir que não sei de quem ela está falando.

— Eu mal a conheço.

— Não parece.

— É verdade. — Olho por cima do ombro dela e vejo quando Nate coloca Maddie em suas costas, começando a correr pelo quintal, fazendo-a rir sem parar.

— Nic é uma mulher muito doce. Gosto dela. Quer seu telefone?

— Eu tenho — falo e sorrio para ela calorosamente.

Nunca cheguei a conseguir pegá-lo com Nic, depois que saí do seu apartamento há duas semanas, mas não foi difícil encontrá-la, pois sei onde mora.

— Você sabe onde ela trabalha agora — ela me lembra.

— Não vou persegui-la no trabalho.

— Então vai persegui-la na sua folga? — Brynna abre um sorriso inocente.

— Caleb nunca te deu umas palmadas?

— Sim. — Ela suspira e sorri para o marido. — Ele dá.

— Você está com as mãos na minha esposa há tempo suficiente — Caleb me informa enquanto nos interrompe.

— Quanta possessividade — digo enquanto me afasto.

— Como se você fosse diferente.

Sorrio, mas ele está certo. Se eu encontrasse uma mulher com quem desejasse passar minha vida, seria extremamente possessivo.

— Obrigado pela dança, querida.

— Boa sorte. — Ela pisca para mim logo antes de Caleb girá-la nos braços dele.

Estou inquieto.

A recepção terminou há algum tempo. Caleb e Brynna saíram de férias para o litoral, e todo mundo voltou para casa. Estou sentado no meu apartamento em Belltown, observando as luzes da cidade.

E não consigo tirar uma pequena fada de cabelos escuros da minha cabeça.

Não sei ao certo por que, exatamente, ela me interessa. Já tinha transado com uma boa cota de mulheres bonitas. Eu as havia amarrado, seguido em frente com elas e, depois, com minha vida.

A insistência dela de que não fazia o meu tipo deveria ser um sinal de alerta em neon de que eu deveria ficar longe.

Não é não, afinal de contas.

Mas ela está errada. Pode não ser submissa o tempo todo, mas sabe ser lindamente submissa na cama.

E, caramba, tudo que quero é mostrar a ela como isso pode mudar sua vida.

Porra!

Pego o celular no bolso e ligo. Nic atende no terceiro toque, parecendo sem fôlego, e meu pau imediatamente se anima.

Tudo que ela fez foi *arfar*, pelo amor de Deus.

— Alô.

— Oi, pequena — murmuro e sorrio quando a ouço ofegar.

— Como conseguiu meu número?

— Você fez um bolo para o meu irmão, Nic — minto, não querendo admitir que tenho o número dela há mais de uma semana, mas estava muito consumido pela minha família para poder telefonar. — Não foi difícil.

— Você é insistente, preciso admitir.

— Olha — passo a mão pelo cabelo —, acho que começamos com o pé errado hoje. Gostaria de poder conversar com você.

— Eu gosto de você, Matt. — Ela suspira antes de continuar. — E, honestamente, estou lisonjeada. Você parece ser um cara legal. Mas eu não estava brincando quando disse que não faço seu tipo.

— Não acho que isso seja verdade — rebato suavemente. — Me deixa te mostrar.

Ela fica quieta por um longo minuto, e me pergunto se a perdi, até que a ouço pigarrear.

— Eu gostaria de ser sua amiga — ela sussurra. — Mas acho que é tudo que posso lhe dar.

É um começo.

— Ok, por enquanto.

— Você é gostoso, mas não é irresistível, sabe?

— Você acha que sou gostoso? — Sorrio e apoio o ombro no vidro frio da janela, assistindo aos carros passarem lá embaixo.

— Tenho que ir, egocêntrico.

— Gostaria de vê-la amanhã.

— Acabei de te dizer. . .

— Como amigos. Amigos tomam café, certo? Você serve café na sua confeitaria?

Ela ri no meu ouvido, e a tensão no meu estômago diminui quando ouço sua voz suavizar.

— Sim, eu sirvo café.

— Ótimo, vejo você amanhã.

— Boa noite, Matt.

— Boa noite, pequena.

Desligo, visto a roupa de malhar e saio. Estou inquieto demais para ficar em casa. Preciso colocar meus músculos para trabalhar, e não estou com vontade de ir ao clube hoje à noite.

O que, por si só, já deveria ser outra grande bandeira vermelha de alerta.

A corrida por dez quadras até a academia é revigorante. O verão se estabeleceu muito bem em Seattle, tornando os dias quentes e as noites perfeitas.

Começo com os pesos, trabalhando meu abdômen e bíceps. Quando termino a segunda série de supino, sento e tiro a camiseta, limpando o suor da testa e do peito e jogando-a no chão. Enquanto tomo um longo gole de água, meus olhos examinam a sala.

E é aí que a vejo. Deus, nós frequentamos a mesma academia? Ela está em uma esteira, do outro lado da sala, correndo. Fones de ouvido estão escondidos em suas orelhas, e seus olhos estão fixos no painel da esteira, provavelmente observando a distância percorrida.

Ela está vestindo apenas um short preto e uma blusa preta justa. Seu corpo está mais exposto agora do que quando eu estava mergulhado profundamente nela.

Seu pequeno corpo é firme, mas cheio de curvas nos lugares certos. Seus braços são definidos, provavelmente por um bom esforço que faz ao malhar.

Quando ela termina de correr e desce da esteira, toma um longo gole de água e limpa o rosto com uma toalha, então, caminho em sua direção.

Merda, vou parecer um perseguidor.

Mantenho os olhos fixos nela quando me aproximo, ansioso para ver qual será a sua reação quando me vir.

E não fico desapontado quando seus olhos se arregalam e sua boca se abre, enquanto ela deixa aqueles lindos olhos verdes vagarem pelo meu corpo. Meu pau se contrai com sua inspeção, e eu quero puxá-la e beijá-la com urgência. Mas só fico onde estou, observando-a.

Ela rapidamente se recupera e ergue uma sobrancelha.

— Ok, Matt, agora posso chamar de perseguição.

Sorrio e ofereço-lhe uma garrafa de água, que ela aceita, tirando a tampa e tomando um gole.

Porra, ela tem lábios lindos. Lábios que ficam ainda mais incríveis quando envolvem a cabeça do meu pau.

— Não é crime frequentar uma academia.

— A minha academia?

— Você é a proprietária? — pergunto com um sorriso.

Ela ri e balança a cabeça.

— Não.

— Não fica longe do meu apartamento nem do meu trabalho, então, é aqui que venho.

Ela assente e olha para baixo, sem saber o que dizer em seguida.

**38  Kristen Proby**

— O bolo estava delicioso hoje — comento casualmente, dando-lhe a oportunidade de falar sobre seu trabalho.

— Ah, que bom! — Ela sorri e se junta a mim, enquanto ando em direção ao bar de smoothies, puxo uma cadeira para ela, em uma das mesas pequenas para duas pessoas, e sento-me à sua frente. — Estou feliz que tenha gostado.

— Você faz um bom trabalho. Leo e Sam estão sempre falando sobre seus cupcakes.

— Eles praticamente me sustentam, juro. — Ela ri, enviando uma onda de eletricidade através da minha coluna. — São ótimos clientes.

Eu assinto, olhando para ela.

— Gosto do seu cabelo mais curto — murmuro e estendo a mão para tocá-lo com a ponta do dedo, curtindo a maciez.

— A maioria dos homens gosta de cabelo longo — ela responde baixinho.

— Também gosto de cabelo comprido. Você fica linda com os dois.

Ela franze a testa e desvia o olhar.

— Por que cortou seu cabelo, Nic?

Ela dá de ombros e não olha para mim.

— Era hora de mudar.

— Tente novamente — argumento.

Ela vira os olhos na direção dos meus, empertiga os ombros e firma o queixo.

— Era hora de mudar.

É mentira.

Cruzo os braços à frente do peito nu e deslizo o dedo sobre o lábio, observando-a se contorcer.

Ela não é uma boa mentirosa.

Bom saber.

— Ok.

Ela suspira aliviada antes de eu continuar.

— Por enquanto.

Ela faz uma careta para mim, e eu rio.

— Amigos não mentem um para o outro, pequena. Quanto mais cedo você se lembrar disso, melhor.

— Você me conheceu por uns três minutos, Matt. Não pense que sabe tudo sobre mim.

— Bem, sempre posso presumir que sei — murmuro com um sorriso.

— Bem, você é um idiota — ela responde e depois ri.

Eu me inclino e descanso a boca ao lado da sua orelha.

— Esse idiota adoraria dar umas palmadas na *sua* bunda linda até deixá-la vermelha — sussurro para que apenas ela possa ouvir.

Ela arfa e se afasta para que possa me olhar nos olhos, e eu vejo. A fome. A luxúria. A consciência.

— Os amigos geralmente não ameaçam dar palmadas — ela murmura.

Recosto-me na cadeira, sem responder, e cruzo os braços novamente enquanto ela se recompõe.

— É melhor eu ir para casa — diz ela, finalmente, enquanto se levanta. — Tenho que estar na loja bem cedo amanhã.

— Foi bom ver você, Nic — falo, permitindo que ela fuja. — Vejo você amanhã.

Parece que ela quer dizer algo mais, provavelmente me pedir para não passar em sua loja, mas apenas dá de ombros e me oferece um sorrisinho antes de se virar e ir embora.

Sim, eu definitivamente vou vê-la amanhã.

# Capítulo
## Três

### Nic

*Esse idiota adoraria dar umas palmadas na* sua *bunda linda até deixá-la vermelha.*

Deus do céu, quem diz algo assim?

Viro-me de lado e olho para o despertador: 4h43. Meu alarme tocará em dezessete minutos, e eu não dormi nada. Nem mesmo depois de uma corrida de cinco quilômetros e um banho quente.

Em vez disso, tudo que eu conseguia ouvir era a voz grave de Matt se revirando dentro da minha cabeça. Seus olhos azul-gelo me assombram, fazendo-me lembrar do jeito que brilham quando ele está feliz e como escurecem quando está excitado.

E eles escurecem muito quando olha para mim.

Eu gostaria de lambê-lo. Porém ele prefere me amarrar.

E a parte que me assusta é que eu também gostaria que ele me amarrasse.

Meu Deus, o que há de errado comigo?

Sento-me e desligo o alarme antes de entrar no banheiro para começar a me preparar para o dia. Quando desço até a loja, naquela manhã, para assar os cupcakes, opto por não usar maquiagem em favor do conforto, geralmente subo cerca de trinta minutos antes de abrirmos, para me embelezar e estar apresentável para os clientes. Então, normalmente, levo apenas alguns minutos para vestir a roupa, prender o cabelo para trás com uma fita — a única razão pela qual me arrependo de ter cortado o cabelo é não poder mais prendê-lo em um rabo de cavalo — e voltar à cozinha.

Meu espaço de trabalho é meu orgulho e alegria. Participei de inúmeros leilões de cozinhas comerciais usadas, aguardando até encontrar o equipamento perfeito por um preço bom. Os balcões de aço inoxidável brilham sob as luzes fluorescentes. Meus fornos são quase indutores de orgasmos.

Amo este lugar.

A frente da loja foi projetada com o mesmo cuidado. Tenho uma vitrine longa de vidro que pode armazenar cerca de cinquenta dúzias de cupcakes e uma máquina de café expresso industrial que deixaria a Starbucks com inveja.

O esquema de cores é vermelho, branco e preto. O chão é de azulejos pretos e brancos. As mesas são pequenas, de bistrô de ferro forjado preto, cobertas por toalhas vermelhas, e há uma longa mesa na altura dos bares junto às janelas da frente, onde as pessoas podem se sentar com seus doces e observar o trânsito ou os muitos músicos que entram e saem do estúdio de gravação do outro lado da rua.

Minha confeitaria funciona há pouco mais de um ano, e eu não poderia estar mais feliz com o sucesso da loja. A *Doces Suculentos* obteve lucro desde o primeiro mês, o que sei que é raro.

Eu trabalho demais por isso.

Organizo os ingredientes para preparar diferentes sabores de bolos e mergulho no trabalho imediatamente. É domingo, por isso, permanecerei aberta apenas metade do dia, das nove à uma, mas ainda tenho pedidos para duas festas de aniversário, um batismo e um chá de bebê.

Graças a Deus, os cupcakes estão na moda hoje em dia.

Depois que os cupcakes que serão vendidos na loja estiverem todos assados, eu os deixarei esfriar enquanto asso os pedidos especiais. Quando estou prestes a começar a decorá-los, Tess, minha funcionária de meio período, entra na cozinha.

— Bom dia — ela cantarola e sorri amplamente.

— Você está muito animada para um domingo de manhã — respondo com um sorriso. — E bom dia.

— Eu saí ontem à noite — ela anuncia enquanto amarra o avental branco em volta da cintura fina.

Tess é alta e magra, e seus cabelos têm mechas loiras, ruivas e cor-de-rosa. Ela usa óculos de armação preta, quase do tamanho do rosto, mas insiste que eles são muito descolados.

E, devo admitir, ela é adorável.

Ela puxa o cabelo para trás em um rabo de cavalo e pega um pouco de glacê na geladeira, pronta para me ajudar a terminar o trabalho do dia.

— Quem é ele? — pergunto.

— O nome dele é Sean. — Ela franze o rosto. — Sean alguma coisa.

— Nossa, Tess.

— Ah, para, eu bebi um pouco. Ele é alto, musculoso e tem piercing nos mamilos.

— Ai! — exclamo com uma risada.

Tess ri comigo enquanto confeita os cupcakes com cobertura de limão.

— Como foi sua noite?

— Boa. Só fui à academia.

— Oh. — Ela suspira e olha para mim como se eu fosse uma velha dona de casa.

— Não me olhe assim.

— Eu só queria que você saísse e se divertisse — ela diz e arruma os cupcakes de limão em uma longa bandeja de plástico, para levá-los à vitrine.

— Eu saio e me divirto.

— Ir a leilões não é divertido — ela comenta sarcasticamente.

Eu lhe lanço um olhar de repreensão, e ela estremece visivelmente antes de erguer as mãos em derrota.

— Ok, ok, desculpe. Tenho certeza de que os leilões são totalmente divertidos e cheios de caras muito gostosos.

— Você está bancando a espertinha. — Rio e dou os toques finais em duas dúzias de guloseimas de "É menina" para minha cliente.

— Você me ama — ela diz e beija a minha bochecha antes de se virar para organizar a vitrine da frente.

— Ok — anuncio quando ela retorna. — Esses pedidos especiais só precisam ser embalados em caixas. Você se importa de fazer isso enquanto vou lá para cima e tomo um banho? Vou terminar o especial do dia quando voltar.

— Sem problemas. Não tenha pressa. Estamos adiantadas, chefe.

Balanço a cabeça e rio enquanto subo as escadas do meu apartamento, espalhando as roupas pelo caminho.

Tess é jovem, está na casa dos vinte, ainda na faculdade, mas é batalhadora e esforçada. Adora a loja, e eu gosto de tê-la por perto. Nunca há um momento de tédio quando estamos trabalhando juntas.

Não demoro muito para tomar banho e vestir meu uniforme, que consiste em calça preta e camiseta vermelha, com um avental branco. Amarro a faixa vermelha no cabelo e passo um pouco de maquiagem.

Quando volto para a cozinha, ainda temos quarenta e cinco minutos até abrirmos, então passamos esse tempo preparando o especial do dia — mocha de chocolate branco — e a massa para a manhã seguinte.

Às nove da manhã, Tess abre a porta e, imediatamente, uma pequena multidão de fregueses entra para pedir um café e um docinho.

Quando a multidão finalmente se dissipa, por volta de meio-dia e meia, tenho um momento para descansar nos fundos e comer uma banana e um pedaço de queijo antes de colocar os cupcakes na vitrine e arrumar o salão.

A sineta acima da porta toca atrás de mim enquanto arrumo cadeiras debaixo de uma mesa.

— O cheiro está incrível aqui.

Eu reconheceria essa voz em qualquer lugar.

Ficou na minha cabeça a noite toda.

Eu me viro para encontrar Matt e um homem de cabelo escuro, um pouco mais baixo, que nunca vi antes, parado do lado de fora da porta. Matt está com as mãos nos bolsos da calça jeans e sorri para mim. O homem que não conheço já cruzou a porta, praticamente babando pelos cupcakes.

— Oi — murmuro, passando as mãos no avental.

— Como estão as vendas hoje? — Matt pergunta, enquanto eu volto para detrás do balcão, colocando uma boa distância entre nós.

— Estava cheio. Começou a esvaziar agora.

— Montgomery deixou as boas maneiras dele de lado — o amigo de Matt me informa, com um sorriso. — Sou o parceiro dele, Asher.

— Oi, sou Nic Dalton.

— Já passei por este lugar centenas de vezes e sempre quis entrar. — Asher sorri enquanto examina o balcão. — O que você recomenda?

— O de chocolate — respondo, com o olhar ainda preso em Matt.

Ele está quieto, recuando, observando todos os meus movimentos.

É enervante e reconfortante, de uma maneira que não consigo explicar.

Ele está usando uma camisa de botão azul-escura com as mangas arregaçadas e, de repente, me ocorre que há um coldre em sua cintura com uma pistola e um distintivo preso.

Olhando para Asher, vejo que está usando a mesma coisa.

Ergo uma sobrancelha para Matt.

— Não vendo rosquinhas aqui.

Os lábios dele se contraem. Eu não fazia ideia de que ele é policial!

— Talvez precisemos de uma mudança na rotina — responde Matt. — Além disso, eu te disse que viria aqui hoje.

Assinto e sorrio para Asher.

— Você também está cansado de rosquinhas?

— Nunca vou enjoar de rosquinhas. Mas vou ficar com aquele bolinho de chocolate ali.

Coloco a guloseima em um prato e entrego a ele. Asher retira o papel e dá uma mordida, os olhos se revirando em deleite.

— Case comigo — ele pede e enfia o resto na boca. — Case comigo agora. Vamos para Vegas.

Eu rio e balanço a cabeça.

— E você, Matt? O que vai querer?

— Jantar amanhã à noite — ele responde suavemente.

— Cara, você é bom — Asher o elogia. — Mas ela vai casar *comigo*.

— Quem vai casar com quem? — Tess pergunta quando volta da cozinha e para. Seus olhos se arregalam quando vê os dois homens muito atraentes. . . ok, lindos. . . conversando comigo.

— Nic vai casar comigo — Asher anuncia com uma piscadela.

— Ou posso continuar vendendo cupcakes e você pode passar de vez em quando para comprá-los. Dessa forma, não estaremos presos em contratos confusos ou coisas como compromisso — sugiro com uma risada.

— Sim, assim vai dar certo — concorda Asher.

— Tess, poderia separar uns dois de chocolate para viagem para Asher? — peço e depois me viro para Matt. — O que você gostaria?

— Eu te disse. Jantar amanhã à noite.

Meu coração erra uma batida e depois acelera novamente.

— Eu quis dizer. . .

— Sei o que quis dizer. Vou levar uma dúzia do especial, mas quero o jantar amanhã à noite.

— Sim, ela vai — responde Tess por mim.

— Eu posso te demitir, sabe?

Tess balança a cabeça como se eu tivesse acabado de avisar que ela tem algo nos dentes.

Matt ri enquanto pega os cupcakes.

— Posso falar com você em algum lugar mais privado?

A loja está vazia, então assinto e o conduzo até a cozinha.

— Você não precisava comprar uma dúzia de cupcakes só para me convidar para jantar — eu o informo baixinho.

— Comprei para os caras da delegacia. — Ele dá de ombros e sorri para mim. Este é realmente o mesmo homem que me amarrou. . . literal e figurativamente. . . não faz muito tempo?

— Então, você é policial.

— Sou.

— Então, se eu precisar registrar uma queixa contra um perseguidor, você é a pessoa para quem devo ligar?

Matt dá um passo em minha direção e desliza o dedo indicador pela minha bochecha até o meu queixo.

— Você pode ligar para um número, mas espero que não seja o que está pensando.

Sorrio e o observo, esperando que me dite o que faremos a seguir ou onde vamos jantar, mas ele apenas espera, em silêncio, olhando-me como estou olhando para ele.

46    **Kristen Proby**

— Vou jantar com você amanhã — finalmente murmuro. Meu estômago se revira, e os mamilos ficam rígidos quando ele me dá aquele sorriso de matar e se inclina para encostar os lábios na minha testa.

— Excelente. A que horas vai terminar aqui?

— Quatro da tarde.

— Pego você às seis?

Ele está perguntando, não ordenando!

— Tudo bem.

Ele segura meu rosto e suspira enquanto olha nos meus olhos.

— Vamos precisar conversar, pequena.

— Isso geralmente faz parte de se jantar com alguém — respondo com um sorriso inocente.

Ele ri e planta um beijo casto nos meus lábios, depois se vira para sair.

— Vejo você amanhã.

Ele dá uma piscadinha e depois se vai.

Inclino-me contra a bancada, tentando recuperar o fôlego. Meu Deus, ele mal me tocou, e eu já estou pronta para arrancar as roupas e atacá-lo aqui mesmo na cozinha.

Isso não vai acontecer.

Distraio-me, esfregando as bancadas já limpas, tentando desanuviar a cabeça antes que possa enfrentar Tess ou qualquer cliente em potencial.

Uma coisa que posso dizer sobre Matt é que ele sempre me deixa desequilibrada, mas não necessariamente de um jeito ruim.

Será que vai doer tanto assim sair para jantar com ele? Para conhecê-lo melhor? Apoio os quadris na bancada e esfrego as mãos no rosto.

— Você se esqueceu de comer de novo? Está bem?

Giro o corpo ao som da voz de Bailey e a encontro em pé na porta, as mãos na cintura e o cenho franzido no rosto bonito.

— Estou bem.

— Vai fechar daqui a pouco?

Verifico a hora, surpresa ao ver que já é quase uma.

— Sim, em alguns minutos.

— Bom, vamos comer alguns aperitivos e tomar um vinho — ela me informa.

— Nic tem um encontro! — Tess grita animadamente quando surge na cozinha. — Com um policial gostoso!

— Sério? — Bailey me observa especulativamente. — Com certeza nós vamos sair para beber vinho.

— Eu gostaria de poder ir, mas acabei de receber uma ligação de Sean. — Tess sorri enquanto pega sua bolsa e tira o avental. — Já fechei tudo, chefe, então você pode ir.

— Foi rápido — digo.

— Estava sem movimento, então fechei enquanto o outro policial, Asher, conversava comigo. Ele fez um pedido de uma dúzia de cupcakes de morango para o sábado. É aniversário da filha dele.

— Que fofo — respondo, enquanto fecho a cozinha.

Tess acena e sai, deixando-me sozinha com Bailey.

— Comece a falar — ela ordena.

— Preciso de vinho primeiro. — Suspiro enquanto pego minha carteira.

Fecho a porta atrás de nós e descemos o quarteirão até o Vintage.

— O de sempre? — questiona nosso garçom, Dan, depois de nos sentarmos.

— Sim, por favor — responde Bailey e depois ri quando o belo rapaz se afasta para buscar nosso pedido. — Acho que estamos vindo aqui com muita frequência.

— Não, é melhor assim — discordo. — Teríamos que treinar outra pessoa se fôssemos para um lugar diferente. Além disso, eles têm happy hour o dia todo no domingo, e isso é difícil de encontrar também.

— Bom argumento — ela concorda.

— Uma taça de pinot noir, uma taça de merlot e uma cesta de pães frescos. — Dan pisca para mim e esfrega as mãos. — O que gostariam de comer?

— Molho de espinafre com batatas fritas e lula — responde Bailey.

— Ah, e o prato de queijo e biscoito também, por favor — acrescento com entusiasmo. Estou morrendo de fome, e isso não é bom.

— Podem deixar, senhoritas.

Observamos a bundinha jovem e firme de Dan conforme ele se afasta e depois suspiramos enquanto bebemos nosso vinho.

— Então, quer dizer que você vai sair com um policial e só estou sabendo disso agora?

Sinto minhas bochechas esquentarem enquanto tomo o vinho. Bailey é a única pessoa a quem contei sobre minha noite com o homem desconhecido e bonito.

— Encontrei Matt ontem no casamento para o qual fiz bolo.

— Matt, o tal cara que te amarrou e abalou seu mundo... aquele Matt?

— Ele mesmo — respondo com um aceno de cabeça.

— Mundo pequeno.

Eu bufo.

— Muito.

— Ele parece legal.

— Ele é excêntrico — falo sem pensar, depois mordo o lábio e balanço a cabeça.

— Ele gosta de bondage, e daí?

— Você o conhece? — pergunto, esperando que ela diga sim para que possa lhe pedir informações.

— Na verdade, não. Já o vi antes, mas nunca falei com ele. — Bailey inclina a cabeça, toma um gole de vinho e me observa atentamente. — Qual é o problema?

— Eu não sou submissa, Bailey.

— Ok.

— Acredite em mim quando digo que ele é bastante dominador na cama.

Amarrada Comigo    49

— Ok.

Rosno e encaro minha melhor amiga.

— Pare de dizer ok.

— Olha, você está pensando demais, Nic. — Ela se remexe um pouco, tentando ficar confortável. — Vocês dois se divertiram juntos. Ele te assustou?

— Não.

— Ele machucou você? — Ela está me observando com muito cuidado, lendo minha linguagem corporal e minhas palavras.

— Não — respondo imediatamente.

— Então o que te faz hesitar em vê-lo novamente? — ela pergunta, confusa.

— Bem, no começo, pensei que ele fosse casado e tivesse filhos — lembro a ela e observo quando começa a rir. — Mas descobri ontem que foi uma emergência familiar, e ele é solteiro.

— Que dramática você — ela fala, ainda rindo. — Eu te disse que provavelmente não era o que você estava pensando.

— Olha, ele vive um estilo de vida que não conheço, e não posso perder o controle da minha vida, Bailey. Você sabe disso melhor do que ninguém.

— Quem disse que ele quer controlar a sua vida? — Bailey está com uma expressão claramente confusa.

— Ah, ele é um dominador, certo?

Ela fica quieta, franze a testa e remexe o corpo outra vez antes de prender seu olhar no meu. Ela parece. . . *magoada*.

— Eu nunca imaginei que você fosse esnobe, Nic.

— O quê?!

— Cada pessoa é diferente, independente das circunstâncias. Você é confeiteira, mas aposto que outro confeiteiro não faz cupcakes exatamente da mesma maneira que você. Matt gosta de bondage e, sim, ele é dominador no quarto, mas você nem sequer deu a ele a chance de conversar. Ele pode não estar procurando uma submissa em período integral. Talvez só queira amarrá-la e dominá-la na cama. O cara, obviamente, gosta de você.

**50    Kristen Proby**

Não sei o que dizer. Ainda estou presa no "esnobe".

— Ele não machucou você e teve um bom motivo para sair da sua casa naquela noite. Dê uma chance. Veja aonde isso vai te levar. Talvez você não curta, mas não saberá até tentar.

— Como pode fazer parte dessa comunidade e não ter um pouco de medo? — pergunto honestamente. — Eu te conheço. Você não é esquisita nem tem um parafuso a menos.

— Hum, obrigada. Eu acho. — Ela torce o nariz e depois ri. — A maioria das pessoas que gosta de sexo excêntrico não tem parafusos a menos. Somos apenas um pouco diferentes. Ainda não tenho certeza de onde me encaixo. Não sou submissa. Não há um fetiche em particular de que eu goste mais que outros. Acho que ainda estou me descobrindo.

— Desde quando você é tão espertinha?

— Só não quero que jogue fora algo que poderia ser bom apenas porque tem noções preconcebidas sobre um estilo de vida que não conhece. Isso não é ficção, Nic. Ele é apenas um cara. Se você não gostar, pode terminar tudo e seguir em frente.

— Eu gostei — admito baixinho. — E talvez isso tenha me assustado.

— Ele se preocupou com você?

— Como assim?

— Quando ele estava com você, enquanto estava amarrada e tudo o mais, ele verificou se você estava bem?

Penso naquela noite no meu apartamento, na maneira como ele me perguntou se estava me machucando.

— Sim.

Ela assente e sorri para mim.

— Estou feliz por você.

— Só vamos jantar amanhã à noite — eu a lembro.

— Mas vai dar uma chance ao cara, certo?

Esvazio minha taça de vinho e observo minha melhor amiga por um momento, sentindo a ansiedade espalhar-se pela minha barriga, correr pelos braços e pela garganta.

E não tem nada a ver com o vinho.

— Sim, com certeza vou.

— Essa é a minha garota!

Por que concordei em sair para jantar com ele?

*Amigos* saem para jantar? Bem, namorados, sim, e acho que saí para jantar com Ben uma ou duas vezes quando voltei para casa, para uma visita.

Mesmo que ele seja meu ex-namorado, é apenas um amigo agora.

E estou pensando demais nisso.

Estou vestindo uma calça capri preta e uma blusa branca sem alças, mostrando a tatuagem no meu ombro direito.

A campainha toca no momento em que termino de arrumar meu cabelo. Calço sandálias, pego a bolsa e abro a porta para me deparar com o melhor espécime de homem que já vi. Ele veste um jeans desbotado e uma camiseta azul que se molda ao seu tronco, definindo cada músculo, fazendo-me querer puxá-lo para dentro do apartamento e dizer "que se dane o jantar".

— Oi. — Ele sorri.

— Olá. — Ele dá um passo para trás, permitindo que eu feche a porta e tranque.

— Você está linda. — Ele faz um gesto para que eu tome a frente e o guie escada abaixo para a calçada.

— Digo o mesmo — respondo e depois rio. — Sério, deveria ser ilegal alguém ficar tão bonito só com uma camiseta.

Ele franze o cenho e depois ri.

— Vou ter que procurar essa lei.

— Faça isso — falo. — Então, aonde vamos?

— Tem um ótimo lugar no centro de Seattle. Não é longe, e a noite está linda. Vamos caminhar.

— Parece bom. — Fico ao lado dele enquanto descemos as dezenas de quarteirões até o centro, onde ficam o Experience Music Project, Space

Needle e KeyArena. É sempre um lugar movimentado, e há muito o que ver.

— Como encontrou o prédio da confeitaria? — ele pergunta enquanto esperamos que o sinal feche.

— Demorou meses — começo. — Acho que meu corretor de imóveis estava louco para me mandar desaparecer quando o encontramos. Mas fui exigente. — Dou de ombros e estremeço quando ele descansa a mão na curva das minhas costas, conduzindo-me pelo cruzamento movimentado. — Quando o vi, soube que era isso que queria.

— É uma localização incrível.

— É, realmente. Além disso, Leo Nash frequenta regularmente. É um tipo de colírio para os olhos que nunca cansa.

Matt ri e dá a volta pelo lado oposto de uma árvore, separando-nos.

— Pão com manteiga — murmuro.

— O quê? — ele pergunta com um sorriso.

— Quando você está com alguém e alguma coisa os separa durante uma caminhada, você deve dizer "pão com manteiga" para não ter azar. — Eu rio e olho para ele. — Pelo menos, é o que minha bisavó costumava me dizer. Mas ela era muito supersticiosa.

— Vou ter que me lembrar disso — ele responde com um sorriso. — Então, de volta a Leo, você o conheceu no casamento?

— Não. — Balanço a cabeça. — Eu o vi lá. Normalmente não falo com os convidados. Na verdade, não faço muitos casamentos.

— Por que não?

— Porque são estressantes e a maioria das noivas é um pesadelo.

Matt me guia para além do EMP, e paramos para assistir a um malabarista por alguns momentos.

— Prefiro ficar na minha loja.

— Outros músicos a frequentam?

— Sim. O Adam Levine já passou lá. Pensei que Tess fosse fazer xixi nas calças. — Dou risada com a lembrança. — Bruno Mars, Eddie Vedder, Blake Shelton. . . todos já passaram lá.

— Que legal. Mas Leo é o seu favorito?

— Ele é ótimo. A namorada dele também é sempre muito agradável. Sam, né?

Ele assente, observando-me, e de repente fico mortificada.

— Sinto muito. Eles são da sua família, e estou me referindo a eles como uma fãzoca.

— Está tudo bem. Eles são só pessoas normais. Você ia gostar deles.

— Vai me levar ao restaurante grego? — pergunto com entusiasmo.

— Pode ser? A comida dele é boa.

— Eu sei! É o meu favorito. — Sorrio para Matt enquanto ele segura a porta aberta para mim.

Rapidamente estamos sentados à janela, com uma excelente vista da Space Needle.

— Conte-me sobre sua tatuagem. — Ele está me observando por sobre o cardápio, com seus olhos azul-gelo calmos.

— Fase rebelde.

— O que vão querer para beber? — a garçonete pergunta quando se aproxima da mesa.

— Vou tomar uma Coca Diet, por favor.

— Água para mim — ele responde. — Conte-me mais.

— Houve uns anos em que dei muito trabalho aos meus pais. Fiz isto aqui — aponto para as flores tatuadas no ombro direito — no meu vigésimo aniversário.

— É linda.

— Obrigada. Fico feliz por não ter sido estúpida o suficiente para fazer algo como o Piu-Piu ou algo assim.

— As flores de cerejeira significam algo para você?

— Eu as achava bonitas. E confie quando digo que essa foi uma época da minha vida em que não pensava muito em mim.

Ele inclina a cabeça para o lado e estreita os olhos azuis para mim, mas olho para o cardápio, evitando seu olhar.

Por que disse isso?

Em vez de pedir para que eu fale mais, ele volta sua atenção para o cardápio. A garçonete retorna com bebidas, e fazemos o pedido.

O crepúsculo começa a dar sinais, e as luzes da Space Needle começam a brilhar.

— Amo a Space Needle à noite — murmuro.

— A vista lá de cima é incrível — ele concorda.

— Nunca estive no topo.

Seu olhar se volta para o meu como um chicote.

— Nunca?

— Não. — Balanço a cabeça e tomo um gole da bebida. — Só moro aqui há cerca de cinco anos.

— De onde você é?

— Uma pequena cidade no Wyoming.

— Sua família mora lá?

— Sim. — Concordo com a cabeça lentamente e arrasto os dedos pela base do meu copo. — Meus pais e irmã estão lá. Também tenho uma família grande.

— Então por que veio para cá?

— Porque gosto da cidade grande. Vim para estudar Gastronomia e nunca mais voltei.

— Você os visita?

— Claro, uma vez por ano. Minha mãe passa a semana inteira, quando estou lá, me implorando para voltar, me enchendo de culpa por estar tão longe.

— Então ela faz o que toda mãe faz. — Dá uma piscadela.

— Falou tudo — concordo. — Eu os amo, mas existem apenas mil e duzentas pessoas naquela cidade. O que eu faria lá o resto da vida? Gosto daqui. Esta é a minha casa. Posso visitá-los sempre.

Seus olhos são cálidos enquanto ele me observa.

— Estou feliz que esteja aqui.

Sua voz é suave e baixa, como mel quente. Ele é um cara tão legal. Não é nem insistente nem exigente.

Este é o mesmo homem dominador que conheci há algumas semanas?

Nossa comida chega e continuamos conversando durante toda a refeição. Quando terminamos e saímos na noite quente de Seattle, respiro fundo e esfrego a barriga.

— Deus, estou cheia.

— Você come como um campeão — ele responde com um sorriso largo.

— Eu sei. — Torço o nariz. — Vou precisar de quilômetros extras na esteira amanhã.

— Vamos resolver um pouco disso agora. — Ele me leva em direção ao coração do centro. Tudo está iluminado, e as pessoas estão caminhando. As crianças estão pulando, gritando, chorando. Há barraquinhas de algodão-doce, sorvete e nozes cristalizadas.

— Que tal um sorvete? — ele oferece.

— Nós deveríamos estar queimando calorias, não acrescentando — lembro-lhe com uma risada. — Que tal um chá gelado? — sugiro, apontando para uma cafeteria próxima.

— Boa ideia.

— Oficial Montgomery! — exclama uma mulher de meia-idade atrás de sua máquina de café expresso. — Não te vejo há muito tempo. Você nunca mais me visitou.

— Agora é detetive, senhora Rhodes. — Ele sorri e pisca para a mulher mais velha. Ela tem idade suficiente para ser mãe dele.

E parece completamente apaixonada.

— Quem é sua amiga? — ela pergunta com um sorriso suave.

— Esta é Nic. — Matt coloca a mão nas minhas costas, apresentando-me à mulher gentil. — Nic, esta é a senhora Rhodes. Ela faz o melhor café da região.

— Claro que sim. Mas você nunca mais veio tomá-lo.

— Bem, se tivesse dito que iria deixar o sr. Rhodes e fugir comigo. . . mas você nunca fez isso também. Partiu o meu coração.

— Oh, pare com isso, jovem! — Ela balança o dedo para ele, mas seus olhos estão brilhando, cheios de humor. — Assim as pessoas vão começar a fofocar.

Não posso deixar de rir de suas brincadeiras. Matt é encantador e provavelmente faz a sra. Rhodes ganhar o dia.

— O que vai querer, querida? — ela me pergunta gentilmente.

— Apenas um chá gelado, por favor.

— Quer que eu adoce?

— Não, obrigada.

— E para você, encrenqueiro? — ela pergunta a Matt, que ri deliciosamente.

— A mesma coisa.

Ela serve nossas bebidas e, quando tenta passá-las por cima do balcão, Matt dá um passo para trás e as pega, depois se inclina e beija sua bochecha.

— Se precisar de alguma coisa, tem o meu telefone.

— Você é um bom rapaz, detetive.

Ele sorri suavemente e me entrega minha bebida, acena para a sra. Rhodes e partimos novamente, vagando pelo centro de Seattle.

— Ela está apaixonada por você — informo.

— Com ciúme? — ele me pergunta com um sorriso de lobo.

— Não. — Eu rio. — Gostei dela.

— Ela serve café no mesmo local há anos. Essa costumava ser o meu ponto quando eu era um policial de ronda.

— Ah, legal. Você sente falta?

— Apenas da sra. Rhodes. — Ele ri. — Ela e o marido são boas pessoas.

Concordo, sem saber o que dizer. Estou descobrindo que Matt Montgomery não é apenas sexy pra caramba, mas ele é. . . *gentil*.

Estou encrencada.

— Aonde estamos indo?

Paramos diante da Space Needle e jogamos nossos copos vazios no lixo.

— Lá no topo — ele revela com uma sobrancelha erguida. — Você nunca foi.

Minha boca se escancara por um momento e, então, bato palmas e

Amarrada Comigo    57

pulo na ponta dos pés.

— Maravilhoso!

— Vamos.

Ele compra nossos ingressos e me leva até o elevador.

— Mencionei que tenho medo de altura? — pergunto enquanto subimos cada vez mais.

Matt ri e passa o braço em volta dos meus ombros, me puxando para si.

— Não se preocupe, vou te proteger.

As portas se abrem, e eu esqueço meu medo de altura.

— Oh, é tão bonito.

Ando até o parapeito e olho para a cidade que tanto amo. Está escuro agora, e há um mar de luzes brilhantes abaixo de nós. O ar ainda está quente. Há uma brisa leve, que faz com que as pontas do meu cabelo façam cócegas na minha bochecha.

— Venha por aqui. — Matt estende a mão e me leva para o lado oposto do deck que tem vista para as águas. Podemos ver balsas e barcos iluminados flutuando sobre elas.

— Lindo — sussurro.

— Sim — ele murmura.

Olho para cima, para ele e o vejo olhando para mim.

— Você é encantador — digo com uma risada.

— Uma coisa que você aprenderá sobre mim, pequena, é que raramente digo o que não quero dizer.

Estamos lado a lado, sem nos tocar, observando a cidade ao nosso redor. É incrivelmente silencioso aqui em cima.

Pacífico.

De repente, Matt estende a mão e agarra a minha, entrelaçando nossos dedos. Ele não olha para mim, apenas segura minha mão enquanto observamos a cidade.

Respiro fundo e solto o ar lentamente.

Ok, talvez Bailey esteja certa. Preciso dar uma chance a ele.

# Capítulo Quatro

### Matt

Foi uma longa noite de merda.

Asher e eu pegamos um caso que nos manteve acordados, correndo da cena do crime para o hospital, interrogando membros da família e conversando com os médicos.

Brigas domésticas raramente são tão complicadas assim, mas, quando são, são exaustivas.

Chego em casa pouco antes das nove da manhã de sábado. A única coisa em que consigo pensar é em tomar um banho quente e cair na cama, me rendendo ao sono.

Dispo-me, deixando um caminho de roupa suja atrás de mim até o banheiro. Ligo o chuveiro e entro antes que a água tenha chance de esquentar completamente, esfregando a noite de trabalho do meu corpo. No momento em que a água atinge o nível escaldante, eu a desligo, me seco e vou para o meu quarto, enquanto meu telefone toca.

Faço uma careta quando vejo o nome de Asher no visor.

— Oi — atendo e me sento na beirada da cama.

— Ei, acabei de pegar os cupcakes para a festa de aniversário da Casey hoje à noite e pensei em ligar para você.

— O que houve? — pergunto, meu corpo já em alerta, e o cansaço, esquecido.

— Não há nada errado, mas achei que gostaria de saber que sua garota está sobrecarregada na loja hoje.

— Minha garota? — indago secamente.

— Não sou burro, cara. Não sei o que está acontecendo entre vocês, mas sei que tem alguma coisa. Ela está sem pessoal e muito atarefada.

Parece estar indo bem, mas pensei em te dar um aviso.

— Obrigado, parceiro. Vou dar uma olhada nela.

— Vejo você amanhã — ele responde e desliga.

Olho ansiosamente para minha cama confortável e me resigno a ficar acordado por mais algumas horas.

Sem chance de deixá-la sozinha. Não se eu puder ajudá-la.

Me visto rapidamente, com um jeans e camiseta preta, e vou para a confeitaria.

Levo uns cinco minutos para encontrar vaga e, quando finalmente entro na loja, há uma fila na porta. Nic está sorrindo, mas claramente esgotada, movimentando-se atrás da vitrine, indo e vindo entre assar cupcakes e atender os clientes.

Este é um trabalho para duas pessoas.

Ela nem percebeu que cheguei, então, sigo para a cozinha e pego um avental branco sobressalente, enfiando-o por cima da cabeça e amarrando-o na cintura.

Ah, nós vamos nos divertir com o avental dela muito em breve.

Antes que eu possa passar muito tempo sonhando acordado em amarrá-la com seu avental e fodê-la até a inconsciência aqui em sua cozinha, junto-me a ela, atrás do balcão, assustando-a.

— Matt!

— Como posso ajudar? — pergunto calmamente.

Suas bochechas estão coradas, e suas mãos tremem enquanto ela tira uma mecha de cabelo do rosto.

— Não precisa — ela responde, mas engole em seco.

— Está mais do que claro que precisa. Conversamos mais tarde, apenas me diga do que precisa. — Sorrio tranquilizadoramente e acaricio seu rosto delicado com a ponta do dedo.

— Pode atender aos pedidos de cupcakes enquanto eu faço cafés e os sirvo?

— Posso.

— Preciso de dois minutos — ela me informa e desaparece na cozinha.

Estou enchendo uma caixa branca com meia dúzia de cupcakes de cenoura quando ela volta, mastigando alguma coisa.

— Melhor? — pergunto.

Ela assente e volta para o caixa, aquela fita vermelha está presa à sua cabeça novamente. Parece fazer parte do uniforme dela. Acredito que também encontraremos uma maneira de nos divertirmos com isso.

Deus, ela é linda pra caralho.

Trabalhamos lado a lado durante a maior parte da manhã sem interrupção. Mal consigo acreditar no quanto a loja pequena fica cheia. Sorrio de orgulho quando um idoso se aproxima de Nic para fazer seu pedido.

— Minha Margaret e eu, com certeza, adoramos seus doces, menina.

— Obrigada, sr. Larsen. Como está sua linda esposa? — Nic pergunta com um sorriso.

— Está um pouco deprimida, mas isso a deixará mais animada.

— Espero que sim — responde Nic e coloca algumas cerejas cobertas de chocolate em uma sacola como brinde. — Estas são novas. Eu adoraria se vocês pudessem me dar sua opinião.

Larsen pisca para Nic e sorri antes de sair com sua compra.

Nic conhece o nome da maioria dos clientes e lida com todos com simpatia e graça.

Às duas e meia, há uma pausa nos clientes, então Nic vai até os fundos por alguns minutos e volta com mais bandejas de cupcakes para preencher espaços vazios na vitrine do balcão. Ela tem uma fatia de queijo pendurada na boca, que está sendo mastigada.

— Então, o que aconteceu? — pergunto enquanto ela organiza o balcão.

— Anastasia, minha outra auxiliar de meio período, ficou doente esta manhã — ela responde com um suspiro. — Tess está na faculdade, então não pode ajudar durante a semana. Por isso, fiquei assim.

— Talvez você devesse contratar alguém em período integral — sugiro, mas ela me lança um olhar do outro lado da bancada.

— Tentando me dizer como administrar meus negócios agora, Matt?

— Ei — ergo as mãos —, foi apenas uma sugestão.

— Sinto muito. — Ela suspira e esfrega a testa com a ponta dos dedos. — Eu não comi bem hoje. Isso me deixa mal-humorada.

— Você fecha às quatro? — pergunto. Fico atrás dela e começo a massagear os músculos tensos de seus ombros.

— Sim. — Ela suspira profundamente, inclinando-se contra mim. — Deus, isso é bom. Por que veio para cá?

— Asher me ligou. Disse que você estava muito ocupada, então decidi vir te ajudar.

Ela gira, boquiaberta de surpresa.

— Mas ele disse que vocês dois trabalharam a noite toda.

Sorrio pacientemente e me aproximo dela, precisando estar ao seu lado. Ela cheira a baunilha e açúcar, e é o cheiro mais atraente que já senti.

Quem iria imaginar que o açúcar poderia ser tão sexy?

— Você precisava de mim — respondo simplesmente. — E senti sua falta esta semana.

Seus olhos verdes se arregalam e, de repente, ela está nos meus braços, em volta de mim, abraçando-me com força. Sua cabeça está encostada no meu peito, e ela vira o rosto para enterrar o nariz contra mim, enquanto respira profundamente.

— Obrigada — sussurra antes de se afastar, mas a seguro com força e a mantenho comigo por alguns instantes, dando a nós dois um momento para nos acomodarmos.

— De nada.

A campainha acima da porta soa quando um freguês entra e, pelos próximos quarenta minutos — dez minutos depois do horário de fechamento —, ficamos ocupados com clientes novamente, que esvaziam a vitrine, com exceção de um cupcake.

Nic tranca a porta, respira fundo e ri.

— Eu posso te pagar com um cupcake de creme brûlée — diz ela.

— Vou dividir com você.

— Nah, eu não como. — Ela gesticula e depois me entrega o cupcake, empilhando as bandejas e levando-as para a cozinha.

**62    Kristen Proby**

— Por que não?

— Imagine se eu comesse tudo que preparo? — Ela ri e balança a cabeça. — Eu teria que morar na academia.

— Você não experimenta nada? — Dou uma mordida no bolinho. Pelo amor de Cristo, é maravilhoso.

— De vez em quando, se é algo novo — ela fala e puxa o avental por cima da cabeça, jogando-o em um cesto e me observando apreciar o presente. — Bom?

— Surpreendente.

— Fico feliz. — Ela inclina a cabeça, me observando. — Você está cansado.

— Estou exausto — confirmo e engulo o último pedaço.

— Vamos lá para cima. — Para minha surpresa, ela estende a mão e me leva ao seu apartamento. — Jantamos, e você pode descansar por um tempo.

— Não moro longe.

— Prefiro que não dirija quando está cansado — ela retruca. — Além disso, você me salvou hoje, então o mínimo que posso fazer é salvá-lo também.

Salvar-me.

Por que sinto que Nic vai me salvar de muito mais maneiras do que ela jamais imaginará?

— Então, como se tornou confeiteira? — pergunto e dou uma mordida na pizza de calabresa.

Estamos sentados em sua sala de estar, sem sapatos, um de frente para o outro, em lados oposto do sofá, a caixa de pizza entre nós.

— Sempre gostei de cozinhar — ela responde. — Não podia me dar ao luxo de ir direto para uma universidade e, na verdade, não fiz faculdade de Gastronomia até os vinte e três anos. Consegui um emprego depois da escola, festejei um pouco demais, enchi meus pais de cabelos grisalhos, até que coloquei minha cabeça no lugar e economizei dinheiro para que pudesse frequentar o Instituto de Arte daqui.

Concordo com a cabeça, estico as pernas à minha frente e as descanso no seu pufe.

— Você era mesmo uma rebelde.

— E você? — ela pergunta.

— E eu? — Sorrio para ela. — Sobre qual parte está perguntando, querida?

— Como se tornou policial?

— Ah, isso! Passei dois anos no exército. — Estremeço e balanço a cabeça. — Caleb era muito mais adequado para a vida militar.

— Não gosta de receber ordens, hein? — Ela pisca, me fazendo rir.

— Não foi isso, na verdade. Não quero ficar me mudando o tempo todo. Gosto daqui. Quero estar perto da minha família. Então, quando meus dois anos terminaram, voltei pra casa, fiz faculdade e depois me inscrevi na Academia.

Ela fecha a caixa de pizza, coloca-a de lado e encosta o rosto nas costas do sofá, ostentando um sorriso suave nos lábios carnudos. Se eu tivesse energia, eu me inclinaria, capturaria aqueles lábios com os meus e a beijaria loucamente.

Em vez disso, coloco seus pés no meu colo e começo a massageá-los. Ela suspira e fecha os olhos.

— Deus, isso é bom.

— Apenas relaxe.

— Você é que deveria relaxar. Trabalhou a noite toda e depois o dia inteiro na minha loja.

— Não se preocupe comigo — respondo com veemência suficiente para garantir que ela saiba o que estou dizendo.

— E as outras coisas? — ela questiona baixinho e, quando olho dos pés para seu rosto, vejo-a me observando. Ergo uma sobrancelha, e ela ri. — As cordas.

— Respondi a um chamado de violência doméstica no meu segundo ano na polícia. Aconteceu em um clube local de BDSM, o que é realmente muito incomum, o que descobri depois. — Faço uma pausa e verifico para garantir que ainda não a assustei, mas ela continua apenas reclinada confortavelmente, ouvindo, então continuo: — Enquanto eu estava lá, reconheci alguém e vi que ele havia amarrado uma garota. Juro que nunca tinha visto nada tão sexy, para ser sincero.

Ela sorri e, por um momento, esqueço o que estava dizendo.

Balanço a cabeça e coloco o outro pé no meu colo.

— Então, quando o encontrei alguns dias depois, perguntei sobre isso. Chama-se shibari. É uma forma antiga japonesa de bondage, e esse amigo é um mestre.

— Você já tinha amarrado alguma garota antes? — ela pergunta baixinho.

— Eu já tinha brincado com algemas, com certeza. E restringir uma mulher sempre foi divertido, mas, depois que comecei a aprender shibari, também aprendi que se trata de responsabilidade. Confiança.

— E as coisas de dominação?

— Você está perguntando apenas porque está curiosa ou decidiu mudar de ideia sobre nosso status de amizade?

Suas bochechas coram quando ela encontra meu olhar.

— Não estou apenas curiosa.

— Preciso que seja mais clara, pequena.

— Quero ver aonde isso vai dar — ela admite.

Solto os pés dela e a puxo para o meu colo, incapaz de manter minhas mãos longe dela por mais tempo — e, cá entre nós, falar sobre essas coisas é excitante para mim. Eu a aninho, mas a coloco de um jeito que permita que eu ainda possa olhar em seus olhos enquanto falo.

Essa conversa pode nos salvar ou arruinar, e eu não quero estragar tudo.

— Do que você tem medo? — pergunto gentilmente.

Ela encolhe os ombros e olha para baixo, mas seguro seu queixo com a ponta do meu dedo e inclino sua cabeça para trás.

— Fale comigo.

— Não gosto de perder o controle — ela sussurra. — Tenho que ter o controle dos meus negócios, minha vida financeira, minha saúde. . . Tudo, Matt.

— Ok. — Concordo com a cabeça e deslizo os dedos por seu cabelo macio, curto e escuro. — E quando fizemos sexo? Você odiou abrir mão do controle para mim?

— Não — ela responde, e eu sorrio.

Ponto para mim.

— Existem diferentes tipos de Doms, Nic. Alguns Doms querem uma sub em tempo integral. Alguns até têm escravas.

Ela suspira e cobre a boca, os olhos arregalados de terror.

— Não é esse tipo de escrava, pequena. Tudo é sempre consensual e sadio.

— Então, essas mulheres permitem voluntariamente que alguém as chame de escravas? — Seu cenho está franzido, e ela repentinamente supera seu medo, enquanto a curiosidade toma conta.

— Não apenas mulheres. — Rio quando seu queixo cai novamente. Vai ser muito divertido apresentá-la ao meu mundo.

— Uau, eu não fazia ideia.

— Quando você estava no clube erótico com sua amiga, foi a primeira vez que esteve em algum lugar assim?

— Sim, ela me arrastou.

— Sinto muito, querida. — Beijo sua testa e acaricio seu nariz com o meu. — Se eu soubesse, teria feito as coisas de maneira um pouco diferente. Pensei que fosse apenas tímida.

— Eu não queria que você tivesse feito algo diferente. — Ela franze a testa.

— Então se divertiu?

Ela assente e morde o lábio antes de dizer:

— Eu não sou escrava de ninguém, Matt. Voluntariamente ou não.

— Eu não sou um mestre de escravas, Nic. Isso não me interessa em nada. Como estava dizendo, alguns Doms gostam de escravas. Outros ficam felizes em ter uma submissa no quarto e pedem que suas subs obedeçam a suas regras também, especialmente em um ambiente de clube.

— Quais são as regras?

— Boa pergunta — respondo com um sorriso. — Elas variam de casal para casal, com base em seus desejos e limites rígidos.

Ela engole em seco e depois assente.

— Ok.

— Mas existem outros Doms que são perfeitamente satisfeitos em serem sexualmente dominantes, mas mantêm um relacionamento normal, baunilha, fora do quarto. — Sorrio para ela. — Essa é a categoria na qual me encaixo. As restrições são o que me excita. Adoro que você seja proprietária de um negócio e uma mulher obstinada. Mas, a portas fechadas, eu gostaria de seguir um relacionamento como o que você provou há algumas semanas.

Sento-me e espero enquanto ela processa essa informação, mordendo o lábio inferior.

— Então, não vai tentar me dizer como administrar minha loja?

— Por que eu faria isso? — pergunto com uma sobrancelha levantada. — A única coisa que sei sobre cupcakes é que eles são deliciosos.

— Não vai escolher minhas roupas por mim?

— Não. — Balanço a cabeça. — Isso é demais, na minha opinião, mas funciona muito bem para outros casais.

Ela assente novamente, profundamente pensativa.

— É muita informação. — Não é uma pergunta, e ela pisca algumas vezes antes de buscar meu olhar.

— Sim — concorda. — É mesmo. Por que você não usa palavra de segurança?

— Nos clubes, palavras de segurança são obrigatórias, portanto, se formos a um juntos, sua palavra será vermelho. No momento em que você disser "vermelho", tudo para, sem perguntas. Mas, honestamente, o que acho sobre palavras seguras é que você não precisa de uma comigo. É meu trabalho aprender com o que você pode lidar e o que não pode, e acredito firmemente que "não significa não".

— Não concordo — ela interrompe com uma risada.

Eu rio com ela e belisco sua bunda redonda, depois a aliso com a palma da minha mão.

— Garota atrevida.

Amarrada Comigo    67

— Não tenho problema em dizer "não".

— Já percebi, e fico feliz com isso. É imperativo que sempre se comunique comigo. Estarei sempre te observando em busca de sinais de desconforto, mas não consigo ler sua mente, então, você precisa ser honesta.

— Posso fazer isso. Ok, outra pergunta.

— Qualquer coisa — concordo e bocejo.

— Posso perguntar amanhã. Você está tão cansado. — Ela descansa a palma da mão na minha bochecha.

Viro o rosto e dou um beijo em sua mão fria, gostando do seu toque.

— Estou bem, vamos conversar de uma vez para que possamos seguir em frente.

— Notei que algumas garotas chamavam seus Doms de senhor ou mestre. Você quer que eu te chame assim? — Os olhos dela dizem: *Nem pensar, cara.*

Lanço-lhe um sorriso e balanço a cabeça.

— Eu não sou seu pai e não vou insistir para que me chame de senhor ou mestre. Eu sou Matt ou qualquer outro apelido sexy que você possa inventar para mim. Mas, se *formos* ao clube, precisa saber que sou conhecido como Mestre Matt lá.

— Por quê?

— Porque sou mestre em shibari e conquistei o status de mestre Dom no clube. Então as submissas me tratam como tal. — Ela franze a testa, mas eu lhe asseguro. — É apenas o protocolo, Nic. É respeitoso.

— Vou ter que me ajoelhar?

— No clube, sim, mas não espero que se ajoelhe quando estivermos sozinhos.

Ela expira profundamente e depois vira os olhos cansados para mim.

— É isso?

Eu rio e deslizo os dedos por sua bochecha.

— Honestamente, estou chocado por termos tido essa conversa tão cedo.

— Eu só estava curiosa — ela comenta com os olhos arregalados, mas a interrompo antes que entenda errado.

— Estou feliz, Nic. Eu não planejava desistir, mas pensei que teria que ser um pouco mais persuasivo.

— Bem, estou curiosa e gosto de você, Matt. Mas preciso ser clara, isso é novo para mim e não gosto que me digam como devo viver minha vida.

— Justo — concordo. — E outra coisa também precisa ser dita: eu não compartilho, Nic. Nunca. Não deixarei outros Doms tocarem em você. Eles podem assistir — os olhos dela se arregalam com isso —, mas nunca tocar em você.

— Eu também não compartilho — ela sussurra.

— Bom, então estamos na mesma vibe.

Levanto-me com ela nos braços.

— Vamos para o quarto.

— Uau, isso foi rápido — ela diz sarcasticamente.

— Nós dois estamos exaustos, querida. Eu gostaria de me enroscar em você e dormir por cerca de oito horas, depois acordar e me enterrar em você por mais oito.

Ela olha o relógio e sorri.

— Tenho que estar no trabalho em trinta e seis horas.

— Você estará de folga amanhã?

Ela assente alegremente.

— Então é melhor começarmos.

Ela ri e aponta na direção do quarto.

Gosto do apartamento dela. É pequeno, mas não há bagunça. Os móveis são modernos, mas não muito sofisticados.

Mas o quarto dela ganha meu coração. É puramente feminino. A cama é um dossel king-size com cortinas penduradas em cada canto.

— Vamos nos divertir nesta cama, querida.

Ela sorri e encosta a cabeça no meu ombro enquanto olho ao redor do cômodo. Já estive aqui antes, mas, confesso, estava muito ocupado olhando para ela para prestar atenção em seu quarto. Sua roupa de cama tem pequenas flores cor-de-rosa. Uma penteadeira em um canto está cheia de maquiagens e produtos de cabelo, e há uma pilha de sapatos em outro canto.

— Você não tem espaço de armazenamento suficiente — comento.

— É um edifício mais antigo, por isso não tem muito espaço para armários.

Ponho-a de pé, dispo-a até deixá-la apenas com a calcinha preta, puxo a fita do cabelo e a coloco sobre a mesa de cabeceira, respirando fundo.

Porra, ela é linda.

Há outras tatuagens, que pretendo explorar por completo mais tarde. O corpo dela é pequeno. Magro, mas não muito magro. Ela tem seios redondos que se eriçam conforme continuo a observá-los.

Um vislumbre de algo prateado pisca para mim no seu umbigo.

— Matt. . .

— Shh. . . só quero te olhar por um momento.

A pele dela está bronzeada. Suas coxas são esbeltas, mas se tocam quando ela está de pé.

É uma mulher de *verdade*, de cima a baixo.

Lambo os lábios e prendo seu olhar nos meus.

— Você é incrivelmente bonita.

Ela se remexe e eu, imediatamente, puxo-a para mim, beijando-a suavemente, e tiro os lençóis da cama, deitando-a com delicadeza sobre os macios lençóis cor-de-rosa. Nic assiste com olhos sonolentos enquanto eu também tiro minhas roupas, ficando apenas de boxer, e me junto a ela. Giro-a em minha direção e a aninho contra mim, enterrando o rosto em seu cabelo escuro e macio, inspirando o aroma cálido de baunilha.

— Durma, pequena.

— Bons sonhos — ela sussurra.

# Capítulo Cinco

*Nic*

Alguém está dando beijos suaves no meu ombro direito, sobre a minha tatuagem. A ponta dos dedos desliza preguiçosamente para cima e para baixo no meu braço, enviando arrepios pelo meu corpo, me arrancando de um sono profundo e repousante. Arqueio-me, aproximando a bunda ainda mais dos quadris de Matt, aproveitando a sensação de sua rigidez nas minhas costas. Ele está quente e duro, por inteiro.

— Bom dia — ele sussurra no meu ouvido, tocando minha orelha com o nariz.

— Bom dia — respondo suavemente.

Sua mão desce para o meu peito, e seus dedos circulam suavemente o meu mamilo, fazendo-os se eriçar sob seu toque suave.

Esta é a maneira mais incrível de acordar. Lentamente. Sexy.

Ele enfia o nariz no meu pescoço e beija meu ombro novamente.

— Vou passar a próxima hora explorando cada centímetro do seu corpo pequeno e delicioso — ele me adverte com um sussurro, fazendo-me sorrir.

Não parece uma má ideia.

— É uma ameaça? — sussurro, provocando-o.

— Se preferir assim... — ele concorda. — Mas é como vai funcionar.

Sua mão desce para o meu pulso, que ele leva até os lábios. Beija a pele sensível na parte interna e o envolve com a fita vermelha que uso nos cabelos. Afasta-se para que eu possa ficar de barriga para cima, e estou bem acordada agora, observando-o com curiosidade enquanto ele repete o movimento no outro pulso, fazendo, em seguida, uma série de voltas e nós para amarrá-los.

Ele desliza um dedo sob o cetim para se certificar de que está bem preso, mas sem cortar meu fluxo sanguíneo, depois sorri para mim, cheio de ansiedade brilhando em seus lindos olhos azuis.

— Vamos começar tranquilo hoje, pequena. — Ele beija meu rosto, não um selinho rápido, mas plantando os lábios na minha pele e respirando profundamente, como se estivesse tragando meu perfume, me memorizando.

Tenho cem por cento da atenção dele, e isso é completamente intoxicante.

— Suas mãos devem ficar sobre a cabeça. — Ele guia meus braços para cima, até que fiquem confortavelmente posicionados em ambos os lados da minha cabeça, meus pulsos unidos. Desliza as costas dos dedos pelo meu braço e peito, mal tocando a ponta do mamilo, mas a eletricidade dispara para o meu estômago, e minha calcinha já está encharcada.

— Mas quero tocar em você — sussurro.

Ele aperta meu mamilo com força, fazendo meu corpo se contorcer.

— Eu não te perguntei nada. — Ele ergue uma sobrancelha, lembrando-me de que é a partir deste ponto que devo me render a ele, deixá-lo fazer o que quiser.

Não significa não.

Ofereço a ele um sorrisinho, e ele beija meus lábios docemente.

— Assim é melhor.

Seus lábios viajam pela minha mandíbula até o pescoço e, finalmente, até meus seios, onde ele lambe o mamilo sensível, afastando-se e soprando-o, observando-o enrijecer com o ar fresco.

— Você é tão sensível — ele murmura.

Começo a me contorcer, mas ele me olha fixamente e diz com firmeza:

— Fique quieta.

Sua autoridade me faz querer me rebelar, mas aquece minha pele com luxúria ao mesmo tempo.

Ele volta sua atenção para meus seios, provocando os bicos duros e rosados, depois mordisca uma trilha até o umbigo.

— Outra consequência de seus anos de rebeldia? — ele pergunta, referindo-se ao meu piercing.

Trata-se uma barra cor-de-rosa.

— Não.

— Não? — Ele desliza o nariz pelo metal e o puxa gentilmente com os dentes. — Conte-me.

— Foi uma recompensa — respondo, sem fôlego.

Seus dedos ainda estão provocando meus mamilos, e isso, juntamente com os puxões no meu piercing, fazem minha boceta pulsar, cheia de desejo.

Quero desesperadamente abrir as pernas, mas ele está prendendo minhas coxas, segurando-me com as dele.

De propósito, tenho certeza.

E ele ainda diz que não é sádico!

— Recompensa pelo quê?

Não quero contar a ele. É constrangedor. Em uma tentativa de mudar seu foco, puxo os braços para baixo e enterro as mãos em seu cabelo loiro escuro macio.

Sua cabeça se ergue, seus olhos se estreitam com malícia e, em um movimento tão rápido que me tira o ar, ele se levanta, recoloca minhas mãos sobre a cabeça e cobre meu corpo com o dele, com o rosto a um centímetro do meu.

— Recompensa pelo quê? — ele repete calmamente.

— Por perder peso e ter uma barriga lisa — sussurro.

Matt sorri largamente e beija profundamente meus lábios, mordiscando e explorando minha boca por completo. Mexe seus quadris contra os meus, encostando seu pênis, ainda coberto pela cueca, contra o meu centro, e se remexe suavemente, apenas alimentando minha fome de sentir mais dele.

— Viu? Não foi tão difícil — ele murmura e tira meu cabelo da testa com os polegares enquanto os outros dedos acariciam meu couro cabeludo. — Quando eu fizer perguntas, quero que me responda honestamente. Sempre.

Seu rosto está passivo, sóbrio, esperando minha resposta.

— Entendido.

Ele descansa a testa contra a minha e respira fundo antes de beijar meu nariz e deslizar da minha bochecha até a orelha.

— Vou venerar seu corpo por um tempo, querida. Não vai doer. Só quero que mantenha as mãos onde eu as coloquei. Entendido?

Assinto e suspiro enquanto ele arrasta os lábios mágicos por todo o meu corpo até chegar ao meu piercing.

— Eu amo isto aqui — ele murmura, depois segue mais para o sul.

— Não tomo banho desde ontem de manhã — lembro-o, enquanto ele puxa a calcinha pelos meus quadris e minhas pernas, descartando-as no chão.

— Não tem nada de errado com você.

Mordo o lábio quando ele se instala entre minhas pernas, mantendo-as abertas com seus ombros largos.

— Porra, você já está maravilhosamente molhada para mim.

Ele desliza a ponta do dedo sobre a pele macia e nua do meu púbis, abaixo do vinco onde minha coxa encontra meu tronco, depois volta para o outro lado, sem tocar na pele sensível que está gritando por ele.

— Você tem sardas bem aqui — ele murmura e planta a ponta do dedo à direita dos meus lábios.

Suspiro e lembro-me de que preciso manter as mãos sobre a cabeça.

— Boa garota. — Sua voz é cheia de aprovação, e eu me sinto radiante com isso.

Adoro ouvir sua voz assim, a sensação de suas mãos me tocando como ele gosta, me agradando em retribuição. Manteria as mãos sobre a cabeça por uma semana só para que ele mantivesse a voz dele assim.

Seu dedo se move, deslizando pela minha umidade, partindo da minha entrada escorregadia ao meu clitóris e desce novamente, devagar, sem pressa.

Jesus, o homem tem a paciência de um santo.

Finalmente, ele se inclina e planta um beijo casto sobre o meu clitóris, depois arrasta a ponta da língua pelas minhas dobras, envolve os lábios em volta delas e suga, esvaziando as bochechas.

Meus quadris se arqueiam, e eu preciso de todo o meu autocontrole para manter os pulsos no colchão sobre a cabeça. Suas mãos seguram meus quadris, com força, e eu me acomodo, deixando-o me levar aonde quer que queira ir.

Feliz. Livre.

Ele enterra dois dedos em mim e faz amor com meu clitóris com a boca, enviando-me para um clímax entorpecedor. Planto os calcanhares nas costas dele e grito seu nome quando gozo em sua boca, sentindo meu mundo ruir espetacularmente ao meu redor.

Ao voltar à Terra, fico surpresa ao encontrar minhas mãos ainda sobre a cabeça. Matt continuou sua jornada pelas minhas pernas, beijando e massageando meus músculos enquanto prosseguia.

— Em breve, vou amarrar seus pés também.

Meus olhos encontram os dele sorrindo para mim.

— Então você estará completamente à minha mercê.

— Acho que já estou — respondo sem fôlego.

— Talvez. — Ele encolhe os ombros. — Eu tenho muito mais para te mostrar.

Ele me vira de bruços, depois verifica se meus braços estão em um ângulo confortável acima da cabeça e se posso respirar confortavelmente.

— Tudo ok?

— Estou bem.

Ele beija minha bochecha e depois enterra o rosto no meu pescoço, puxando a pele com os dentes.

— Quero que me diga se a fita começar a apertar demais ou se não conseguir respirar — ele instrui, depois começa outra jornada com os lábios pelas minhas costas. Beija a tatuagem no meu ombro, me fazendo sorrir.

Fico feliz que ele goste tanto delas. Acho bonitas e gosto de usar roupas que as mostrem.

Meu corpo inteiro formiga quando seus lábios e dedos viajam pela minha pele. Posso sentir seu calor e, de vez em quando, sua ereção é pressionada contra mim, me fazendo engolir em seco, lembrando a sensação de tê-lo enterrado bem fundo dentro de mim.

— Conte-me sobre isso — ele sussurra, beijando suavemente a tatuagem sobre o lado esquerdo das minhas costelas.

— Eu a fiz quando abri a loja — digo a ele, amando a sensação de seus lábios sobre a minha pele.

— Recite para mim — exige.

Eu franzo a testa. Matt está olhando direto para ela. Ele pode ler.

— Quero ouvir dos seus lábios.

— Você nunca sabe o quanto é forte até que ser forte é sua única escolha.

— Por que essas palavras?

Mordo meu lábio. Jesus, ele está me despindo, corpo e alma, e ao mesmo tempo que amo isso, tenho medo.

De repente, ele dá um tapa na minha bunda e sussurra no meu ouvido:

— O que eu disse sobre responder às minhas perguntas?

— Abrir minha confeitaria custou tudo o que eu tinha. O fracasso não é uma opção para mim.

— Ah, querida — murmura.

Ouço o som de um pacote sendo rasgado e sinto a cama se remexer enquanto ele tira a cueca antes que suas mãos deslizem pelas minhas costas até minha bunda, meus quadris e coxas.

— Você é uma mulher incrível, Nicole.

— Ni. . . — começo a corrigi-lo, mas ele me interrompe.

— Vamos ter que trabalhar essa sua teimosia na cama, querida. — Ele ri e morde meu ombro, depois me coloca novamente de barriga para cima, cobrindo meu corpo com o dele. Seus olhos estão em chamas enquanto ele olha para mim, os cotovelos em cada lado da minha cabeça, mãos sob meus braços, me mantendo ainda mais imóvel.

— Porra, seu corpo é lindo. Cada centímetro.

Seu nariz toca o meu enquanto sua pélvis repousa sobre a minha, seu pau aninhado nos lábios lisos da vagina.

— Eu quero você — sussurro contra seus lábios.

Ele respira fundo e solta um suspiro trêmulo, arqueando os quadris para trás e deslizando lentamente para dentro de mim até estar completamente enterrado.

— Porra, tão apertada — ele rosna e começa a se mover.

Entrelaço as pernas ao redor dos seus quadris, abrindo-me mais, permitindo que invista mais fundo, e é o paraíso.

Nunca senti nada assim, nunca tive esse tipo de conexão física e emocional com um homem na minha vida. Mordo o lábio quando ele começa a se mover mais rápido, com mais força, como se algo invisível o impulsionasse, como se ele simplesmente não pudesse evitar. Esmaga minha boca com a dele e me devora, me fodendo e me beijando vorazmente.

De repente, ele se ergue um pouco, segurando meus joelhos contra as laterais do seu corpo, observando seu pau entrar e sair da minha umidade. Desliza uma mão pela minha coxa e esfrega o polegar no meu clitóris, me enviando para outro plano de existência.

Eu choramingo assim que ele me dá outro orgasmo, ainda mais forte do que o anterior.

A cabeça do seu pau bate no meu ponto G, e seu polegar continua pressionando meu clitóris, e a sensação é incrível.

Louca. Porra, é inacreditável.

— Olhe para mim — exige.

Meus olhos encontram os dele, logo acima de mim. Matt estoca mais duas, três vezes e depois para, gemendo com sua libertação.

Ele está ofegante e suado, ainda dentro de mim enquanto desliza as mãos por meus braços, até os pulsos, e os puxa para baixo. Metodicamente, desata a fita — não voltarei a usá-la na loja — e massageia suavemente meus pulsos, mãos e ombros. Em seguida, sai de dentro de mim e desce da cama para cuidar da camisinha.

Quando volta, não se junta a mim. Simplesmente estende a mão com um sorriso e, quando a pego, ele me puxa para fora da cama e para seus braços, para um beijo longo e suave.

— Como foi? — pergunta calmamente.

— Foi. . . — Inclino a cabeça para o lado, pensando na experiência incrível que acabamos de compartilhar. — É, foi bom.

Ele sorri aliviado.

— Que bom. Para mim também. — Ele pega meu robe aos pés da cama e me envolve com ele, depois veste sua cueca boxer e segura minha mão, entrelaçando nossos dedos.

Amarrada Comigo 77

— Vamos fazer o café da manhã.

— Você cozinha? — pergunto com uma sobrancelha levantada.

— Muito bem, na verdade.

— Gosto de todos esses talentos ocultos — respondo com um sorriso.

— Ah, querida, você ainda não viu nada.

— Conte-me sobre a sua tatuagem — peço, enquanto Matt se movimenta pela minha cozinha.

Estou sentada sobre a bancada, de robe, segurando uma xícara de café fumegante, mas há um copo vazio de suco de laranja ao meu lado, também graças ao meu policial mandão. Ele recusou minha oferta de ajuda, insistindo que me sentasse e fizesse companhia a ele.

Se isso é ser submissa, eu deveria ter assinado o contrato há muito tempo.

Embora, talvez, seja apenas com esse cara que as coisas funcionam assim.

— Isto — ele aponta para a tatuagem na lateral do seu corpo, sobre as costelas — é o símbolo chinês que representa a verdade.

Concordo com a cabeça, admirando o símbolo preto, tendo uma desculpa para permitir que meus olhos percorram seu corpo perfeito. Seus braços são grossos, claramente definidos. Quando ele levanta a panela para virar as panquecas, os músculos flexionam e se avolumam, e não posso deixar de me contorcer.

Deus, quero tocá-lo.

Eu me pergunto se ele nunca me deixará tocá-lo quando fizermos sexo.

Ele vira as costas para mim, e meu queixo cai. Jesus Cristo, suas costas são abençoadas com mais músculos e afinam até os quadris, onde ele ostenta duas das covinhas mais sexy, posicionadas acima do seu traseiro firme, atualmente coberto por uma cueca boxer.

Eu provavelmente conseguiria provocar alguns infartos com aquela bunda.

Definitivamente seria um bom assunto para eu mencionar em uma carta para minha família. Claro, minha mãe pode não querer ouvir sobre a bunda dele.

Mas, quem sabe, talvez ela quisesse.

Ele está falando enquanto se move, quebrando ovos e checando o bacon no forno, mas não tenho ideia do que está dizendo.

— Nic?

Meu olhar se volta para ele. Ele está sorrindo, me observando.

— Onde você estava?

— Hum. — Minhas bochechas esquentam, e eu me dissolvo em uma bolha de risadinhas. — Desculpe. Estava admirando sua bunda.

Ele ri.

— Primeira vez que você vê um homem quase nu?

— Esta é a primeira vez que dou uma boa olhada em você. — Dou de ombros. — Você é bem ok.

— Ok? — ele pergunta e tira os ovos do fogo.

— Você não é ok?

— Humm... não. Ok não é a palavra que eu gostaria de ouvir você usar para me descrever.

— Bem... — Inclino a cabeça, como se estivesse fingindo inventar alguma coisa, gostando dessa brincadeira. — Acho que posso dizer sexy. Ou muito gostoso. Ou, melhor ainda: Oh, meu Deus!

Ele anda até o balcão e me beija, enfiando as mãos no meu cabelo curto, segurando firme enquanto seus lábios mordiscam e exploram os meus. Planto as mãos nas costas dele e as deixo vagar por sua pele até sua bunda, onde as coloco, bem abaixo do cós da cueca, segurando-a com firmeza.

— Então você é uma garota que curte bundas?

— Passei a curtir — respondo com uma risada.

Ele ri comigo quando me solta e termina de preparar o café da manhã. Depois, coloca tudo em apenas um prato e em uma bandeja, e faz um gesto com a cabeça para que eu o siga.

Seus olhos me avisam para eu não discutir, então desço silenciosamente da bancada e o sigo até o quarto, onde ele sobe na minha cama, encosta-se na cabeceira e dá um tapinha no espaço ao lado dele.

— Junte-se a mim.

Encosto o joelho na beirada, mas, antes que eu possa subir, ele acrescenta:

— Sem o robe.

Mordo o lábio, observando o rosto dele, enquanto lentamente puxo o laço e deixo o cetim se abrir, deslizando-o pelos meus ombros e caindo no chão, deixando-me nua.

Matt respira fundo, os olhos arregalados enquanto percorrem meu corpo.

— Meu Deus, Nic.

— Posso me juntar a você agora? — pergunto sarcasticamente.

— Estamos no quarto, então cuidado com o que fala, pequena.

Sorrio e subo na cama, sentando-me ao lado dele com os joelhos puxados contra o peito, esperando que ele decida o que faremos a seguir. Ele dá uma mordida no bacon e toma um gole do suco, depois me oferece uma garfada da panqueca.

Pisco surpresa e abro a boca, permitindo que ele me alimente com as panquecas e depois mastigo enquanto ele continua a comer.

— Bacon? — ele pergunta.

Concordo com a cabeça, e ele me alimenta com o bacon, esperando pacientemente enquanto mastigo. Finalmente começo a rir.

— Algo engraçado?

— Isso é incrivelmente engraçado. Você está dando comida na boca.

— Estou — ele concorda e sorri amplamente. — Isso não vai acontecer com frequência, mas estou com vontade de mimá-la um pouco. Posso?

— Você é o chefe. — Dou de ombros e me inclino para trás, deixando-o alimentar a nós dois. — Como estão Brynna e Caleb?

— Eles estão há quase uma semana na lua de mel, então acho que estão fodendo como coelhos e se divertindo.

— Oh! Brynna disse que achava que eles não conseguiriam viajar.

Matt me oferece suco, e eu aceito com gratidão.

— Foi um presente da família.

— Que incrível. — Eu me inclino e beijo o ombro nu de Matt, depois me lembro das regras e pergunto: — Posso fazer isso?

— Me beijar?

— Sim. Você não me deu permissão.

— Estamos apenas sentados aqui, tomando café e conversando, Nic. Você pode me tocar quando quiser, a menos que eu lhe dê uma orientação que diga o contrário.

— Ah. Eu gosto disso.

— Que bom. — Ele sorri e me oferece um pouco dos ovos mexidos.

— Então, para onde eles foram? — indago e recuso a próxima garfada, cheia demais para continuar comendo.

— Itália — ele responde casualmente e termina o resto do café da manhã.

— Itália — repito, bufando. — Caramba, isso, sim, é uma lua de mel.

— Eu sei. — Ele assente. — Dominic tem uma casa lá.

— Ele parece legal.

Os olhos de Matt se estreitam no meu rosto.

Será que está com ciúme?

— Ele é um cara legal. Não o conheço há muito tempo. Apenas alguns meses.

— Mas ele é seu irmão.

— Meio-irmão — ele esclarece e coloca a bandeja vazia na mesa de cabeceira. — Não sabíamos que ele existia até cerca de cinco meses atrás.

— Uau.

— O que planejou para hoje? — Matt muda de assunto.

— Ir ao supermercado, mas, além disso, não tenho planos.

Ele parece inseguro quando encontra meu olhar e diz:

— Gostaria de passar o dia com você.

— Ok. O que tem em mente?

— Qualquer coisa que você quiser. Vamos sair deste apartamento por um tempo, mas eu gostaria muito de passar a noite aqui com você.

— Preciso ir ao Pike Place Market comprar alguns produtos para a semana. — Bato no lábio com o dedo, contemplando todas as possibilidades. — Talvez pegue um pouco de chocolate fresco na chocolateria que fica lá na colina.

— Você usa chocolate fresco nos seus cupcakes? — Matt pergunta.

— Claro. Sempre compro o meu chocolate lá. É o melhor.

— Ok. Talvez eu tenha uma surpresa antes do mercado e da chocolateria. — Ele verifica a hora, depois se inclina e me beija suavemente. — Obrigado por esta manhã.

Ele me beija mais uma vez e me puxa da cama.

— Vamos tomar banho e sair. Precisamos começar cedo.

Ele me pega no colo e me leva até o banheiro.

— Nós vamos nos sujar outra vez antes de ficarmos limpos? — pergunto com uma risada.

— Ah, com certeza.

— Deus, eu amo Seattle no verão! — exclamo e me inclino no parapeito da balsa, inspirando a maresia e aproveitando a brisa no cabelo e na pele.

É um lindo dia ensolarado de verão em Puget Sound. Matt me surpreendeu com um passeio de balsa até a Ilha Bainbridge, que fica a apenas quarenta minutos, mas a vista é espetacular.

— Eu também — ele concorda e se inclina no trilho, observando as Montanhas Olímpicas ficarem menores à medida que nos afastamos da ilha em direção a Seattle. — Você gostou da cidade?

— É um lugar adorável. — Balanço a cabeça e sorrio. — A loja de bagels faz um sanduíche que é um arraso.

— Na próxima vez, alugaremos bicicletas e passearemos pela ilha.

— Parece divertido também.

Ele fica atrás de mim, passa os braços em volta dos meus ombros e descansa os lábios no topo da minha cabeça, me segurando firmemente contra seu peito enquanto desfrutamos das vistas espetaculares ao nosso redor.

Não o conheço há muito tempo e já confio tanto neste homem. Mais do que já confiei em alguém na vida. Sua calma me tranquiliza.

Espero não estar cometendo um erro.

Quando atracamos em Seattle, caminhamos até o Pike Place Market, um dos mercados parte aberto, parte fechado mais famosos do mundo.

— Nossa primeira parada é o cara dos donuts — Matt me informa com um sorriso.

Por ser um belo domingo, o mercado está cheio de turistas e moradores. Juntamo-nos à fila de rosquinhas e esperamos.

Os olhos de Matt nunca param de vagar, observando as pessoas que passam, ouvindo conversas ao nosso redor. Sua mão segura a minha com força, como se eu pudesse ser levada pelo fluxo de corpos e desaparecer.

A proteção feroz é um lado novo dele que não posso deixar de apreciar. Isso me faz sentir. . . desejada.

Quando chega a nossa vez, Matt faz seu pedido e depois me oferece o saco de papel marrom, cheio de rosquinhas quentes e frescas do tamanho do punho de um bebê.

— Não, obrigada — murmuro, secretamente ansiando por uma. *Apenas uma.*

— Tem certeza? — ele pergunta, incrédulo. — Estes são os melhores donuts da cidade.

Concordo com a cabeça, decidida. Não quero enfrentar as consequências depois.

— Tenho.

— Se está preocupada com as calorias. . .

— Não é isso — eu o interrompo. — Ainda estou cheia do almoço.

Ele me observa atentamente por um momento e depois dá de ombros, joga um donut de açúcar e canela na boca e me conduz mais adiante pelo mercado. Apesar da multidão, Matt fica por perto e espera pacientemente enquanto escolho frutas para os cupcakes da semana, além de algumas para mim.

— Peixe para o jantar? — Matt pergunta no meu ouvido, apontando para o peixe fresco em exibição em uma das barracas.

— Claro.

Ele se afasta, então eu também compro ervas aromáticas para acompanhá-lo e os ingredientes para a salada.

— Ei, baby.

Franzo a testa e me viro na direção da voz familiar, rezando para estar errada.

Por favor, Deus, não deixe ser quem eu penso que é.

Não, eu não sou tão sortuda.

— Não me chame assim, Rob. — Reviro os olhos e continuo inspecionando os produtos.

— Ei, você não retorna minhas ligações há um tempo — ele diz, ignorando completamente minha solicitação.

— Sim, é verdade.

— Por quê?

— Porque não estou interessada, Rob. Olha. . . — Viro-me e vejo Matt nos observando por cima do ombro de Rob. Ele levanta uma sobrancelha, mas eu ergo os ombros e olho Rob bem nos olhos.

Ele é baixo, apenas alguns centímetros mais alto do que eu, mas é um cara bonito, com cabelo castanho-escuro, olhos castanhos e um nariz torto.

— Não quero magoar seus sentimentos, mas não estou interessada. Boa sorte para você.

Eu me viro para me afastar, mas ele agarra meu braço.

— Espera.

— Acho que ela já disse não — Matt rosna por trás dele.

Não há espaço suficiente para esse tipo de briga aqui no meio do mercado. Há muitas pessoas se movimentando ao nosso redor, esbarrando em nós.

— Não é da sua conta — Rob retruca com um sorriso de escárnio, e os olhos de Matt se estreitam em fendas mortais.

— Ela está comigo — ele afirma calmamente. — Ela disse não. É tudo o que você precisa saber.

O olhar de Rob desliza para o meu.

— É sério?

— É sério.

— Tudo bem. — Ele se afasta, com as mãos em sinal de rendição, mas posso ver raiva e vergonha em sua linguagem corporal. — Até a próxima.

— Um ex-namorado? — Matt pergunta enquanto observa a silhueta de Rob, conforme ele se afasta.

— Sim — confirmo e pago pelas minhas compras. — Já terminei aqui.

— Próxima parada, chocolateria?

— Sim, por favor. — Suspiro aliviada por Matt não insistir no assunto de Rob, enquanto saímos do mercado e começamos a subir a colina que leva ao coração da cidade. Essa colina é difícil.

— Odeio esta colina — resmungo, ganhando uma risada de Matt.

Ele enlaça os dedos nos meus e tira a bolsa da minha outra mão, carregando o peixe e os produtos.

— Me fale sobre esse cara.

— Eu esperava que o assunto estivesse encerrado.

— Só depois que conversar comigo. — Ele sorri para mim, depois me beija na testa. — Por favor.

— Ele é um cara que conheci na faculdade. Saí com ele uma ou duas vezes, mas não faz meu tipo.

— E qual é o seu tipo?

— Bem, digamos que Rob seja agressivo e egoísta e realmente goste de falar sobre si mesmo.

Matt ri.

— É, conheço o tipo.

— Então, não é alguém com quem eu gostaria de ficar — asseguro e

Amarrada Comigo    85

balanço a cabeça. — Apenas parei de retornar suas ligações. Nem valia a pena terminar, porque só saímos algumas vezes. Não houve relacionamento físico. Só deixei esfriar.

— Mas ele parece ainda gostar de você — comenta Matt.

— Acho que sim. Mas realmente não me importo. — Estremeço e mordo meu lábio. — Isso me faz parecer uma vadia.

— Não, faz você parecer honesta. — Ele me puxa para pararmos no meio da colina, até eu estar em um ponto mais alto do que ele, fazendo seus olhos se nivelarem com os meus. Ele se inclina e beija meus lábios suavemente, acariciando minha bochecha com a mão livre. — Foi ele quem perdeu.

— Vamos comprar chocolates.

— Boa ideia. Talvez eu tenha um plano. — Ele dá uma piscadinha e me conduz para a loja de chocolates, enquanto Rob se torna uma lembrança distante.

# Capítulo Seis

## Nic

— Ah, meu Deus, você realmente sabe cozinhar. — Remexo-me na cadeira e empurro meu prato vazio de salmão escalfado e salada para longe de mim e saboreio minha água, observando Matt do outro lado da mesa.

— Você duvidou de mim? — ele pergunta com uma sobrancelha erguida.

— Nem um pouco. — Balanço a cabeça e rio. — Estou apenas te elogiando.

Ele assente e se levanta para limpar a mesa, então, eu me junto a ele.

— Você cozinhou, então eu lavo a louça.

— Podemos fazer isso juntos — ele oferece, mas nego com firmeza.

— De jeito nenhum. Você me mimou o dia todo. Posso fazer isso. — Pego o prato da mão dele e fico na ponta dos pés para beijar seu rosto cálido.

Seus olhos parecem suaves e felizes quando ele sorri para mim.

— Ok, enquanto faz isso, estarei no quarto.

— Tirando uma soneca? — questiono com seriedade, ganhando um tapinha na bunda.

— Não, espertinha. Você vai ver. — Ele beija minha testa e sai da sala.

Matt é um excelente cozinheiro, mas — caramba — também é bagunceiro! Parece que uma bomba explodiu na minha cozinha, e ele só escalfou peixe e fez uma salada! Embora eu deva admitir que parte da bagunça seja do café da manhã, porque não tivemos tempo de limpar antes de sairmos.

O que me deixa maluca. De todos os cômodos da casa, é a cozinha que me deixa um pouco obsessiva.

Não posso evitar.

Então, mergulho na tarefa, enchendo a máquina de lavar louça, lavando manualmente o que não cabe e higienizando as bancadas. Quando termino, a cozinha brilha e cheira a limão, e fico mortificada ao ver que estou limpando há mais de meia hora.

Bela anfitriã eu sou.

Volto para o quarto e encontro Matt sentado na poltrona ao lado da janela, lendo algo em seu iPad.

No caminho de volta do mercado, Matt parou em sua casa para pegar uma muda de roupa e algumas de suas coisas para mais uma noite fora de casa.

Ele acendeu algumas das minhas velas e apagou as luzes, dando ao cômodo um brilho suave.

— Me desculpa por ter demorado tanto — murmuro e me inclino contra o batente da porta, observando o belo homem no meu quarto.

— Me desculpa por ser um cozinheiro tão bagunceiro — ele responde com um sorriso irônico. Seu olhar está cálido enquanto viaja pelo meu corpo. Ele se levanta e caminha devagar até mim. — Seus olhos parecem incrivelmente verdes à luz de velas.

— Obrigada — digo enquanto meu coração acelera.

Ele parece um predador agora, enquanto atravessa meu quarto lentamente para ficar bem à minha frente. Não me toca, ainda não. Apenas encosta o antebraço no batente da porta acima da minha cabeça e beija minha testa suavemente.

— Quero mostrar o que posso fazer com minhas cordas esta noite, pequena.

Respiro fundo e esfrego uma coxa na outra, sentindo o repentino pulso de eletricidade que suas simples palavras enviam para o centro do meu corpo.

— Sempre pode me pedir para parar se for demais para você — ele me lembra com ternura, sem me tocar.

Ele ainda está vestindo sua camiseta cinza e jeans azul desbotado, e meus dedos estão ansiosos para tocá-lo antes que ele me imobilize. Enfio a mão sob sua camisa, deslizando-a pela pele trincada do abdômen. Os músculos saltam sob a minha mão, e seu queixo fica tenso enquanto ele me observa, me deixando explorar sua pele.

— Só quero tocar em você por um minuto — sussurro suavemente.

Ele beija minha testa novamente e ergue meu queixo, me observando atentamente enquanto minhas mãos exploram sua barriga e peito, sob a camisa. Movo a mão em torno de sua cintura para suas costas e me aproximo dele, querendo que me beije.

Finalmente — *finalmente* —, ele toma meu rosto em suas mãos e me beija. Preguiçosa, mas completamente, passando seus lábios sobre os meus, mordiscando a lateral da minha boca e depois seguindo para o outro lado antes de mergulhar, me beijando da maneira intensa que só Matt consegue beijar.

Ele se afasta, pega minhas mãos e me leva em direção à cama.

— Como você está, querida? — ele pergunta.

— Bem.

Ele levanta uma sobrancelha e eu engulo em seco, pensando em como meu corpo se sente.

— Animada. Nervosa.

— Melhor — ele responde e tira minha blusa por cima da cabeça.

Ele beija meu corpo enquanto me despe e passa a ponta dos dedos sobre a minha pele, me deixando cantarolando de antecipação pelo que está por vir.

Quando estou completamente nua, Matt me pega no colo e me coloca gentilmente no meio da cama.

— Adicionei algo à sua cama — ele me informa com um sorriso satisfeito. Pega minha mão direita, beija a palma e, de repente, passa uma corda macia ao redor do meu pulso, dando belos nós. Ele coloca minha mão acima da cabeça e, em seguida, circula a cama para o lado oposto, para fazer o mesmo com o outro pulso antes de unir os dois com nós suaves.

Ele estende a mão e puxa o mesmo tipo de corda do trilho ao longo da parte superior da minha cama de dossel, amarra-a às minhas mãos unidas e a prende, levantando meu torso da cama até que meus ombros não toquem mais o colchão.

— Seus ombros estão doendo? — ele pergunta calmamente.

— Não — respondo sem fôlego, observando-o com os olhos arregalados.

Assim que ele pega outro pedaço de corda... nem o vi pegar isso tudo quando estávamos no apartamento dele!... seu celular toca no bolso.

— Droga! — Seus olhos ainda estão fixos nos meus. — Sinto muito, amor, é trabalho.

Ele pega o telefone e atende. Seus olhos se estreitam, ainda me observando de perto.

— O quê?! — Agora ele se afasta e fica parado na janela, olhando cegamente para a rua. — Quando? Porra! Segure-o lá! Como assim você não tem motivo? Eu vou te dar uma merda de motivo! Tudo bem, chego aí em vinte minutos. *Não* o deixe sair, entendeu?

Ele termina a ligação, pega o iPad e tira as chaves do bolso.

— Sinto muito, Nic, mas preciso ir.

— Hum, Matt? — Minha voz tem um tom divertido quando ele se vira para mim, e seus olhos se arregalam. — Estou meio amarrada aqui.

Ele joga as chaves e o iPad na cadeira, rapidamente voltando, desatando-me rapidamente, esfregando meus pulsos e me colocando sentada em seu colo. Acaricia meu cabelo, meu rosto, beijando minha testa e bochechas suavemente.

— Sinto muito, pequena. Eu não teria deixado você assim.

— Eu sei. — Dou risada e me aninho mais em seu colo. — Você, obviamente, precisa ir trabalhar.

— Preciso. — Ele suspira com pesar. — Acho que acabamos de encontrar uma pista sobre um caso que pensávamos que seria arquivado.

— Entendo — murmuro e beijo sua bochecha.

— Mas, primeiro, vamos ficar sentados aqui por um minuto. — Sua mão desliza pelo meu corpo, descansando no meu quadril. — É uma tortura sair agora. Você estava linda amarrada.

— Podemos terminar o que começou em outro momento.

— Com certeza. — Ele ri. Seus olhos percorrem meu peito, meus mamilos ainda rígidos em antecipação.

Estou respirando mais rápido do que o normal, e meu corpo está zumbindo. Sua mão viaja do meu quadril para entre minhas pernas e segura meu sexo.

— Porra, você está molhada.

— Gosto quando você me amarra — sussurro.

Ele rosna enquanto mergulha dois dedos em mim e começa a me foder, com intensidade, sem paciência, movendo-se rapidamente. Seu polegar pressiona meu clitóris, e ele enterra o rosto no meu pescoço, me mordendo e lambendo.

— Não vou sair daqui até você gozar, querida.

Suas palavras e sua mão me deixam no limite. Meus quadris arqueiam, buscando sua mão, enquanto eu gemo, com os braços em volta dos seus ombros. Viajo através do orgasmo e depois me acomodo contra ele, ofegante e satisfeita.

— Melhor? — ele pergunta, seus lábios erguidos em um sorrisinho.

— Hum-hum — afirmo e seguro seu rosto. — Obrigada, detetive.

Ele ri e me coloca de pé.

— Me desculpe, tenho que ir. Mando uma mensagem ou ligo quando puder.

— Ok. Cuide-se.

Ele inclina a cabeça, me olhando.

— Escolha interessante de palavras. Boa noite, querida. Obrigado por hoje. — Ele me beija suavemente e depois sai, tirando o telefone do bolso antes de passar pela porta do quarto.

— Asher, encontramos uma pista...

— Pode ir para casa, Anastasia. As coisas estão calmas hoje. — A bela mãe de três faz uma careta e tira o avental enquanto checa o relógio.

Ainda falta uma hora para fechar, mas o movimento está morto. Eu poderia ter fechado ao meio-dia.

— Está mesmo. É incomum para uma quinta-feira.

Concordo com a cabeça, já contando mentalmente quantos cupcakes terão que ser levados para o abrigo dos sem-teto hoje à noite. Nunca sirvo doces amanhecidos, então, no final do dia, são enviadas para os necessitados.

Até os necessitados merecem um doce.

— Tenha uma boa noite. — Anastasia acena e segue pela cozinha até o carro estacionado nos fundos.

Nesse momento, a porta se abre, a campainha toca e entra Leo Nash, com todo o seu um metro e oitenta de pura gostosura tatuada. Sorri para mim daquele jeito arrogante de estrela do rock e caminha até o balcão.

— Por favor, me diga que ainda tem algum de limão e chocolate.

— Está com sorte — respondo, enquanto pego uma caixa para dois cupcakes e coloco delicadamente um de cada lado. — Como foi lá hoje? — pergunto, apontando para o estúdio de gravação do outro lado da rua.

— Tudo correu bem, na verdade. O novo álbum está ótimo.

— Um novo álbum, já? *Sunshine* acabou de sair.

— Bem, gravamos quando podemos. — Ele sorri e dá de ombros. — Faltam algumas semanas para a turnê, então queremos preparar algumas músicas antes de sairmos novamente.

Concordo, fingindo entender a vida de uma estrela do rock.

— Você fez um ótimo trabalho no bolo de Bryn e Caleb — ele menciona casualmente.

— Estou feliz que tenha gostado.

— Eu gostei. Na verdade, mencionei você em uma entrevista.

— Eu? Por quê?

— Foi uma daquelas entrevistas idiotas: "Então, conte-nos sobre você", e eles queriam saber sobre meu relacionamento com Sam. — Ele encolhe os ombros novamente e parece meio chateado por um segundo. — A única coisa que eu queria compartilhar era que amamos seus cupcakes. Então, espero que isso seja bom para seus negócios.

Não sei o que dizer. Leo Nash falou a um repórter que ama meus cupcakes.

— Uau.

Ele ri e pega a caixa.

— Espero que esteja tudo bem.

— Hum, acho que seus cupcakes serão por conta da casa a partir de agora.

Seus olhos brilham, mas ele ainda deixa uma nota de vinte na caixinha de gorjetas.

— Parece justo.

— O que aconteceu com os cupcakes grátis? — pergunto secamente, olhando o dinheiro na caixinha de gorjeta.

— Eles valem a pena. — Ele dá de ombros e se vira para sair, piscando para mim da porta.

Meu coração acelera um pouco mais.

Deus, o homem é tão. . . *gostoso*. Samantha Williams é uma mulher de sorte.

Tiro meu encontro com o sexy Leo Nash da cabeça e tranco a porta antes de colocar os cupcakes em caixas e me arrumar para encerrar o dia.

Meu telefone vibra no bolso, alertando sobre uma mensagem de texto. Eu sorrio e o pego, animada ao ver que é de Matt.

*Como foi o seu dia?*

Sinto falta dele. Não o vejo desde que ele saiu do meu apartamento no domingo à noite. Quatro dias inteiros, o que não é tanto tempo assim, pelo amor de Deus. Ele esteve ocupado trabalhando, dormindo e fazendo suas coisas esta semana. Mas conseguiu encontrar tempo para me enviar mensagens e me ligou ontem à noite, logo depois que deitei na cama, só para me dar boa noite.

Já me acostumei a tê-lo na minha vida, e faz apenas algumas semanas que nos conhecemos.

*Lento. Vou fechar mais cedo. Como foi o seu?*

Deus, eu pareço uma. . . *adolescente.*

*Já se passaram quatro dias sem você. Pode abrir a porta da frente?*

O quê? Ele está aqui! Corro pela cozinha para ver Matt encostado no batente, sorrindo para mim. Abro-a e o deixo entrar.

— Eu não esperava vê-lo hoje. — Tranco a porta e depois me jogo em seus braços.

Ele me pega com facilidade, envolvendo minhas pernas em sua cintura, e me beija demoradamente e com intensidade, enquanto me carrega de volta para a cozinha. Seu corpo está rígido. A energia flui dele em ondas. Ele está nervoso. Bruto.

— Você está quase terminando aqui? — ele pergunta.

— Sim, só tenho que arrumar as coisas para amanhã. Não deve demorar muito.

Ele me coloca de pé e me beija mais uma vez, com as mãos emboladas nos meus cabelos, antes de me soltar com relutância e apoiar os quadris na bancada.

Limpo rapidamente os balcões, empilho as bandejas e faço um inventário rápido para preencher uma lista mental do que estará no cardápio de amanhã.

— Não tire o avental — ele ordena em um sussurro. Sua voz está com aquele tom profundo, o mesmo que usa no quarto, e um calafrio serpenteia através de mim quando o olho por cima do ombro.

— Não?

— Quatro dias sem você, Nic. Foi uma semana de merda, e hoje estou um pouco tenso.

É um aviso. Ele está no modo dominante, e é tão excitante que não sei o que fazer para me controlar. Mordo o lábio e assinto; em seguida, volto para minha tarefa, um pouco desconcertada e trêmula. Finalmente, quando termino, eu o encaro, de pé do outro lado do ambiente, minhas mãos fixas nas laterais do meu corpo, esperando que ele me diga o que virá a seguir.

É tão natural quanto respirar — algo que eu gostaria de ponderar mais tarde —, mas tudo em que consigo pensar agora é que estou feliz em vê-lo e que ele precisa de mim para aliviar sua tensão.

O que quer que esteja prestes a fazer *comigo*, concordarei sem hesitar.

— Venha aqui — ele ordena.

Eu obedeço, caminhando para ficar a poucos centímetros à sua frente, meus olhos fixos nos dele.

— Tire a roupa, mas deixe o avental.

— Posso abaixá-lo no pescoço para tirar a camisa? — pergunto, sem sarcasmo na voz.

Seus olhos suavizam, mas ele não sorri.

— Pode.

Puxo o laço do avental por cima do pescoço, deixando-o pendurado na cintura para que eu possa tirar a camisa e o sutiã, depois tiro a calça e a calcinha, deslizando-as pelos quadris e as pernas. Assim que me movimento para recolocar o avental em volta do pescoço, ele me interrompe.

— Pode deixá-lo assim.

Solto-o e paro diante dele, nua, exceto pelo avental enrolado na cintura.

Seus olhos azuis como o mar viajam pelo meu corpo, quentes e cheios de luxúria. Matt abre e fecha os punhos, ansioso para me tocar, mas espera.

Como ele aprendeu a ser paciente assim, não faço ideia. Eu nunca fui.

Portanto, isso é uma tortura.

Finalmente, ele se aproxima de mim e desliza os nós dos dedos na minha bochecha antes de se inclinar para beijar meus lábios.

— Isso não vai ser suave nem gentil, Nic. Não é o que quero agora.

— Ok. — Oh, Deus, sim, por favor.

Ele pega meus pulsos, me puxa contra ele e me beija novamente, do jeito que quer. Do jeito que precisa. Com fogo, possessividade e *urgência*.

De repente, ele me afasta e me inclina sobre a bancada de aço inoxidável. Ela é gelada contra meus seios e tronco, e eu suspiro quando a superfície entra em contato com minha pele. Não há tempo para usar as mãos para me segurar, porque Matt as une nas minhas costas e as amarra com as cordas do avental, me deixando imóvel.

— Eu quis brincar com este avental desde a primeira vez que vi você usando-o. — Sua voz está severa e excitada, e ele me vira de volta para ele, erguendo-me e me colocando sentada na bancada, mantendo-me bem na borda, desequilibrada. Ele fica entre as minhas pernas, colocando os braços ao redor das minhas costas, me impedindo de cair.

— Não vou deixar você cair.

— Eu sei — sussurro, observando-o, esperando para ver aonde isso vai dar, sentindo a ansiedade me percorrer. — Embora isso seja realmente insalubre. Se o departamento de saúde entrasse, eles me proibiriam de continuar no negócio.

Ele sorri.

— Esta pode não ser a resposta que você deseja ouvir, mas agora não dou a mínima.

Com um braço me segurando, ele liberta seu pau duro e tira uma camisinha do bolso, rasgando-a com os dentes e a colocando. Passa um dedo pelas minhas dobras, me testando.

— Tão molhada. — Seus olhos encontram os meus, e ele me penetra em um impulso rápido, preenchendo-me completamente.

Minha cabeça cai para trás, mas ele agarra meu cabelo em seu punho e me imobiliza ainda mais, com mãos amarradas nas minhas costas e com seu aperto firme em minha cintura, conforme começa a investir em mim, me fodendo com mais força do que nunca. Minhas pernas se entrelaçam com força em seus quadris enquanto ele me come, seus olhos azuis derretidos presos aos meus, boca aberta enquanto ele arfa e murmura coisas incoerentes.

Porra, ele é tão sexy que mal posso suportar.

Ele chega ao fundo e faz uma pausa, esfregando seu púbis contra o meu clitóris, e o atrito, a plenitude de seu pênis dentro de mim, me leva a um orgasmo que faz meus dedos se retorcerem.

— Olhos! — ele rosna quando meus olhos se fecham com a força da energia que se move através de mim.

Eu os abro e o observo enquanto ele continua a estocar, juntando-se a mim quando também goza, investindo e gritando meu nome.

Quando ele se recompõe, passa os braços em volta dos meus ombros e me puxa contra ele, beijando minha testa, balançando-me para a frente e para trás, acalmando a nós dois enquanto ainda se mantém dentro de mim.

Finalmente, desamarra minhas mãos enquanto me beija, como se simplesmente não conseguisse ter o suficiente de mim. Quando estou livre, levo as mãos aos seus cabelos e seguro-os, sentindo os fios macios entre meus dedos, depois acaricio seu pescoço e seus ombros.

— Você está bem? — sussurro contra seus lábios.

Ele suspira e acaricia meu nariz com o dele antes de se inclinar para trás.

— Estou muito melhor agora.

Ele tira o preservativo e o envolve em uma toalha de papel antes de enfiá-lo no bolso.

— Vou jogá-lo fora em algum lugar onde não se faça comida.

Eu rio enquanto visto minhas roupas.

— Quem diria que um avental simples poderia ser usado em sexo excêntrico? — Examino o avental antes de jogá-lo no cesto.

— Você ficará surpresa com o que acabaremos usando como restrições — Matt responde com um sorriso. — Posso amarrá-la com praticamente qualquer coisa.

— Que bom.

— Bom? — ele pergunta.

Assinto e depois dou de ombros.

— Parece que tenho um novo apreço por estar amarrada.

Ele rosna e me puxa para si novamente.

— Continue falando merda e nós vamos subir agora, e vou deixá-la amarrada a noite inteira, pequena. — Ele passa o nariz pela minha testa. — Gosto de saber que passou a confiar em mim bem rápido.

— Vamos lá para cima. — Eu disse isso mesmo?

Ele ri e balança a cabeça.

— Prometi jantar com Will e Meg hoje à noite e quero que vá comigo. Foi para isso que vim aqui.

— Ah — digo com uma careta. — Você tem certeza de que quer que eu vá? Tudo bem se quiser ir, podemos nos ver outro dia. . .

— Pare..

Meus olhos encontram os dele, que estão surpresos.

— Por que não iria querer que venha jantar comigo e com meu irmão?

Franzo a testa e me remexo.

— Bem, acho que estou confusa.

— Sobre?

Engulo em seco e olho para baixo, mas ele inclina meu queixo para cima com o dedo.

— Está confusa sobre o quê?

— O que estamos fazendo, Matt? O que temos é só sexo? Porque me levar para passar um tempo com a sua família transforma o que quer que esteja acontecendo conosco em algo completamente diferente.

— Não é só sexo. — Ele franze a testa profundamente, olhando para o meu rosto. — Me desculpe se foi isso que você pensou. O sexo é incrível, mas quero manter um relacionamento com você, Nic. Seja lá aonde isso vá nos levar. Pensei que fosse o que você queria também.

Assinto, me sentindo tola.

— Eu quero.

— Então estamos na mesma vibe? — Ele parece verdadeiramente preocupado, e isso me tranquiliza ainda mais.

Inclino-me e beijo seu peito antes de sorrir para ele.

— Mesma vibe. — Eu me afasto e empilho as caixas de cupcakes. — Pode levar isto para o carro enquanto limpo a bancada, dou um pulo lá em cima e me troco?

— Para onde vamos levá-los? — Matt pergunta com uma risada. — Meg e Will não vão conseguir comer tudo isso. Bem. . . Will provavelmente conseguiria.

— Vamos levar uma caixa para eles e o restante para o abrigo de moradores de rua. É para lá que levo as sobras todos os dias.

Seu queixo cai quando passo a última caixa para ele.

— O que foi?

— Você continua me surpreendendo, só isso.

— Dar cupcakes aos sem-teto é surpreendente?

— A maioria das pessoas não pensaria nisso. Elas apenas os jogariam fora.

Eu balanço a cabeça com firmeza.

— Não desperdiço comida. É muito caro. Além disso, trabalhei duro neles. Alguém precisa apreciá-los.

— Ok, vamos fazer o dia de alguém mais feliz e depois jantar.

— É um bom plano.

# Capítulo Sete

## Matt

— Por que está nervosa? — pergunto, enquanto estacionamos em frente à casa de Will.

— Pensei que fôssemos a um restaurante. — Ela se remexe no assento, olhando para a grande casa de pedra.

— Meg gosta de cozinhar — comento e pego a mão dela, segurando-a com firmeza. — Olhe para mim.

Ela vira aqueles grandes olhos verdes para mim, e meu coração estremece. Como ela pode exercer esse efeito em mim se a conheço há apenas algumas semanas?

— Você já conhece essas pessoas.

Ela assente e morde o lábio.

— Estou agindo como uma idiota. Só não sou muito boa com pessoas.

Eu rio alto e balanço a cabeça.

— Está brincando comigo?

— Não.

— Você é incrível com pessoas. Fala com todos os clientes que entram na sua loja sem hesitar.

— É diferente — ela sussurra. — Isso é trabalho. Eu sou meio tímida.

Meus olhos se estreitam nela. Nunca imaginaria que é tímida, com base em como é extrovertida e faladora quando está no ambiente de trabalho.

— Vai ser ótimo. Meg e Will são divertidos, e você se tornará a mais nova melhor amiga de Will, graças aos cupcakes. — Pisco para ela e saio do carro. Abro a porta e pego sua mão, puxando-a para mais perto. — Confie em mim.

Amarrada Comigo 99

— Eu confio — ela responde suavemente e olha para mim. — E isso me surpreende também.

— Podemos conversar sobre isso mais tarde — sussurro, sentindo meu estômago se revirar por ouvi-la dizer que confia em mim.

Esse relacionamento não funcionará a menos que confiemos um no outro implicitamente.

— Você me trouxe cupcakes! — Will exclama quando abre a porta para nós.

Meu irmão é um idiota arrogante na maior parte do tempo, mas não posso deixar de amá-lo.

— Cupcakes?! — Samantha grita lá de dentro.

— Sam e Leo estão aqui? — pergunto enquanto conduzo Nic para dentro da casa de Will.

— Sim, Meg imaginou que seria legal convidá-los também, já que estão na cidade. — Ele me olha por sobre a caixa branca de cupcake, que já está em suas mãos, antes de se inclinar e sussurrar no meu ouvido: — Você e eu vamos conversar sobre isso mais tarde.

Dou de ombros e sorrio, pegando a mão de Nic, entrelaçando nossos dedos.

— Você conhece Nic. — Aponto com a cabeça para a pequena mulher de cabelo escuro ao meu lado.

Will assente e sorri

— Obrigado por trazê-los.

— O prazer é meu. Ou eu os trazia para cá ou os levava para os sem-teto.

— Ainda deixamos mais três caixas deste tamanho no abrigo — acrescento com uma risada.

— Graças a Deus! — exclama Sam, enquanto entra apressada na sala, com seus olhos azuis brilhando.

— Hum, nós já comemos alguns desses hoje, raio de sol — Leo lembra quando se junta a nós. — Oi, Nic.

— Ei. — Ela sorri e agarra minha mão com força.

Parece que Nic tem uma quedinha por Leo.

Enquanto for só isso, ficaremos bem.

— Para onde todos foram? — Meg questiona da cozinha.

— Aqui! — Will chama de volta. — Matt está aqui com Nic, e ela trouxe cupcakes!

— O quê? — Meg exclama e sai correndo da cozinha. Os olhos dela se arregalam quando vê que estou segurando a mão de Nic, o que a faz sorrir amplamente. — Ei! Bem-vinda!

— Oi novamente. — Nic sorri e estende a mão para apertar a de Meg, mas é agarrada em um abraço de urso, para sua surpresa.

— Estou tão feliz que Matt trouxe você — Meg afirma.

— Eu também. Me dê os cupcakes, Montgomery — Sam exige, as mãos estendidas.

— Nem pensar — Will responde e abraça a caixa.

— Tem uma dúzia aí dentro — Nic garante a todos. — Tem suficiente para todo mundo.

— Está brincando? — Will ri. — Esta porção é só para mim.

— Sério, você tem que compartilhar, querido. — Meg ri e entrelaça o braço no de Sam.

— Por que nós os convidamos? — Will faz beicinho e abre a caixa. — Quais são os sabores?

— Tem de bolo de cenoura, red velvet e torta de morango. — Nic volta para o meu lado e passa o braço em minha cintura, como se estivéssemos juntos há anos.

Eu passo o braço em volta dos seus ombros e beijo o topo da sua cabeça. Ela parece precisar estar perto de mim para se sentir segura, e fico feliz que se sinta assim.

Porra, darei a ela o que quiser.

— Ainda não experimentamos esses. — Leo sorri. — Acho que você vai poder provar um sabor novo, luz do sol.

— Ainda bem — Sam responde.

— Olha, antes que todos se encham de açúcar, vamos jantar. — Meg nos conduz para a sala de jantar, enquanto pega a caixa de doces das mãos de Will. — Vou colocá-los na cozinha para mais tarde.

— O que tem para o jantar? — pergunto em voz alta. — Estou faminto.

— Frango à parmeggiana com macarrão — Meg responde, enquanto todos nos sentamos ao redor da mesa, e Will coloca mais um prato.

— Muitos carboidratos — comento com Will, com uma sobrancelha levantada.

— Vá se foder, cara, é verão.

— Só estou dizendo. Você não quer estragar sua condição física de jogador de futebol.

Nic está observando Will se mover, analisando seus ombros e braços. Ela aprecia corpos masculinos, e não vejo problema nenhum nisso.

— Will tem o corpo mais firme desta família — Sam menciona casualmente, enquanto bebe um copo de vinho. — Acho que um pouco de macarrão não vai estragar isso.

— Sam, quer fugir comigo? — Will pergunta sinceramente. — Você é, claramente, a minha favorita.

— Aí vou ter que te matar e não vou conseguir gravar minhas músicas da prisão — Leo fala com uma risada.

— Desculpe, estrela do futebol — Meg responde quando volta para a sala de jantar com uma grande tigela de salada. — Você está preso a mim.

— Não há ninguém mais em quem eu gostaria de estar preso. — Will pega Meg em seus braços e a beija profundamente. — Sente-se. Vou trazer o resto.

Meg suspira e se joga na cadeira, com um sorriso feliz nos lábios.

— Ele é gostoso.

Nic coloca a mão no meu joelho e o aperta. Amo o fato de ela gostar de ter as mãos em mim, sempre me tocando. Torna a ideia de amarrá-la muito mais divertida.

Ela está sorrindo largamente, curtindo as brincadeiras da minha família louca.

— Eles são divertidos — sussurra para mim.

— Espere até você estar com todos. Nunca é entediante. — Beijo a têmpora dela e me viro para Leo. — Quando vai voltar a pegar a estrada?

— Só daqui a algumas semanas. Vamos tirar uma folga.

**102    Kristen Proby**

— Você trouxe seu violão? — Meg pergunta, esperançosa.

Meg e Leo cresceram juntos em lares adotivos e mantiveram o relacionamento de quase irmãos ao longo dos anos. Ficaram afastados por um tempo, mas, recentemente, se reencontraram e agora passam muito tempo juntos.

— Hoje, não. — Leo balança a cabeça. — Quero passar algumas letras de músicas com você depois do jantar. Só precisamos de um violão para isso.

— Vocês escrevem músicas juntos? — Nic pergunta e me passa o macarrão.

— Temos feito isso por boa parte de nossas vidas — confirma Meg. — Mas sou melhor do que ele.

— Bem que você gostaria — Leo retruca.

— Isto é tão legal.

— Você toca algum instrumento? — pergunto a Nic.

Ela assente e mastiga um pouco de salada.

— Piano clássico.

Coloco o garfo no prato e a encaro, surpreso.

— É sério?

— Sim. — Ela dá de ombros, como se não fosse grande coisa. — Minha tia era pianista de concertos e ensinou a mim e à minha irmã.

— Legal. — Sam sorri. — Eu toco também.

— Sempre me sinto tão estúpido em termos musicais quando estou perto deles — Will murmura com uma risada.

— Aposto que não conseguiríamos jogar futebol nem se tentássemos — responde Nic.

— E não sei preparar cupcakes nem se precisasse deles para salvar a minha vida — acrescenta Meg. — Posso cozinhar o dia todo, mas, como confeiteira, acabarei envenenando todo mundo.

— O que Matt sabe fazer? — Sam pergunta com uma inclinação na cabeça.

— Ele sabe. . . — Nic começa, mas eu cubro sua boca com a mão e rio.

Amarrada Comigo    103

— Posso te prender por assédio — digo com veemência.

Os olhos de Nic estão sorrindo por cima da minha mão.

— Sim, você me assusta, Montgomery. — A voz de Sam está séria enquanto ela come.

— Teve notícias de Caleb e Bryn? — Meg pergunta.

— Recebi um e-mail dele — Will responde. — Mas foi cerca de uma semana atrás. Ele disse que estão se divertindo.

— Eles voltam na sexta-feira — comento. — Recebi um e-mail no mesmo dia que você. Parece que a casa de Dom é legal.

— Eu adoraria levar Meg para lá algum dia — Will diz e sorri para sua noiva.

— Você arrematou uma viagem à Itália naquele leilão, lembra? — Meg fala.

— É verdade. — Ele assente.

— Pode passar por lá e conferir a casa de Dom — sugiro.

— Boa ideia. — Meg sorri e toma um gole de vinho. — Então, o que mais está acontecendo?

— Luke vai dar uma festa de aniversário para Natalie na casa deles no próximo sábado — Sam anuncia.

— Na nova casa? — pergunto.

Sam assente.

— Sim, é linda.

— Não fica longe daqui. — Meg sorri. — E vou poder amar aqueles bebês quando quiser.

— Quando será o parto de Natalie? — Nic indaga.

— Só no outono — Sam responde. — A barriga dela está tão fofa. Nat está linda grávida.

— Nat sempre está bonita — acrescenta Meg.

— Então vai ser uma festa na piscina? — Will pergunta. — Podemos jogar vôlei.

— Sim, festa na piscina — Sam confirma. — Os pais vão cuidar de todos os filhos, então serão apenas os irmãos.

— Você pode se ausentar da loja no sábado? — murmuro para Nic.

— Ah, você tem que ir! — Meg concorda.

Nic cora e morde o lábio.

— Acho que posso arrumar alguém para me cobrir nesse dia.

— Excelente. — Beijo a bochecha dela e ergo os olhos, encontrando Will olhando para mim com as sobrancelhas levantadas.

— Você poderia levar alguns cupcakes? — Sam pede animadamente.

— Claro. — Nic dá de ombros. — Eu também estava pensando em criar novos sabores. Talvez possa preparar algo novo para ela.

— Seria incrível! — exclama Meg. — Ela é fotógrafa. Você pode decorá-los de forma divertida?

— Com certeza. — Nic assente com entusiasmo. — Até já tenho algumas ideias.

— Ótimo, vou avisar ao Luke que já temos o bolo. — Sam tira o telefone do sutiã e rapidamente envia uma mensagem de texto.

— Não precisa fazer isso — asseguro a Nic, franzindo a testa para Meg e Sam. — Quero que tire o dia de folga e se divirta. Não precisa trabalhar.

— Ah! Não, sério! — Meg concorda. — Eu também não quero que você trabalhe. Só sei que eles ficarão deliciosos.

— Está tudo bem — Nic garante e olha para mim. — Eu não me importo. É divertido.

— Tem certeza?

— Sim. — Ela assente, feliz, e aperta meu joelho novamente.

— Bom, porque já confirmei com Luke. — Sam sorri inocentemente.

— Ok, agora eu quero cupcakes. — Will se levanta e entra na cozinha para pegar a caixa cheia de doces de Nic e voltar para a mesa.

— Hummm... — Sam suspira enquanto morde um cupcake de morango. — Sério, é muito bom. Posso dar uma mordida no seu, de cenoura? — ela pede a Leo.

— Posso dar uma mordida no seu? — Leo rebate.

— Porra, claro que não.

— Então, não, eu também não vou compartilhar. — Ele ri e dá uma grande mordida no cupcake. Todos, exceto Nic, estão saboreando seus doces.

— Você não vai comer um? — Meg questiona antes que eu possa fazê-lo.

Nic balança a cabeça e sorri.

— Não, não esta noite.

— Está perdendo. — Leo sorri e pisca para Nic. — Eles são deliciosos.

— Meu Deus, mulher — Will geme e pega um terceiro. — Fuja comigo.

— Você diz isso para todas as garotas. — Nic ri. — Mas estou feliz que tenha gostado.

— Você pegou uma mulher e tanto. — Will pisca para mim. — Ela está aprovada.

Eu sorrio e balanço a cabeça para o meu irmão.

Porra, ela com certeza está aprovada.

— Fale — Will ordena enquanto nos sentamos no bar de sua sala de jogos. Ele tem um completo, com bancos altos.

Sam e Nic estão conversando animadamente em um sofá próximo. Meg e Leo estão juntos do outro lado da sala; Meg com seu violão, e Leo com um caderno e lápis, falando sobre música.

— Desde quando você tem um piano? — pergunto, apontando para o canto perto de onde Meg e Leo estão trabalhando.

— Leo toca, e ele e Meg usam quando estão compondo — Will responde com um sorriso. — Isso a faz feliz.

Eu sorrio, mas não posso deixar de invejar um pouco meu irmão. Ele encontrou uma mulher que o ama profundamente. Meg não dá a mínima para seu status de celebridade. Porra, na verdade, o ama *apesar* disso, que é algo que sempre nos preocupou quando Will decidiu se relacionar. Com sua fama, encontrar uma mulher sincera poderia ter sido um desafio.

Mas Meg combina com ele. Ela não aceita as merdas que ele faz e o apoia totalmente. Também continua a seguir sua carreira de enfermagem, apesar de certamente poder deixar o emprego e ser dona de casa.

Só de mencionar essa ideia para Meg pode fazer com que ela te dê uma facada na cara.

E isso só me faz amá-la mais.

— Ei, Nic, você pode vir aqui, por favor? — Leo pede.

Meus olhos estreitam quando ele gesticula para Nic, e ela sorri e caminha até se juntar ao roqueiro e a Meg.

— O que foi?

— Você pode tocar isso? — Meg pergunta, segurando o papel para ela.

— Ãh, isso é um monte de rabiscos. — Nic ri.

— Bem-vinda ao meu mundo — Sam diz e sorri.

— Aqui, vou te mostrar como deve soar. Precisamos ouvir com o violão. — Leo senta-se ao piano e gesticula para Nic se juntar a ele, começando a tocar.

— Por que você não toca? — Nic pergunta com nervosismo.

— Porque eu preciso escrever. — Ele sorri e mostra a ela como a melodia deve soar, depois apenas ouve enquanto Nic começa a tocá-la lindamente.

Ela nunca para de me surpreender.

— Ela é boa — Will murmura.

— Eu não fazia ideia — respondo baixinho.

— Então comece a falar enquanto ela está ocupada.

Olho para meu irmão, que está me observando de perto, e depois volto meu olhar para a mulher sentada naquele banco de piano.

— O quê? — pergunto.

— Eu nunca, *nunca* vi você com uma mulher — Will fala suavemente.

— Isso é um exagero, rainha do drama.

— O Ensino Médio não conta.

Dou de ombros. Sabia que isso iria acontecer, e que irá acontecer de novo, no sábado, quando levá-la comigo para a festa de Nat.

— Eu gosto dela.

— Deus, você é teimoso — Will rosna e passa a mão pelo cabelo.

Nic continua a tocar piano, surpreendendo Leo quando muda algumas notas, dizendo a ele que soa melhor daquela forma.

Leo faz uma careta, ouve e sorri.

— Tem razão. — Meg assente. — É mais suave.

— Ela é incrível — sussurro para Will. — É inteligente e gentil. Sexy pra caralho.

— Ela é muito gostosa. — Will concorda com um aceno de cabeça e depois ri quando o encaro. — Cara, estou perfeitamente feliz com minha própria mulher gostosa. — Seu rosto fica sério. — Mas ela sabe. . .?

— Ela sabe — confirmo. — E funciona para nós.

Will assente. Ele e Isaac nunca realmente entenderam minhas preferências sexuais, mas me apoiam, o que significa que ficam do meu lado, não importa o que aconteça.

Caleb entende. Mal posso esperar que ele volte para poder conversar sobre tudo isso.

— Eu gosto dela, cara. — Will aperta meu ombro. — Ela é doce. Acho que se dará bem com a família, se essa é a sua intenção.

— É sim.

Will assente, assistindo aos três tocando a música, sorrindo e rindo juntos.

— Meg já marcou o casamento de vocês na cabeça dela. Sabe disso, não sabe?

Eu rio e balanço a cabeça.

— Claro que sim. Meg quer que todos sejam felizes.

— Ela é muito parecida com a Nat nesse aspecto — Will concorda. — Jules pode ser um pouco mais difícil.

— Jules ama todo mundo também — discordo, pensando na minha doce irmãzinha. — Ela só é um pouco protetora com os irmãos. Nunca teve problemas com Meg.

— Não, mas porque ela conhece Meg desde a faculdade — responde

Will. — E Bryn também está presente desde sempre. Será interessante ver como ela reage a alguém que não conhece.

— Não estou preocupado com Jules — respondo secamente.

— Vai se preocupar quando ela e Nat levarem Nic às compras. — Will balança a cabeça com tristeza. — Essas duas são responsáveis por manterem o comércio de Seattle prosperando.

— Pelo menos estão fazendo a parte delas — respondo com um sorriso.

— Parece que sua garota tem uma queda por Leo. — Will gesticula em direção a eles com o queixo.

Leo a abraça, empolgado com o progresso que fizeram na música, e Nic está corando furiosamente.

— Isso também não me preocupa. — Eu sorrio. — Leo é uma estrela do rock, e Nic é sua fã. Ela vai superar.

— Eu me pergunto se ela sabe quem é Luke — Will diz, pensativo. — Ela não parece ter as mesmas reações perto de mim.

— Isso é porque você é um idiota.

— Tanto faz, babaca. — Will ri.

— Eu sei do que está falando. É difícil lidar com a nossa família. Mas confio nela. — Coço a bochecha e cruzo os braços à frente do peito.

— Ok. — Ele sorri para mim presunçosamente. — Eu sabia que você acabaria se apaixonando, mais cedo ou mais tarde.

— Eu não estou. . . — começo, mas ele me interrompe com uma risada alta.

— Certo. Foi o que eu disse também. Agora olhe para mim, tão apaixonado por ela que vou até me casar. — O rosto de Will suaviza quando observa Meg tocar violão. — Eu não a trocaria por nada. Ela é tudo o que importa, Matt.

Respiro fundo e observo Nic ao piano, acariciando as teclas, cantando baixinho, em seu próprio mundo.

*Ela é tudo o que importa.*

**110    Kristen Proby**

# Capítulo Oito

## Nic

— Obrigada por me levar — murmuro para Matt enquanto caminhamos para o meu apartamento.

Esfrego a têmpora, na esperança de aliviar a dor que vem latejando atrás dos meus olhos desde o início do dia e só piorou desde o jantar.

Matt coloca as mãos nos meus ombros e os esfrega, me fazendo gemer de prazer.

— Não há ninguém que eu preferisse levar.

Abro a porta e o conduzo para dentro do meu apartamento, mas me viro e o impeço de entrar.

— Não vou ser a melhor companhia hoje à noite, Matt.

Ele franze a testa enquanto segura meu rosto.

— O que há de errado?

— Senti dor de cabeça o dia todo, mas parece estar piorando, então acho que vou tomar um banho e ir para a cama. — Dou de ombros e lanço a ele um sorriso sutil. — Me desculpa.

— Por que está pedindo desculpas? — Ele pega minha mão e beija meus dedos com ternura, fazendo a eletricidade percorrer meu braço, antes de me puxar para o quarto.

— Por terminar a noite cedo.

— Você se importa se eu ficar? — Sua voz é baixa, gentil. Ele passa os dedos suavemente pelo meu rosto, antes de se inclinar e beijar minha testa com cuidado.

— Não me importo.

— Sente-se. — Ele gesticula para a cama, mas eu balanço a cabeça.

— Realmente só quero tomar um banho quente e dormir, Matt. Se você mudar de ideia e não quiser ficar, tudo bem.

Ele se aproxima e passa os braços em volta de mim, puxando-me para um abraço.

Envolvo meus braços em sua cintura e me aninho, quase chorando, e não faço ideia do porquê. Eu me diverti muito com a família dele. Ele não fez nada de errado.

Malditos hormônios.

Ele desliza a mão grande pelas minhas costas, até a minha bunda, e a ergue novamente antes de suspirar e sussurrar contra o meu cabelo.

— Não quero ir, pequena. Quero cuidar de você.

Começo a balançar a cabeça negativamente, mas ele ri baixinho.

— Apenas relaxe e me deixe cuidar de você. Solte-se. Vou te ajudar a se livrar dessa dor de cabeça.

De repente, me ocorre que apenas tê-lo aqui comigo já ajudou. Quem poderia imaginar que um bom abraço seria capaz de aliviar uma dor de cabeça?

Matt beija meu cabelo e, gentilmente, me deita na cama antes de ir para o banheiro. Ouço a água correndo na banheira e uma música suave, que deve estar vindo do celular de Matt, começa a tocar antes que ele volte para o meu quarto e tire minha blusa. Ele me despe devagar, tomando cuidado para não balançar minha cabeça, enquanto o cheiro de jasmim preenche o ar.

— Você usou meus sais de banho — sussurro.

— Eu gosto — ele responde calmamente. Suas mãos estão quentes, mas não viajam pela minha pele da mesma maneira como acontece sempre que me deixa nua. Em vez disso, o toque é reconfortante.

Amoroso.

Ele me guia para o banheiro e fico surpresa ao ver velas acesas pelo cômodo. A banheira é a minha parte favorita do apartamento. É grande, de pés de garra à moda antiga, encostada na parede e, agora, está borbulhando. Afundo na água perfumada, suspirando de alívio enquanto me recosto na porcelana branca.

— Está muito quente?

**112    Kristen Proby**

— Humm — murmuro.

— Isso é sim ou não? — ele pergunta com uma risada.

— Está ótima. — Meus olhos se fecham, e eu flutuo, como se meu corpo não pesasse nada. A dor atrás dos meus olhos começa a desaparecer.

— Posso pegar algo para você beber?

— Não, obrigada — sussurro. — Mas você pode se juntar a mim.

— Não, hoje é só para você, querida. Relaxe. Volto já.

Abro um olho para vê-lo sair do banheiro, fechando a porta atrás de si para manter o calor. Suspiro e afundo na água cálida. Está um pouco quente demais, mas é fantástico.

Nunca confiei em alguém o suficiente para cuidar de mim. Até poderia dizer que não preciso disso. E, verdade seja dita, realmente não preciso. Posso cuidar muito bem de mim mesma, obrigada.

Mas ter alguém por perto para me mimar um pouco, só porque ele pode, não é um mau negócio.

— Como está se sentindo? — Matt se junta a mim, ajoelhando-se ao lado da banheira.

— Melhor. — Sorrio para ele e levanto a mão molhada para tocar seu rosto. Ele o vira e dá um beijo na minha palma. — Obrigada.

— Ainda não terminamos — ele responde, seus claros olhos azuis sorrindo.

— Não?

Ele balança a cabeça e estende a mão para mim, puxando-me para fora da água. Passa uma toalha em volta dos meus ombros e me seca, depois me leva de volta ao quarto, onde há mais velas acesas.

— Deite de bruços — instrui, apontando para o centro da cama.

Dou de ombros e subo na cama, sorrindo ao ouvir o gemido de Matt.

— Você está bem?

— Você fez isso de propósito — ele rosna.

— Fiz o quê? — Olho para trás, por cima do ombro, piscando inocentemente.

— Empinou sua bunda e sua linda boceta para eu ver.

Amarrada Comigo   113

— Não sei do que você está falando. — Rio, deito de bruços e suspiro de satisfação quando as mãos de Matt, cobertas de óleo, começam a massagear meus ombros. — Oh, Deus.

— Está machucando?

— Você pode ir mais fundo. — Derreto sob seu toque. Em vez de dar vida à luxúria, meu corpo se acalma com a massagem mágica de Matt. — Você é bom nisso.

— Apenas respire fundo e aproveite — ele murmura.

Ser mimada por Matt é, talvez, a melhor coisa que já experimentei. Meus músculos já relaxados do banho quente relaxam ainda mais, até que me torno simplesmente uma pilha de gosma mole nos lençóis.

— Você vai me fazer babar.

— Espero que seja uma coisa boa. — Ele ri.

— Você tem mãos incríveis — elogio quando ele termina de esfregar meus ombros se afasta para que eu possa me virar.

— Aqui. — Ele puxa as cobertas sobre mim enquanto eu me aconchego na cama, bocejando profundamente.

— Você vai embora? — pergunto com uma careta. Não quero que ele vá.

— Eu gostaria de dormir aqui com você, se não tiver problema.

Eu sorrio e afasto as cobertas de volta em um convite silencioso.

— Acho que gosto muito da ideia.

Um sorriso se espalha por seu belo rosto enquanto ele tira a cueca boxer. Nunca me canso de olhar para seu corpo perfeito. Uma labareda de reconhecimento flui através de mim enquanto meus olhos viajam por ele inteiro.

— Se continuar me olhando assim, querida, não vou ter escolha a não ser transar com você até que nós dois desmaiemos, e já decidi que vou só te abraçar hoje à noite, então seja boazinha.

— Eu sempre sou boazinha. — Sorrio.

Matt ri enquanto se acomoda sob os lençóis limpos cor-de-rosa ao meu lado e me puxa contra ele, descansando minha cabeça em seu peito.

— Você se divertiu hoje à noite?

— Sim. — Sorrio, pensando na camaradagem entre Matt e seu irmão e em como as garotas me aceitaram tão prontamente. — Eles foram muito legais comigo.

— São boas pessoas — ele murmura. — Estou animado para você conhecer o resto da turma no próximo fim de semana.

— Quantas pessoas estarão lá? — Meu dedo está fazendo desenhos de redemoinhos em seu peito, por seu abdômen, e subindo novamente, fazendo seus músculos tremerem sob o meu toque.

Porra, eu amo tocá-lo.

— Bem, somos um grupo grande. Vamos ver. — Ele franze os lábios, pensando. — Luke e Nat, Jules e Nate, Isaac e Stacy, Will e Meg, Leo e Sam, Caleb e Bryn, Mark, Dominic e você e eu, então é isso. . .

— Dezesseis pessoas? — pergunto, chocada.

— Sim. — Ele sorri e encolhe os ombros. — Eu te disse, somos um grupo grande.

— Uau. Deve ser divertido sempre ter tantas pessoas por perto. — Aninho a cabeça ainda mais em seu peito e sinto as lágrimas ameaçarem cair novamente. Não sei como é participar desse tipo grupo. Fiz a escolha de morar longe da minha família há muito tempo e certamente não tenho um círculo de amigos tão grande.

— Pode ser um pé no saco também. — Ele ri. — São todos intrometidos, então você terá que responder muitas perguntas.

— Como quer que eu responda?

— Honestamente, è claro. — Ele inclina minha cabeça para trás e franze o cenho ao olhar nos meus olhos. — Por que está perguntando isso?

— Eles vão querer saber como nos conhecemos — lembro. — Especialmente as meninas.

Ele fica sério, como se não tivesse pensado nisso.

— Apenas diga que foi em uma festa. Não é mentira.

— Ok — concordo. É verdade, nos conhecemos em uma festa. — Então, sua família não sabe sobre suas. . . preferências?

— Meus irmãos sabem um pouco — ele diz e passa os dedos pelos meus cabelos curtos. — Caleb sabe mais do que os outros.

Amarrada Comigo  115

— Não direi nada que você não queira que eu diga — asseguro a ele.

— O que acontece entre nós dois a portas fechadas é da nossa conta, Nic. Não é diferente se eu perguntar a Will se ele gosta de usar brinquedos quando transa com Meg. Eu nunca perguntaria isso. Não é da minha conta.

Eu torço o nariz para ele e rio.

— Acho que não quero saber.

— Acredite em mim, nem eu. Embora eu deva avisar que as meninas gostam de falar sobre orgasmos e sexo em geral quando se reúnem e bebem. Mas é sempre de forma genérica, não especificamente sobre os relacionamentos delas.

— Claro que sim — digo com escárnio. — Somos mulheres.

Ele fecha os olhos e suspira profundamente.

— Você vai se sair bem.

Sorrio e beijo seu peito.

— Está com sono? — ele pergunta.

— Um pouco.

— Como está sua cabeça?

— Melhor.

— O que costuma fazer antes de adormecer? — Ele beija minha testa.

— Eu leio.

Ele olha ao redor do meu quarto e encontra meu leitor digital na mesa de cabeceira. Então o pega e ergue uma sobrancelha questionadora.

— Você quer ler para mim? — indago com uma risada.

— Claro. — Ele liga o tablet e o livro que eu estava lendo é exibido imediatamente. — Você se importa?

Mordo o lábio e olho do meu livro para o rosto dele. Se bem me lembro, as coisas estavam ficando muito interessantes na história quando interrompi a leitura na noite anterior.

— É um romance — aviso.

— Não me importo.

— Ok. — Dou de ombros e me sento ao lado dele, onde posso ver seu rosto enquanto lê. — Leia.

— Como se chama? — Ele olha nos meus olhos.

— Kaleb. É da Nicole Edwards.

— Uma das suas autoras favoritas?

— Sim. Bailey me recomendou há alguns meses. Ela é excelente.

— Ok, aqui vamos nós. — Ele pigarreia e começa a ler.

*— Incline-se para mim — Gage disse, e ela fez o que foi ordenado. Não era preciso um intelectual, ou alguém que já havia feito isso antes, para saber o que eles estavam se preparando para fazer. Se ela não tivesse implorado que a fodessem até deixá-la inconsciente, poderia estar preocupada.*

*A boca quente de Kaleb deslizou beijos por sua espinha enquanto ela continuava a montar no pau de Gage. Ela não conseguiu acelerar o ritmo, porque os dois homens estavam controlando seus movimentos, o que começava a deixá-la frustrada. Então, exatamente quando estava prestes a pedir a eles para continuar, algo fresco deslizou pela fenda de sua bunda, seguido por um dedo quente.*

— Interessante — Matt murmura. Ele me lança um olhar curioso e se remexe na cama para continuar lendo. Sua voz é profunda, e o som dela lendo o texto erótico está me deixando excitada.

Uau!

*A mão grande de Kaleb pressionou suas costas, imprensando-a contra Gage e mantendo-a imóvel. Ela estava completamente preenchida pela ereção dura como ferro de Gage, e Kaleb provocava seu ânus com um dedo cheio de gel.*

*— Oh! — Porra, era bom. — Mais! — Zoey se perguntou se seria capaz de olhar para eles novamente depois disso. Eles a tinham transformado em uma vagabunda devassa, o que poderia ser comprovado pelo seu pedido.*

*Quando o dedo de Kaleb deslizou mais fundo, Zoey ficou tensa momentaneamente, e seu corpo instintivamente tentou evitar a intrusão.*

— Relaxe para mim, baby — disse Kaleb, sua boca muito próxima do ouvido dela. — Deixe-me foder essa sua bunda linda, Zoey.

Matt pigarreia novamente e coloca o tablet de lado, me observando com cuidado.

— Isso te excita?

— É sexy — respondo. Porra, sim, isso me excita!

— Você está interessada em um ménage? — Seus olhos estão cálidos, me observando atentamente, e eu franzo o cenho enquanto penso na resposta.

— Acho que é algo sobre o qual a maioria das mulheres fantasia, todas imaginam como seria. Ter dois homens focados inteiramente no seu prazer. — Dou de ombros e coro. — Mas sou muito tímida para isso.

Ele coloca o tablet na mesa de cabeceira e gira em minha direção, ficando de frente para mim, mas sem me tocar.

— Há outras maneiras de sentir como seria fazer sexo com dois homens ao mesmo tempo.

Franzo a testa, confusa.

— Deixe-me esclarecer uma coisa agora, pequena. — Ele segura meu rosto com uma mão e me aprisiona com seu olhar intenso. — Eu nunca vou compartilhar você. Não gosto de pensar em outra pessoa te tocando, e não estou interessado em assistir você com outra pessoa. Não gosto dessas coisas e não vou permitir.

Ele desliza a ponta dos dedos pelo meu rosto e pescoço; em seguida, segura meu seio na palma de sua mão, fazendo minhas pernas se contorcerem por conta da dor intensa que se instalou entre elas.

— Mas posso usar brinquedos, ou até meus dedos, para dar a mesma sensação de preenchimento.

Meus olhos se arregalam enquanto o encaro. Ele está falando sério?

— Você já fez sexo anal, Nic?

— Não — sussurro.

— Está interessada?

— Esta noite? — choramingo.

— Não. — Ele ri e beija minha testa. — Sem sexo hoje à noite. Estou gostando de ficar assim com você. Abraçando você. Mas é algo que podemos explorar, se você quiser. Eu adoraria forçar um pouco seus limites, ajudá-la a aprender mais sobre si mesma.

Enquanto processo suas palavras, fico chocada ao descobrir que a possibilidade de explorar o lado mais excêntrico do sexo não me assusta nem um pouco. Isso me excita, especialmente sabendo que será Matt quem estará comigo a cada passo do caminho.

— Eu gostaria — respondo suavemente.

— Você se lembra de quando eu lhe disse que sou sócio de um clube? — ele pergunta com calma.

Concordo com a cabeça, desconfiando de para onde ele irá levar essa conversa.

— Gostaria de levá-la lá neste fim de semana.

Engulo em seco, observando seu rosto. Ele está esperando pacientemente, observando-me, sua mão grande acariciando-me suavemente.

— Por quê? — sussurro.

— Porque eu quero compartilhar essa parte da minha vida com você, Nic. — Ele franze a testa e me olha como se estivesse tentando organizar seus pensamentos. — Posso te mostrar coisas que vão te excitar. Algumas podem te assustar. Te dar tesão. Você não precisa se interessar por tudo. De fato — ele sorri maliciosamente —, você pode não gostar da *maioria*. Mas parte delas pode te interessar. Eu adoraria mostrá-las a você.

— É como o festival erótico onde nos conhecemos?

— Na verdade, não. É mais fácil te mostrar do que tentar descrever. Mas garanto a você — ele me puxa para mais perto, me envolve em seus braços e acaricia meu nariz com o dele — que, se for desconfortável, tudo o que precisa fazer é dizer, e eu vou tirá-la de lá. Estarei ao seu lado a cada segundo. Prometo que estará perfeitamente segura.

— Eu sempre me sinto segura com você — respondo honestamente. — O que eu usaria?

— A roupa que usou no festival é perfeita. Isso é um sim?

— Sim, eu vou com você.

Ele me beija profundamente, mas, antes que eu possa me inclinar e ir mais longe, ele se afasta, pega o tablet e continua a história.

*Ela não conseguiu responder verbalmente, porque estava com a respiração presa no peito...*

# Capítulo Nove

## Nic

O que estou fazendo aqui?

Matt estaciona o carro, desliga o motor e segura minha mão, entrelaçando nossos dedos e respirando fundo enquanto me observa de perto.

— Olhe para mim.

Mordo o lábio e me viro para encontrar seus brilhantes olhos azuis fixos nos meus.

— Como está se sentindo?

— Como se estivesse prestes a mergulhar em um tanque de tubarões.

Ele ri de surpresa e sorri calorosamente para mim.

— Bem, pelo menos, você é honesta. — Ele beija meus dedos com ternura. — Do que está com medo?

Dou de ombros e olho pela janela em direção à casa aparentemente inofensiva à minha direita. É uma propriedade grande, mas, além disso, parece bastante normal. Está situada em meio às árvores, longe de vizinhos. Há cerca de uma dúzia de carros estacionados em um pequeno lote à esquerda do prédio, variando entre Mercedes a simples Toyotas. Qualquer um poderia supor que uma festa de família poderia estar acontecendo lá dentro.

*Se ao menos...*

— Não vou perguntar novamente. — Sua voz endurece em um tom de aviso, e isso faz meu estômago se revirar de desejo.

Jesus, eu *gosto* de irritar este homem.

— Não tenho certeza — respondo suavemente. — Talvez eu esteja apenas nervosa porque não sei o que esperar.

— Você pode esperar ver pessoas fazendo sexo. Alguns gostam de fetiches mais pesados, outros preferem assistir. Olhe para mim — ele repete, e eu obedeço imediatamente. — Enquanto estamos lá dentro, é minha responsabilidade cuidar de você. Não vou te abandonar nem por um segundo. Sua palavra de segurança é "vermelho". E é importante que faça o que digo, não porque estou tentando demonstrar poder, mas porque pode ser para a sua segurança.

Engulo em seco e assinto, observando seu rosto duro e severo.

Deus, ele é gostoso demais quando assume seu papel de Dominador.

— Se tiver alguma pergunta, diga. Não vou fazer você se ajoelhar hoje à noite. Meu nome é Matt, não senhor ou mestre.

— Mas você disse. . .

— Foda-se o que eu disse, Nic. Somos eu e você. Todo relacionamento é diferente, lembra?

Assinto e relaxo quando percebo que não preciso desempenhar um papel com o qual não me sinto confortável. Nossa dinâmica não vai mudar quando entrarmos lá.

— Você quer que eu faça. . . coisas?

— Quero que faça o que quiser. *Comigo*. Eu não compartilho, lembra? E não sou muito exibicionista. — Ele solta nossos cintos de segurança, inclina o encosto do banco e me puxa para seu colo, me segurando firmemente contra si. — Não quero que isso te assuste, pequena. Estamos aqui para nos divertir e, se não for divertido ou interessante, me diga e iremos para casa.

— Eu quero fazer você feliz — admito e enterro o rosto em seu pescoço, inspirando seu cheiro.

Ele está vestindo uma camisa de botão preta e calça da mesma cor, como na noite em que o conheci. Ele cheira a limpeza, frescor e *Matt*, o que me acalma.

— Você me faz feliz, querida. Depois desta noite, se isso for algo com o qual você não pode lidar, nunca mais precisaremos voltar.

Mas pensar nele vindo aqui sem mim me assusta, porra!

— Pare — ele ordena e levanta meu rosto para que eu não tenha escolha a não ser encará-lo. — Eu não preciso voltar também.

— Mas. . .

— Chega de conversa por enquanto. Vamos entrar. — Ele sorri amplamente e beija minha testa. — Confie em mim.

— Confiar em você é a única razão de eu estar aqui.

Matt para por um momento e depois me beija suavemente, com desejo. Minhas coxas se apertam quando ele embola os dedos nos meus cabelos e segura com firmeza. Finalmente, ele se afasta e descansa a testa na minha.

— Obrigado por isso.

Ele me conduz até a porta, toca a campainha e quase imediatamente um homem atende. É, provavelmente, o maior homem que já vi na vida. Com mais de um metro e noventa e cinco de altura, tão largo quanto o batente da porta, e sua pele tem um tom de chocolate muito bonito. Brincos de diamante brilham em suas orelhas, e uma única corrente de ouro com uma cruz grossa está pendurada em seu pescoço. Ele olha para nós por um momento e depois sorri.

— Ter uma mulher nos braços combina com você, Montgomery.

— Eu combino com *esta* mulher que está nos meus braços — Matt concorda. — Nic, este é Reggie.

— Você é o segurança? — pergunto com um sorriso e aperto a mão dele enquanto nos leva para dentro.

— Eu sou a beleza e a força por aqui — ele responde com uma risada e pisca para mim, imediatamente me deixando à vontade. — Bem-vinda à Tentação. Divirtam-se.

— Obrigado, Reg.

Matt pega minha mão e me conduz pelo foyer até uma sala bem grande. Originalmente, deve ter pertencido a alguma família. A música chega aos meus ouvidos. Rihanna canta sobre diamantes no céu. Está alto, mas não a ponto de você não conseguir ouvir uma conversa ao seu lado. Os pisos são de madeira, mas é aí que a semelhança com uma casa normal termina. Há um bar ao longo de uma parede, com um homem alto cuidando dele.

Há sofás e cadeiras almofadados em vermelho e marrom, dispostos em torno da sala mal iluminada em pequenos grupos, perfeitos para as pessoas se sentarem e conversarem. Mas, além disso, existem estações nos cantos. Uma mulher está nua, suspensa no teto e sendo golpeada com um chicote de couro. Não tenho ideia de como aquele equipamento é chamado, mas ele tem restrições por toda parte, obviamente para imobilizar uma pessoa enquanto ela é espancada por algum tipo de instrumento.

Um arrepio percorre meu corpo.

— Você não é masoquista, querida — Matt sussurra no meu ouvido.

Meus olhos se erguem para encontrar os dele, que sorri suavemente enquanto passa o dedo na minha mandíbula.

— Seus olhos estão tão arregalados quanto discos voadores. Olha — ele aponta para homens vestindo camisetas pretas lisas posicionados ao redor da sala —, esses caras são seguranças. Nós os chamamos de mestres das masmorras. Eles garantem que nada vá além do considerado confortável para alguém. Tudo isso é consensual, Nic.

Respiro fundo e olho em volta novamente. As pessoas estão rindo, conversando. Algumas mulheres estão ajoelhadas aos pés de seus parceiros, sobre travesseiros, mãos apoiadas nos joelhos e cabeças inclinadas. Um Mestre alimenta sua submissa com uma fruta enquanto conversa com um homem sentado à sua frente, que está recebendo um boquete.

*Puta merda.*

— Vamos pegar uma bebida para você e, então, dar uma volta. — Matt me leva até o bar, minha mão entrelaçada firmemente na dele.

— Montgomery! — o barman grita e se aproxima para anotar nosso pedido.

— Ei, Sal. Está cheio esta noite.

— Está mesmo. — Sal assente com um sorriso. Ele parece um homem feliz, com olhos castanhos radiantes e um sorriso torto. Seus lábios são carnudos. Seu cabelo é loiro-claro, da mesma cor das sobrancelhas, contrastando com a pele alva, e ele é musculoso. Uma camiseta branca abraça seu torso, e jeans pretos moldam seus quadris e coxas esguias.

Sal é um gostoso de proporções épicas.

— Quem é essa coisinha linda? — Sal pergunta a Matt.

— Esta é Nic, minha namorada. Nic, este é Sal. Ele é um mestre aqui e um barman talentoso.

— Olá — murmuro, meu coração batendo forte ao som da palavra *namorada* saindo tão facilmente dos lábios de Matt.

— Prazer em conhecê-la, querida. — Ele olha para Matt. — Ela é nova.

— Ela é — Matt confirma.

— Pode me chamar de Sal. Temos um máximo de duas bebidas aqui, querida. O que quer beber?

— Eu também tenho tolerância a no máximo dois drinques, então vai dar certo para mim — respondo com um sorriso largo. — Vou tomar um martini seco, por favor.

Ele arqueia uma sobrancelha por um momento e depois ri, pegando um copo de martini.

— O que você gostaria, Matt?

— Apenas água para mim.

— Vai fazer demonstrações hoje à noite?

— Não está nos meus planos. — Matt faz uma careta. — Estou aqui apenas para apresentar o clube a Nic.

Sal assente e me entrega minha bebida e uma garrafa de água para Matt.

— Acho que Des precisa de uma demonstração de shibari, se estiver interessado.

Matt balança a cabeça e passa o braço ao redor dos meus ombros protetoramente.

— Não esta noite.

— Divirta-se, então. Bem-vinda, querida Nic. — Sal pisca e se afasta para atender outro pedido.

Eu saboreio minha bebida e suspiro de felicidade.

— Sal faz uma ótima bebida.

— Sim — Matt concorda com uma risada e me conduz através da sala até uma ampla escada para o segundo andar, que é semelhante ao primeiro, mas não possui um bar, as luzes são mais fracas, a música mais alta e, em vez de sofás e cadeiras, há camas cobertas de veludo vermelho nos cantos. No centro do espaço, existem várias plataformas com mais equipamentos dos quais não sei os nomes. Alguns têm restrições penduradas no teto, e outros são simplesmente camas.

Tudo isso me assusta e me intriga ao mesmo tempo.

Mas o que chama minha atenção são as pessoas. As poucas dezenas de pessoas espalhadas pela sala estão quase nuas. Algumas estão fodendo. Algumas estão assistindo.

Bem à minha direita, dois homens musculosos estão seduzindo uma mulher gorda, acariciando seu corpo e sussurrando em seu ouvido, beijando seus mamilos. Há mãos, lábios e gemidos por toda parte.

Meu estômago se revira.

— Ah, assim como aconteceu na outra noite — Matt sussurra no meu ouvido. Ele se move atrás de mim, passando os braços ao redor da minha cintura, deslizando a mão pelas minhas costelas para segurar meu seio na palma da mão. — Isso te excita, pequena?

Minha respiração fica agitada e meu coração bate forte no peito.

Se estivesse usando calcinha, ela já estaria molhada.

Concordo, sem tirar os olhos do trio.

— Quem são eles?

— São Kevin e Gray. Eles são bombeiros e sempre compartilham suas mulheres.

Meus olhos se arregalam com o pensamento.

— Sempre?

— Sim.

— Eles são gays? — pergunto baixinho.

— Não, apenas gostam de compartilhar. São melhores amigos. — A mulher entre eles solta um gemido de êxtase quando Gray enfia a cabeça entre suas pernas, e Kevin agarra o cabelo dela em seu punho e guia sua boca para o pau grande e duro.

Matt me leva mais adiante no espaço, passando por um casal se beijando e se acariciando em um colchão, lentamente se despindo.

— Alguns casais gostam da ideia de serem observados — Matt murmura no meu ouvido, provocando-me arrepios. Ele continua a acariciar meu mamilo através do tecido do meu top. Fico surpresa ao perceber que gostaria que ele o arrancasse e soltasse meu seio para poder tocá-lo como desejo.

Caramba, estou me tornando uma exibicionista.

— E outros — ele aponta para o casal sentado não muito longe, ambos abraçados, assistindo às coisas ao seu redor com sorrisos satisfeitos em seus rostos — apenas querem assistir.

— O sexo aqui só pode ser feito em público?

— Não. O casal pelo qual acabamos de passar provavelmente assistirá por algum tempo e depois irá para uma das salas privadas para se divertir.

Oh!

— Você pediu permissão para falar com o mestre Ethan? — Não muito longe de nós, um homem grita com raiva para uma mulher ajoelhada em um travesseiro no chão ao lado dele.

— Não, mestre. — Sua cabeça está curvada em submissão e vergonha, e seus ombros estão tremendo.

Meu corpo enrijece de raiva.

Matt agarra minha cintura com força e sussurra no meu ouvido:

— Apenas observe.

— Eu disse especificamente para você ficar quieta?

— Sim, mestre.

— O que acontece quando você me desafia? — o homem indaga.

— Sou punida, mestre.

Seus olhos se estreitam para a mulher ao seu lado.

— É punida uma ova — sussurro com indignação.

— Shh — Matt sussurra no meu ouvido.

Sem dizer mais nada, o homem puxa a mulher para seu colo e dá um forte *tapa* em uma de suas nádegas.

— Matt, ele bateu nela!

— Espere — Matt me avisa.

— Você receberá seis, um por cada palavra que disse a ele. Está entendendo?

— Sim, mestre — ela responde e geme de prazer quando ele dá o segundo golpe.

Ela gosta!

— Conte! — Ele bate pela terceira vez, tomando cuidado para não atingir o mesmo lugar duas vezes.

Amarrada Comigo    127

— Três — ela geme.

E assim vai até o sexto golpe. Ele a gira, segurando-a nos braços e sussurrando em seu ouvido, depois tira o travesseiro do chão e a faz se ajoelhar sem ele.

— Ficará dez minutos ajoelhada sem o travesseiro para garantir que isso não se repetirá.

— Sim, mestre. — Ela sorri docemente e se ajoelha aos pés dele, aparentemente contente.

— Ela poderia ter usado a palavra de segurança a qualquer momento — Matt murmura enquanto me afasta dali.

— Ela permite que ele bata nela.

— Ele deu algumas palmadas, querida.

— Ele deixou marcas de mãos — argumento.

Matt sorri maliciosamente para mim.

— Sim, deixou.

Puta merda.

— Com licença, mestre Matt. — Uma mulher se aproxima de Matt, a cabeça inclinada em respeito e as mãos cruzadas na cintura.

Uma cintura muito nua.

— Sim, Anna? — Matt responde.

— Meu mestre e eu gostaríamos de perguntar respeitosamente se você gostaria de me amarrar — ela pede suavemente. Seus mamilos estão eriçados. A mulher está claramente muito entusiasmada com a ideia.

Vá se foder.

Matt levanta os olhos por cima do ombro dela e vê um homem encostado na parede, os braços cruzados sobre o peito musculoso, observando silenciosamente.

— Por que o mestre Alex te enviou?

— Porque foi ideia minha, mestre.

Aposto que sim.

— Entendo. Vou ter que recusar, Anna. Estou acompanhado esta noite. — Matt sorri para mim. — Esta é Nic.

Anna franze a testa por um momento, mas depois me dá um sorriso falso, acena para Matt e se afasta.

— Você já brincou com ela antes — murmuro. Meu corpo está rígido de raiva e ciúme, o que me irrita mais.

O que ele fez antes de mim não é da minha conta.

— Nic — Matt começa, mas balanço a cabeça e tento me afastar. Ele agarra meu braço e me puxa para encará-lo. — Eu posso não te obrigar a se ajoelhar ou me chamar de Mestre, mas não vai tirar minha autoridade aqui, entende? O passado é passado, e a única mulher em quem estou interessado em tocar é a que está diante de mim.

Sua mandíbula está cerrada, e seus olhos azuis estão frios. Seu aperto no meu braço é firme, mas ele toma cuidado para não me machucar.

Deus, eu o desejo.

— Sim, *senhor* — murmuro, enfatizando a palavra senhor.

Matt balança a cabeça, ri, esfrega a mão sobre a boca e me observa com cuidado.

— O ciúme não combina com você. Acho que vou ter que te ensinar uma lição sobre quem está no controle aqui, pequena.

Ele pega minha mão e me leva até uma plataforma vazia com correntes de suspensão penduradas no teto. Aproxima-se de um dos mestres das masmorras e murmura em seu ouvido, depois se vira para mim com olhos brilhantes.

— Eu vou te despir.

Minha boca se abre de surpresa, porém, quando seus olhos viajam por todo o meu corpo, me despindo com o olhar, eu mordo o lábio e quase tiro sozinha as minhas roupas. Começo a olhar ao redor da sala, mas ele agarra meu queixo entre os dedos e me obriga a encará-lo.

— Você vai olhar para mim, somente para mim. Não há mais ninguém aqui além de nós dois, entendido?

Assinto, mas ele aproxima ainda mais seu rosto do meu.

— Em voz alta, Nic.

— Entendido.

— Qual é a sua palavra de segurança?

— Vermelho. — Engulo em seco e observo seus lábios enquanto ele os lambe. Seu polegar está traçando círculos no meu rosto, me acalmando.

— Confie em mim.

— Sim — digo e sei que confio nele até os meus ossos. Matt nunca me machucou e não fez nada para me envergonhar. Posso sentir os olhos de outras pessoas ao redor da sala, mas me concentro em sua voz e em seus olhos azuis.

Concentre-se apenas nele.

Um homem deixa cair uma grande mochila preta aos pés de Matt e se afasta discretamente. Matt enfia um dedo no meu top vermelho sem alças e me puxa para ele, me beijando profundamente, com firmeza. Sua língua desliza entre os meus lábios e lambe a minha boca, explorando cada centímetro, enquanto suas mãos viajam pelas minhas costas para abrir o zíper do top e descartá-lo no chão.

Não estou usando sutiã, então o ar frio e os beijos de Matt, além da intensidade dessa noite louca, eriçam meus mamilos até deixá-los duros. Matt desliza as mãos pelo meu peito para segurar meus seios, provocando os pontos sensíveis com os dedos. Estou me contorcendo, esfregando as pernas para tentar aliviar a dor.

Matt morde minha mandíbula e sussurra no meu ouvido:

— Fique parada.

Minhas pernas paralisam, e eu ganho um sorriso do meu homem controlador.

Ele, gentilmente, arrasta a ponta dos dedos ao longo da cintura da minha saia jeans curta, abre o zíper e a deixa cair ao redor dos meus tornozelos, deixando-me de pé diante dele, completamente nua.

Matt respira fundo, enquanto seus olhos percorrem meu corpo, xinga baixinho e depois ri com ironia.

— Acho que estou puto comigo mesmo por permitir que outros homens vejam o que é meu. Quero dar um soco em todos eles pelos pensamentos que sei que estão passando por suas cabeças pervertidas.

Suas palavras me excitam, me fazem sentir sexy e forte, e eu sorrio de volta para ele.

— Você gosta disso, não é, pequena? — Ele beija minha testa, meu nariz e depois meus lábios. — Talvez haja uma exibicionista dentro de você.

Engulo em seco e olho para ele. Eu? De jeito nenhum!

— Eu quero que você se sente com as pernas dobradas e os tornozelos unidos. — Ele me ajuda a me acomodar no chão e se ajoelha diante de mim, prendendo meus dedos entre seus joelhos. Abre o zíper da mochila e tira longas cordas vermelhas de dentro.

— Gosto de vermelho em você — ele murmura enquanto começa a enrolar a corda em volta dos meus tornozelos e pés. — Você pode me tocar durante a minha tarefa.

Sorrio e enrosco as mãos em seus cabelos castanho-claros, enquanto ele inclina a cabeça sobre os meus pés, trabalhando intensamente.

— Posso falar? — peço baixinho para que apenas ele possa me ouvir. A música está alta o suficiente para que mais ninguém escute.

— Claro.

— Isso é sexy.

— Não posso discordar — diz ele. — Vou sempre checá-la para garantir que se sinta confortável. Entendido?

— Entendido. Adoro o quanto seu cabelo é macio.

Ele ri e continua a trabalhar, enrolando a corda por entre cada um dos meus dedos e voltando aos meus tornozelos. Quando cada dedo do pé está pronto, ele enrosca a corda em torno dos meus tornozelos e até metade da panturrilha e, então, pega minhas mãos e me ajuda a ficar de pé.

— Dobre os joelhos novamente.

Eu obedeço, e Matt passa a mão pela minha coxa, tocando meu centro.

— Bom, não está muito apertado.

Minhas mãos estão apoiadas nos ombros dele, mas ele agarra dois laços que estão pendurados no teto, afastados pela largura dos meus ombros, e os puxa até que estejam na altura do meu pescoço.

— Segure-os para não cair.

Agarro as alças e o observo atentamente. Ele começa a suar, então desabotoa sua camisa e a descarta sem pensar, dando-me uma visão privilegiada do seu lindo peitoral e abdômen.

Eu gostaria que ele se virasse para que eu pudesse ver sua bunda firme naquela calça.

Mas sei que ele não vai fazer isso.

Ele não tira os olhos de mim, não enquanto me amarra com suas cordas.

Ele cruza as cordas, amarrando nós intrincados por cima da minha barriga e nas minhas costas. Quando se coloca atrás de mim, eu fecho os olhos, absorvendo a sensação de seus dedos na minha pele, o som de sua respiração, imaginando os olhos que nos observam ao redor da sala.

Somente ele e eu.

Por trás de mim, ele beija meus ombros e coluna até a minha bunda, onde pressiona beijos acima de cada nádega, me fazendo tremer de prazer.

Nossa, eu o desejo.

Quero que ele me faça gozar aqui, nesta sala, na frente de todas essas pessoas.

Eu o desejo.

As cordas envolvem meus seios e meus ombros, mas não o meu pescoço.

— Como se sente? — ele sussurra no meu ouvido, pressionando seu corpo no meu.

— Excitada — respondo honestamente.

— Que bom.

Ele me circunda duas vezes, checando seu trabalho e, quando está convencido de que não há nada muito apertado e o padrão é do seu agrado, aproxima-se de mim e pressiona nossos corpos, seu torso nu contra o meu.

— Vou amarrar suas mãos agora — sussurra contra os meus lábios. — Se começar a perder o equilíbrio, basta dizer "pare", e eu vou reajustar. Você não vai cair.

Sorrio suavemente e pressiono um beijo em seus lábios.

— Não vou cair.

— Caramba, eu amo isso com você — ele sussurra enquanto traça as cordas com a ponta dos dedos. — Você é tão linda.

Ele ergue minhas mãos sobre a cabeça e amarra os laços em meus pulsos. Meus pés permanecem confortavelmente apoiados no chão, então, não estou suspensa, simplesmente esticada. Quando meus pulsos se tocam, ele me faz unir as mãos, dedos entrelaçados, segurando apenas um laço, e começa a passar as cordas em volta dos meus braços, mãos e pulsos, dando os nós, observando o meu rosto. Meus olhos estão voltados para ele, apreciando a maneira como sua respiração acelera, o leve brilho de suor no lábio superior, a maneira como ele morde o inferior quando está trabalhando em um nó particularmente difícil.

É como se eu estivesse flutuando, observando-o, aproveitando o deleite do momento. Meu corpo está zumbindo em antecipação, mas minha alma não está inquieta. Meu batimento cardíaco está acelerado, meu sangue parece denso nas veias e minha boceta está mais molhada do que nunca, mas minha mente está contente e meu coração, apaixonado por esse homem diante de mim.

*Eu o amo.*

Quando Matt aperta o último nó, suas mãos deslizam lentamente pelos meus braços, as laterais do meu corpo, subindo pela barriga até os seios. Ele dá um passo para trás e depois se ajoelha na minha frente, pressiona um beijo no piercing do meu umbigo, que está sendo exibido em meio a uma série circular de belos nós vermelhos.

Ele sorri e beija de novo, depois pressiona uma série de beijos no meu abdômen, sobre o púbis nu e desliza a língua sobre o meu clitóris.

Respiro fundo e assisto, impotente, enquanto ele repete o movimento, seus olhos pegando fogo com luxúria e orgulho.

— Dobre seus joelhos — ele ordena e me levanta sem esforço, suas mãos plantadas nos globos da minha bunda, puxando meu núcleo em direção ao seu rosto. Minhas mãos agarram o laço, e eu me seguro enquanto ele levanta minha pélvis, descansa minhas panturrilhas em sua cabeça e enterra o rosto na minha boceta, enviando-me diretamente para um ponto alto que eu nunca havia experimentado antes.

Eu choramingo quando ele lambe e chupa meus lábios da boceta, pressiona o nariz no meu clitóris e enterra a língua profundamente dentro de mim, me lançando no orgasmo mais incrível da minha vida.

*Puta que pariu!*

Estou ofegando e me contorcendo quando ele coloca meus pés de volta no chão e se ergue para ficar diante de mim. Ele agarra a parte de trás do meu cabelo e inclina minha cabeça para trás para devorar minha boca com a dele. Posso provar meu gosto em seus lábios, e isso só me excita mais.

— Você sabe o quanto é incrível? — Há um sentimento de urgência em sua voz. — Faz alguma ideia?

Não consigo responder. Estou um caos neste momento, ofegante, trêmula e suada.

Com um xingamento sussurrado, ele vasculha a mochila, tira uma tesoura e começa a cortar as cordas, minhas mãos primeiro.

— Você não quer me desamarrar? — pergunto sem fôlego.

— Não há tempo — ele responde. Seu rosto está rígido, sombrio, e ele parece quase. . . *bravo.*

— O que há de errado? O que eu fiz?

Ele me olha chocado, respirando fundo, depois envolve um braço em minha cintura e se pressiona contra mim.

— Nada, querida. Você é incrível. Não tenho tempo para te desamarrar, porque, se não tirá-la daqui e levá-la para casa nos próximos dez minutos, não serei responsável por minhas ações. Preciso estar dentro de você, preciso te amar, e uma hora em uma sala privada não será suficiente. Preciso te levar para casa para que eu possa passar a noite mostrando o quanto você significa para mim.

Estou atordoada. Minha boca se abre, mas só consigo observá-lo enquanto ele corta as cordas, jogando-as de lado, impaciente. Quando estou livre, ele aceita um cobertor do mesmo mestre de masmorras de antes e me envolve nele, erguendo-me em seus braços e me carregando para fora da sala, descendo as escadas. Fico surpresa ao descobrir que a maioria das pessoas na casa subiu para assistir Matt trabalhando, mas também estou cheia de orgulho.

O que ele faz com cordas é simplesmente lindo. Ele me faz sentir bonita.

Passo os braços em volta do seu pescoço e dou beijos em sua mandíbula antes de aninhar a cabeça debaixo do seu queixo, deixando-o me levar para o carro.

— Obrigada.

— Por quê?

— Por esta noite.

— Estamos apenas começando, pequena.

# Capítulo Dez

## Matt

Não consigo dirigir para minha casa rápido o suficiente. A viagem de dez minutos parece levar horas. Meu corpo está rígido, cada músculo tenso por causa da luxúria.

Porra, eu a quero tanto que meus dentes doem.

Vê-la lá, no meu clube, amarrada nas minhas cordas, a confiança e o amor em seus olhos verdes quando levei seu corpo ao limite da sanidade, foi mais do que já experimentei com uma mulher.

Meu corpo é atraído por ela. *Preciso* sentir sua pele contra a minha. Não é uma questão de querer.

Agora ela é tão necessária para mim quanto respirar.

Ela ainda está enrolada no cobertor ao meu lado, suas roupas jogadas descuidadamente no banco de trás.

— Esqueci minhas sandálias! — ela exclama enquanto se senta reta no banco e se vira para olhar para mim.

— Vou buscá-las esta semana — asseguro-lhe enquanto entro na garagem. Dou a volta no carro, abro a porta do passageiro e a levanto nos braços facilmente, carregando-a em direção ao elevador.

— Tem uma câmera neste elevador? — ela pergunta casualmente.

— Não.

— Pode me colocar no chão?

Estreito os olhos para Nic, mas ela apenas pisca inocentemente para mim. Eu sei exatamente o que quer fazer.

— Eu quero sua boca no meu pau mais do que qualquer coisa agora, baby, mas. . . — A sineta toca, e as portas se abrem no meu andar. — Já chegamos.

Ela sorri e enfia os dedos no meu cabelo, do jeito como fez a noite toda.

— Estraga-prazeres.

— Acho que você vai mudar de ideia — sussurro e a carrego pelo apartamento até o meu quarto.

— Nunca passamos a noite aqui — comenta ela, olhando em volta.

— Eu gosto do seu apartamento — respondo com um sorriso.

Ela sorri, com olhos felizes.

— Eu gosto de você.

— Fico feliz em ouvir isso. — Eu rio e a deito na minha cama. Alcanço as restrições, mas ela me impede, colocando uma mão no meu peito.

— Espere. — Nic morde o lábio, como se estivesse pensando muito nas próximas palavras. — Não quero que me amarre desta vez. Quero poder tocar em você enquanto faz amor comigo.

A voz dela é suave, terna, e eu não poderia negar nem se quisesse. Solto as restrições e me afasto da cama para tirar a roupa rapidamente e me juntar a ela.

Ela abre os braços em convite, e eu, voluntariamente, vou até ela, subo sobre seu pequeno corpo, descanso minha pélvis e pênis pesado contra seu núcleo e meus cotovelos em ambos os lados de sua cabeça.

— Do que precisa, querida? — sussurro.

— De você. Só de você — ela responde docemente, e ergue aquelas pernas sexy pra caramba ao redor dos meus quadris, abrindo-se mais para mim.

Meu pau desliza por sua cálida umidade, a cabeça batendo contra seu clitóris enquanto remexo meus quadris contra os dela. Pego uma camisinha, mas ela me impede de novo.

— Eu não posso engravidar, Matt.

Olho para o rosto sóbrio dela e sinto meu estômago revirar. Nunca fiz sexo sem proteção.

— Anticoncepcional?

Uma sombra passa por seu rosto, mas ela assente e sorri.

— Sim, eu tomo.

**138**  **Kristen Proby**

— Tem certeza de que está bem com isso, querida? Não me importo de usar camisinha.

— Eu quero sentir *você* — ela sussurra e morde o lábio.

Beijo sua testa e sorrio para seu rosto deslumbrante.

— Você é tão deliciosa, Nic — gemo contra seus lábios e depois afundo nela, beijando-a como se minha vida dependesse disso. Minhas mãos acariciam seu rosto enquanto minha boca desliza. Meu corpo está pegando fogo. Suas mãos viajam preguiçosamente para cima e para baixo nas minhas costas, deixando trilhas de uma energia pulsante até a minha bunda, que ela segura e amassa, deixando um gemido baixo escapar de seus lábios perfeitos e carnudos.

— Eu amo a sua bunda — ela murmura antes de morder meu lábio inferior.

Nossa, quando foi a última vez que uma mulher me tocou enquanto eu a pegava?

Quando foi a última vez que *fiz amor*? Não me lembro. Não me importo de ser tocado, mas deixar uma mulher indefesa enquanto levo seu corpo a lugares que ela mal sabia que existiam é o maior prazer que existe.

Até chegar Nic. Tudo que experimento com ela me deixa de joelhos. Adoro amarrá-la com minhas cordas, porém, agora, ter suas mãos notáveis deslizando pelo meu corpo... juro que é a melhor coisa que já senti.

Durante toda a cena no clube e no caminho para casa, tudo em que eu conseguia pensar era em trazê-la para cá e me afundar no seu corpo muitas e muitas vezes até que nós dois gritássemos e, agora que a tenho aqui, só quero aproveitar meu tempo com ela, explorando-a.

Fazê-la gemer, se contorcer e se perder no que posso fazer com seu corpo.

Acaricio seu nariz e deslizo o meu por sua bochecha até a orelha.

— Vou fazer amor com você a noite toda, Nicole.

— Promete? — ela sussurra com um sorriso.

— Completamente — respondo enquanto deslizo beijos leves do pescoço até o ombro, onde posso rastrear as lindas flores pintadas em sua pele enquanto me afasto de seu corpo e me apronto para nos levar à beira da insanidade.

Deslizo até seus seios e foco minha atenção neles para me deleitar com os mamilos rijos, raspando-os com os dentes e depois acariciando-os com a língua. Os quadris de Nic se reviram e se remexem debaixo de mim, arqueando-se contra o meu estômago. Arrasto meus lábios pela barriga plana até o piercing sexy como o inferno e chego até o seu núcleo.

Não faz nem uma hora que a devorei e mal posso esperar para fazê-lo novamente.

Quando meus lábios envolvem seu clitóris, seus quadris se erguem, mas eu a agarro com as mãos e a imobilizo contra a cama. Seus dedos mergulham no meu cabelo, e ela se segura com força.

Esvazio minhas bochechas e puxo os lábios de sua boceta na boca, chupando em movimentos pulsantes. Ela enfia os calcanhares nos meus ombros quando eu enfio dois dedos dentro dela e grita quando um orgasmo a dilacera. Sua umidade flui ao redor dos meus dedos, e os lambo como mel.

*Porra, é maravilhoso.*

Subo mais na cama, sobre seu corpo, mas, antes que eu possa penetrá-la, ela coloca as mãos no meu peito e me empurra.

— De costas, detetive — ela ordena com um sorriso.

Sorrio, beijo sua bochecha e faço o que ela manda, levando-a comigo. Ela se ajoelha e desliza as mãos — e as unhas — do meu peito até o meu pau, então, circula as duas mãos ao longo do meu membro e começa a bombear para cima e para baixo, ordenhando-me, observando meu rosto enquanto me deixa louco.

— Ah, porra, Nic — murmuro. — Querida, você vai me fazer. . .

Antes que eu possa terminar de falar, ela sorri presunçosamente e se abaixa para colocar a cabeça do meu pau em sua boca, descendo até que eu possa sentir o fundo de sua garganta.

— Santa mãe do caralho! — grito.

Ela chupa para cima e para baixo, aqueles lábios se apertando em volta do meu pau, enquanto sobe e suga, sua mão seguindo o movimento enquanto a outra mão segura e acaricia minhas bolas.

Caio de volta na cama e juro que estou zonzo. Faíscas brilham em meus olhos, o quarto está girando e um aviso quente cria morada na base da minha espinha.

*Porra!*

— Nic, se você não parar. . . Ah, nossa, você é boa nisso. . . Eu vou gozar, querida.

Nic simplesmente geme e continua, até eu agarrar seus ombros e puxá-la para cima de mim, esmagando minha boca na dela, colocando seus joelhos em ambos os lados dos meus quadris.

— Você vai ser a minha morte — sussurro contra ela.

Nic se levanta, agarra a base do meu pau e se afunda em mim, lentamente empalando a si mesma, centímetro por centímetro, deliciosa, até que eu não consiga mais dizer onde eu termino e onde ela começa.

Ela inclina a cabeça para trás, olhos fechados, quando começa a se levantar e se abaixar em mim, montando-me lentamente, apertando aquela boceta incrível ao redor do meu pau.

Meu Deus, ela é perfeita para mim em todos os sentidos.

Ela abre os olhos verdes radiantes e sorri enquanto me observa, cantarolando de felicidade enquanto deslizo as mãos pelas coxas até a cintura e a guio para cima e para baixo.

Finalmente, não suportando ficar tão longe, sento-me e envolvo os braços em sua cintura, levo a boca até o seu seio e o chupo, deslizando a língua pelo bico eriçado. Minhas mãos espalmam sua bunda, e eu a guio para cima e para baixo em mim, enquanto ela passa os braços em volta do meu pescoço, como se segurasse em busca de sobrevivência.

— Amo isso — ela murmura, remexendo os quadris contra os meus, enquanto encontramos um ritmo perfeito tão antigo quanto o tempo.

*Te amo*, penso comigo mesmo. Em vez de ficar completamente assustado e lutando contra a compulsão de fugir do sentimento, meu coração se acalma. Agora entendo o que meus irmãos têm com suas mulheres.

Agora entendo.

— Minha — sussurro.

— Sua — ela responde e apoia a testa na minha.

Estico a mão entre nossos corpos e provoco seu clitóris com o polegar. Sua boceta se aperta ao meu redor, convulsivamente e estremecendo.

— Goze novamente para mim, querida. Entregue-se — murmuro, cantarolando para ela, observando-a se desmanchar.

Seus olhos estão fixos nos meus enquanto ela se arqueia, remexe seu clitóris contra o meu polegar e se despedaça, gritando meu nome e cravando suas unhas nos meus ombros.

O doce pulsar ao redor do meu pau me puxa mais para dentro dela, me levando ao limite, fazendo-me gozar de forma longa e intensa, segurando seus quadris com toda a minha força.

Ela ficará com marcas de mãos mais tarde, mas não dou a mínima para isso.

*Ela é minha.*

— Não acredito que deixei você me despir em uma sala cheia de pessoas — Nic murmura contra o meu peito.

Estamos deitados na cama, minha mão flutuando preguiçosamente para cima e para baixo em suas costas, enquanto seu dedo faz desenhos no meu abdômen e sobre a tatuagem no meu tórax.

Ela fala que gosta de bundas, mas, com certeza, tem uma queda pelo meu abdômen.

— Acho que não vamos repetir isso — respondo casualmente, mascarando o quanto suas carícias na minha barriga mexem comigo.

— Ok — ela responde e me observa com olhos brilhantes e bochechas coradas.

— Deus, você é linda — sussurro e deslizo meus dedos por seu rosto.

— Fale comigo.

Ergo uma sobrancelha.

— Gostaria de falar sobre o quê?

— Sobre esta noite. Por que não vamos repetir?

— Porque não me sinto confortável com mais alguém vendo seu corpo.

— Mas me despir foi ideia *sua* — ela me lembra, sua voz exasperada.

— Eu sei, mas, pensando bem, não me sinto confortável com outros homens olhando para você.

— Então não iremos mais ao clube? — Ela faz uma careta.

Sorrio para mim mesmo. Então ela gostou do clube.

— Podemos ir novamente, se você quiser, mas não haverá mais demonstrações.

— E se você for solicitado a demonstrar com outra pessoa? — ela pergunta, com o corpo tenso de preocupação enquanto aguarda minha resposta.

Inclino a cabeça para trás para poder olhá-la nos olhos.

— Eu já te disse, você é a única que eu quero tocar.

— Mas você é um mestre. Você não ensina?

— Sim, mas não é necessário.

— Talvez possa demonstrar comigo vestida, às vezes — sugere, e encolhe os ombros como se não fosse grande coisa.

— Faria isso por mim? — questiono, segurando o rosto dela na minha mão.

— Você gosta, Matt. Pensar em você fazendo isso com outra pessoa traz à tona meu lado ciumento, então, sim, eu faria isso por você. — Não sei o que dizer. Alguém que signifique tanto para mim, alguma vez, já me apoiou tanto assim?

Apenas Caleb, mas mesmo ele não consegue entender completamente, porque nunca teve aquele estilo de vida.

Em um movimento rápido, inverto nossas posições e a coloco debaixo de mim, arqueio os quadris para trás e deslizo para dentro dela, começo a me mexer, mostrando o quanto ela, sua confiança e seu óbvio amor significam para mim.

— Estou feliz que esteja em casa, cara. — Aperto a mão de Caleb e me inclino para um abraço masculino, animado por ver meu irmão.

— Foram só duas semanas, cara. Seattle desmoronou enquanto estávamos fora?

— Não, mas é muito mais chato sem você e as meninas.

— Tio Matt! Mamãe e papai estão em casa — Josie me informa alegremente, pendurada na mãe com os braços desesperados, como se temesse que ela pudesse escapar novamente.

— Eu sei, querida. Também fico feliz em vê-los.

— Ei, Matt.

— Ei, boneca. — Eu me inclino e beijo a bochecha de Bryn. Ela parece feliz. Contente. — Como está a garota mais bonita de Seattle?

— Arrume sua própria garota — Caleb rosna, então pega Maddie nos braços. — Eu senti sua falta, florzinha.

— Também senti sua falta, papai. — Ela ri e beija sua bochecha.

— Meninas, venham me ajudar a desfazer as malas. Acho que pode haver alguns presentinhos italianos para vocês nelas.

— Ok! — as meninas exclamam e seguem a mãe pelas escadas.

— Como você está? — pergunto a Caleb sobriamente.

— Nunca estive melhor — ele responde, e eu sei que fala a verdade.

Ele passou por alguns momentos difíceis meses atrás, com medo de amar aquela doce mulher e suas filhas, porém, com a ajuda de um conselheiro e meu punho na cara dele, finalmente se casou com Brynna.

— Vocês dois estão ótimos. A Itália fez bem a vocês.

— Dominic tem uma casa e tanto. — Caleb assente. — O lugar é calmo e bonito. Perfeito se você quiser um pouco de romance.

— Estou feliz que tenham gostado. — Eu rio e observo meu irmão. Suas bochechas ficam vermelhas, e eu inclino a cabeça enquanto meus olhos se estreitam. — O que está acontecendo?

— Do que está falando?

— Algo está acontecendo. Você nunca fica vermelho.

— Porra, eu não estou corado.

— Só me diga.

Ele suspira quando seus olhos se voltam para o topo da escada.

— Nós não queríamos contar nada por enquanto, porque é cedo, mas Bryn está grávida.

— Isso é incrível, mano. — Eu o puxo para um abraço rápido,

**144    Kristen Proby**

verdadeiramente feliz por meu irmão mais novo. — Quanto tempo?

— Apenas algumas semanas, mas o exame de farmácia deu positivo, então ela vai procurar um médico na próxima semana. Não conte para o resto da família.

— É você que tem que contar. — Dou um tapinha no ombro dele. — Parabéns.

— Obrigado — ele responde e tira duas cervejas da geladeira, abre e entrega uma para mim. — O que tem acontecido com você?

Encolho os ombros e dou um longo gole na cerveja.

— Trabalho. Jantei no Will na semana passada.

Ando dormindo com a mulher pela qual estou apaixonado desde que você foi embora.

— Fiquei sabendo. Will disse que você levou a confeiteira com você.

— Will podia manter a boca fechada de vez em quando — resmungo.

— Está com vergonha dela?

— Porra, não! — Balanço a cabeça com firmeza. — Eu só gostaria que você soubesse por mim.

— Então, o que está acontecendo entre vocês?

Suspiro e recosto-me na bancada, tentando descobrir como formar as palavras certas.

— Tenho dormido com ela. — Mas isso não parece certo. Tenho mais do que apenas dormido com ela. Estou consumido por ela, apaixonado por ela.

— Ela concorda com as coisas que você gosta? — ele pergunta suavemente.

— Sim. É algo novo para ela, por isso fui sincero, mas vou devagar. Levei-a ao clube no fim de semana passado. — Sorrio quando me lembro dela amarrada em minhas cordas vermelhas, com o corpo esticado, ofegante e excitada. — Ela se divertiu.

— Que bom. Ela parece ser uma garota muito doce.

— Ela é a melhor, Caleb. — Meus olhos encontram os dele. — É inteligente, engraçada, leal. Sexy pra caralho.

— Você está apaixonado.

— Estou — respondo sem hesitar.

— Foi rápido — observa Caleb, passando a mão sobre a barba por fazer que cobre a mandíbula quadrada.

— Eu sei — digo honestamente. — Mas parece certo. Quero ser amigo dela tanto quanto quero ser seu namorado. Ela me faz rir. Sinto orgulho. Ela conseguiu muito por conta própria e é muito boa no que faz. — Dou de ombros e rio com o olhar atordoado do meu irmão. — O que foi?

— Você está realmente apaixonado por ela.

— Pensei que já tivéssemos chegado a essa conclusão.

— Estou apenas. . . uau. Ok, bem, isso é incrível. Quero passar mais tempo com ela.

— Você vai ter a oportunidade. Vou levá-la à festa de aniversário de Nat amanhã. — Sorrio e tomo outro gole de cerveja. — Nic vai levar uma nova receita de cupcake. Ela a criou especialmente para a Nat.

— Legal. — Caleb sorri e, então, seu rosto fica sério enquanto me olha. — Apenas tenha cuidado, cara. Você é a melhor pessoa que conheço, e ver você se machucar é a última coisa que quero.

— Não gosto de pensar nisso. — Rio e balanço a cabeça. — Ainda não chegamos à palavra *amor*. Estamos conhecendo um ao outro e aproveitando nosso tempo juntos.

— Ótimo.

— Tio Matt! Olhe nossas camisetas!

As meninas descem as escadas, os rabos de cavalo castanho-escuros voando ao redor das cabeças, empolgadas para mostrar os presentes que ganharam.

— E mochilas também! Para os nossos livros de colorir!

— Tudo isso é muito legal — comento. — Onde está a minha?

— Você não quer uma mochila — Josie responde com o nariz franzido.

— Por que não?

— Porque você é um menino grande — Maddie me informa. — Mas posso te emprestar.

**146**    **Kristen Proby**

— Estou apenas brincando, querida. — Eu a pego no colo e a beijo na bochecha, então enterro o rosto em seu pescocinho, fazendo cócegas, o que a faz gargalhar.

— Amo você, tio Matt.

— Também te amo, garotinha.

148    Kristen Proby

# Capítulo Onze

## Nic

É o dia perfeito para uma festa na piscina. O sol quente de Seattle está brilhando alto no céu azul sem nuvens. A casa de Luke Williams — *o* Luke Williams, da franquia de filmes *Nightwalker* — e de sua esposa, Natalie, é de tirar o fôlego. É uma propriedade grande de pedra de dois andares, que fica perto da costa irregular de Washington, ao norte de Seattle.

Estamos no quintal, próximos a uma piscina enorme. Há uma grande cozinha externa e coberta, fora do quintal, e espreguiçadeiras luxuosas ao lado da piscina com guarda-sóis individuais para manter os raios quentes longe das peles mais delicadas.

Optei por fechar o guarda-sol para pegar um pouco de bronze no meu corpo pálido, mas, de repente, uma sombra recai sobre mim.

Abro os olhos e encontro Matt parado acima de mim, vestido apenas com uma sunga preta, abrindo o guarda-sol sobre mim.

— Ei! Você está bloqueando meu sol.

— Você já está se bronzeando há tempo suficiente, pequena. Não quero que se queime.

Ele me pega nos braços, senta-se no meu lugar e me aninha em seu colo.

— Assim é melhor — ele sussurra no meu ouvido enquanto sua mão desliza pela lateral do meu corpo nu até o quadril.

— Você viu a nova professora de dança ontem à tarde, antes da aula das meninas? — Stacy, cunhada de Matt, pergunta a Brynna, que está sentada ao lado dela.

— Não, não chegamos lá cedo o suficiente. Ela é boa? — Brynna se senta no colo de Caleb e envolve os braços ao redor do pescoço dele.

Matt e eu estamos sentados com Brynna, Stacy, Meg, Mark e Caleb.

Amarrada Comigo    149

Natalie, Jules e Samantha estão sentadas na beira da piscina, balançando os pés na água, enquanto Will, Leo, Luke, Isaac, Nate e Dominic jogam vôlei aquático.

Estou extremamente orgulhosa por me lembrar dos nomes de todos. A família de Matt é grande e amigável.

Exceto Jules. Ela foi simpática, mas continua me olhando, e eu sei que está morrendo de vontade de me fazer perguntas.

Talvez eu devesse me aproximar dela.

— Ah, meu Deus, boa seria um eufemismo! — Stacy responde, me arrancando dos meus próprios pensamentos. — Ela é incrível. Costumava fazer turnê com umas pessoas famosas por aí, dançando para elas.

— Isso mesmo! — Brynna assente. — Ela não fez uma turnê com a Beyoncé por um tempo?

— Foi isso que ouvi — confirma Stacy.

— Espera. Qual é o nome dessa dançarina? — Samantha indaga, de seu lugar à beira da piscina. O olhar dela está no irmão, Mark, cujos olhos se estreitam.

— Meredith — responde Brynna.

Sam arqueia uma sobrancelha.

— Você sabia que essa vadia está de volta à cidade? — ela pergunta a Mark quando ele se levanta e pula na piscina, juntando-se aos rapazes no jogo.

Todos trocam olhares confusos, mas Mark apenas dá de ombros e lança a bola no ar.

— Supere isso, Sam. — Ele saca, e os outros homens começam a se movimentar, mergulhando na bola.

Meu Deus, estou cercada pelos homens mais gostosos do mundo.

Luke Williams é simplesmente uma delícia. Sei disso há anos. Ele já foi eleito o homem mais sexy do mundo por uma das revistas mais populares do país. Mas os outros caras são tão bonitos quanto.

Nate McKenna é tão sombrio quanto Luke é lindo. Seu cabelo comprido está puxado para trás, preso por uma tira de couro na nuca. Ele tem tatuagens tribais que cobrem seu braço e um lado do peito. Seus olhos

**150    Kristen Proby**

cinzentos são intensos, mas, quando ele olha para Jules, sua expressão se transforma em puro amor.

Mark Williams é uma imagem espelhada de seu irmão mais velho, senão ainda mais bonito, o que eu não imaginava ser possível. Ele é alto e forte, e tem olhos azuis surpreendentes. Também parece ser despreocupado e divertido.

Os irmãos Montgomery são todos simplesmente espécimes surpreendentes do sexo masculino. Seus cabelos variam em tons de castanho-claro a loiro, mas todos compartilham os mesmos olhos azuis da família. Até Dominic, que é meio italiano e só é ligado aos outros por parte de pai, tem o olhar azul-gelo como o de seus meios-irmãos.

E, claro, Leo Nash, que é a estrela do rock das minhas fantasias.

E todos estão sem camisa, são musculosos e poderiam ilustrar as páginas de um calendário.

Mas as mulheres são igualmente bonitas e divertidas.

— Eu gosto das suas tatuagens — diz Natalie para mim, apontando para o meu ombro e para a lateral do meu corpo, quando se junta a nós, deitando sobre uma espreguiçadeira coberta por um guarda-sol. Ela puxa seu tankini preto com uma careta. — Achei que essa coisa maldita cobriria a minha barriga.

— Como está se sentindo, mamãe? — Matt pergunta suavemente e descansa a mão na barriga de Nat.

— Estou bem — ela confirma. — Com um pouco de dor nas costas, mas acho que é só porque esse carinha está crescendo.

— Ela está sendo teimosa — Luke fala da piscina, depois de arremessar a bola por cima da rede. — Eu continuo dizendo para ela ir ao hospital, mas ela diz que não. Vou levá-la carregada, quer queira ou não.

— Talvez você devesse ir — Matt concorda e franze a testa para Nat. A mão dele ainda está apoiada na barriga dela e seus olhos azuis parecem suaves.

Ele seria um excelente pai.

O pânico toma conta do meu coração e faz minha boca secar. Ele nunca terá isso comigo.

Bom trabalho, me apaixonei por ele e não posso lhe dar tudo o que ele merece ter com uma mulher.

— Estou bem — Nat insiste. — São dores por causa do crescimento do bebê, só isso. Confie em mim, já passei por isso.

— Ei, que tal eu pular aí para mostrar a vocês como se joga esse negócio? — Jules diz para Nate quando ele erra a bola.

— Você não vai jogar, Julianne, nem adianta — ele responde.

— Posso nadar durante a gravidez — ela lembra com um biquinho. — Temos um longo caminho pela frente. Não comece a colocar limites em mim agora.

— Você sabe nadar — Isaac concorda. — Mas não pode praticar esportes de contato, pirralha.

— Pode receber uma cotovelada — Matt concorda. — Nós não queremos que se machuque.

— Agora vocês estão todos contra mim? — Jules pergunta, incrédula. — Vamos, meninas, me ajudem aqui.

— Desculpe — Meg responde com um sorriso. — Eu concordo.

— Vocês todos são péssimos.

Todos rimos dela, e sinto o pânico de antes começar a desaparecer. Só preciso ficar de olho na bola. É divertido, nada mais.

Ok, certo.

— De volta às suas tatuagens — Nat começa e toma um gole de água. — Eu gosto delas.

— Obrigada. — Sorrio.

— Você tem piercings e tatuagens. Vai se encaixar bem por aqui. — Meg ri. — Acho que pode ser um pré-requisito para fazer parte deste grupo.

— Do que está falando? — pergunto com uma risada.

— Bem, a maioria de nós tem tatuagens — responde Jules. — O clitóris de Meg tem um piercing. . .

— Ei! — Leo grita da piscina. — Pensei que tivéssemos decidido que não discutiríamos mais as partes íntimas da minha irmã!

— É, vamos discutir todas as partes íntimas das meninas — Mark interrompe com um sorriso travesso. — Exceto Sam.

— E Nate tem um piercing *muito* interessante — acrescenta Sam, ignorando o irmão e apontando para o pau de Nate.

— Sério? — Nate faz uma careta. — Vocês precisam parar de falar sobre piercings.

— Cara. . . — Dominic olha para Nate em choque. — É sério?

Nate balança a cabeça e suspira.

— Não dá bola, cara.

— Bem, meu umbigo foi o mais longe que cheguei em relação a piercings. — Olho para Meg especulativamente. — O piercing no clitóris é divertido para você?

— Oh, ele cobre boa parte do clitóris, e é divertido, *sim*. — Ela sorri amplamente.

— Porra, é maravilhoso — Will concorda e leva um tapa de Leo na parte de trás da cabeça. — Que porra é essa?

— Pare de falar sobre as partes íntimas da Meg — exige Leo.

— Você não vai colocar um piercing no seu clitóris — Matt sussurra no meu ouvido.

— Por quê? — pergunto e olho em seus olhos.

— Porque eu não ia poder tocá-lo e não posso ficar nem um dia sem ele — ele sussurra apenas para que eu ouça, me fazendo corar. — E por falar em tocar em você... — Sua voz se torna ainda mais baixa. — Você sabe o que eu quero fazer com esse biquíni que está vestindo? Eu poderia te amarrar com ele e entrar em você em aproximadamente trinta segundos.

Puta merda, esse homem é sexy.

— Deus, arrumem um quarto. — Jules sorri e bebe um gole de água.

— Quero outro cupcake — anuncia Stacy e pula de seu assento. — Mais alguém quer?

— Todas as grávidas precisam de cupcakes — Jules confirma e senta-se em uma espreguiçadeira ao lado de Natalie.

— Vou trazer a caixa inteira — Stacy decide e corre para buscá-la.

— Você pode, por favor, planejar e preparar o bolo para o meu casamento? — Meg me pede com um sorriso largo.

Meus olhos se arregalam de surpresa.

— Já marcou a data?

— Não. — Ela ri. — Mas não importa quando será, queremos que faça o bolo. Sério, você é a melhor.

Stacy circula com a caixa e quase todo mundo pega uma das guloseimas de caramelo cristalizado.

— Este é o melhor presente de todos — anuncia Natalie com um sorriso. — Obrigada novamente.

— De nada.

— Certo. Não é que os cupcakes não sejam fantásticos, mas seu marido comprou um carro para você no seu aniversário. *Uma porra de um Porsche.*

Nat sorri e olha carinhosamente para o belo marido.

— Ele é bom para mim.

— Eu adoraria fazer o seu bolo, Meg. Conversaremos sobre os detalhes mais tarde.

— Oba! — ela exclama. — Ei, querido, Nic vai fazer o nosso bolo de casamento! — ela chama Will na piscina.

— Ótimo! Precisamos fazer algumas provas?

— Ignore ele e seu estômago sem fundo. — Meg balança a cabeça e morde o cupcake.

— Como você se mantém tão magra? — Jules me pergunta. — Juro que, se eu fizesse cupcakes todos os dias, estaria do tamanho de uma casa.

— Não, não estaria — Brynna fala com um revirar os olhos. — Você tem os melhores genes do planeta.

— Eu não como — revelo com um encolher de ombros.

Todo mundo para o que está fazendo e me olha surpreso.

— Por que não? — Dominic indaga enquanto se afasta da piscina.

— É muito açúcar.

Meg inclina a cabeça, me observando de perto, mas dou de ombros.

— Apenas experimento os novos para garantir que estejam gostosos.

Os lábios de Matt estão plantados na minha testa. Ele respira fundo, beija minha bochecha e depois meu ombro.

Deus, amo quando seus lábios estão em mim.

— Esta aí tem uma força de vontade fantástica — Isaac murmura enquanto também se junta à esposa na piscina.

— Vamos parar com o jogo por um tempo — anuncia Leo e se senta ao lado de Sam enquanto Nate puxa Jules para seus braços e a beija docemente.

— É melhor ficar bem perto — ele murmura para ela. — Manter você longe de problemas.

— Você está todo molhado.

— E?

— Este biquíni é novo. — Ela faz um lindo beicinho.

— Hum, biquínis foram feitos para serem molhados, Julianne. — Nate ri e encosta os lábios no ombro dela.

— Falando em força de vontade. — Meg ri de Will. — Vocês deveriam conhecer a minha colega de trabalho, Marla.

— Meg trabalha no Hospital Infantil — Matt me informa.

— Sim, e Marla é uma enfermeira nova. — Will faz uma careta quando dá uma mordida no cupcake, fazendo Meg rir mais. — E, caramba, ela tem uma quedinha pelo Will.

— A maioria das mulheres tem — responde Stacy, dando um tapinha nas costas do próprio marido. — É a maldição dos Montgomery.

— Bem, digamos que Marla não é recatada.

— Porra, ela é constrangedora — Will concorda.

— Acho que nunca vi Will envergonhado antes — Luke acrescenta e senta-se atrás de sua esposa, depois puxa suas costas contra seu peito e descansa as mãos na barriga dela. — Deve ser divertido.

— Ela dá em cima dele na frente de todos — Meg continua. — E se ela não fosse tão. . . humm. . . — Torce o nariz, tentando encontrar a palavra certa.

— Persistente? — Jules oferece.

— Tá, vamos encarar dessa forma. Se ela não fosse tão persistente, eu não diria que é uma vagabunda, mas seu tom favorito de batom é o pênis.

— Oh, meu Deus! — Brynna choraminga, começando a rir, assim como o resto de nós.

Essas pessoas são hilárias!

— Qual é o telefone dela? — Mark pergunta com um sorriso largo e encantador. — Vou tirá-la da sua cola, cara.

— Confie em mim. — Meg balança a cabeça enquanto ri. — Ela é meio psicótica. Depois que afunda as garras, afastá-la é quase impossível.

— Ah, sim, então pode ficar com ela. — Mark ri e bebe uma cerveja. — Não quero ninguém para algo sério.

— Você é nojento. — Sam faz uma careta para o irmão.

— Apenas honesto.

— Então, o que vai fazer com ela? — Caleb pergunta. Sua mão está plantada na barriga de Brynna.

Olho para Matt e o vejo observando seu irmão com olhos felizes.

Será que ela está grávida?

— Vou ignorá-la — Will murmura. — E levar um segurança comigo toda vez que for ao hospital.

— Você está bem? — Caleb pergunta a Brynna.

— Estou bem, marinheiro. Pare de se preocupar.

— O que está acontecendo com vocês dois? — Dominic pergunta.

— É, você a está papariçando o dia todo — Natalie concorda. Luke se inclina e sussurra no ouvido de Nat, depois morde seu pescoço, então, seus olhos se arregalam. — De jeito nenhum.

— Cara, ela está grávida ou algo assim? — Mark exige.

Brynna fica vermelha, e Caleb suspira profundamente.

— Está! — Jules chora.

— Você não me contou! — Stacy a acusa, com olhos zangados. — Oh, Deus, você vai ter um bebê!

— Não íamos dizer nada — começa Brynna, mas seus olhos se enchem de lágrimas. — É super cedo. Ainda não fui ao médico.

— Quando descobriu? — Natalie pergunta.

**156    Kristen Proby**

— No último dia na Toscana — responde Caleb. — O exame de farmácia disse que eu a emprenhei.

— Você é tão elegante. — Jules revira os olhos e olha para Matt. — Você sabia!

— Eu jurei segredo — ele responde calmamente.

Respiro fundo e percebo que estou um pouco instável. Não comi muito esta manhã e mal toquei no almoço, porque meus nervos me venceram, pelo fato de estar perto da família de Matt pela primeira vez.

Estúpida!

Eu deveria ter me cuidado melhor. A conversa continua à minha volta, mas realmente não ouço mais o que estão dizendo.

Como vou lidar com isso sem chamar atenção para mim?

Minha respiração e batimentos cardíacos aceleram, e estou começando a ficar tonta.

Tudo muito rápido.

— Ei, você está bem, querida? — Matt pergunta e inclina meu rosto para trás para olhar nos meus olhos. Ele franze a testa para mim. — Você não parece bem.

— Acho que só preciso comer alguma coisa — respondo e me desvencilho de seus braços, porém, assim que me levanto, tenho que me segurar nas costas da cadeira para não cair. Minha cabeça está girando.

Meus açúcares despencaram.

Porra!

— Ei, ei, ei, baby. — Matt se levanta e me ajuda a sentar em uma cadeira.

Empurro a cabeça entre os joelhos e foco na respiração.

— O que há de errado? Você está me assustando, Nic.

— Pelo amor de Deus, ela também está grávida? — Mark indaga. — O que há com esta família?

— Não acho que seja isso — Meg responde e se ajoelha ao meu lado. — Nic, você é diabética?

— Sim — sussurro. — Acho que não comi o suficiente hoje.

Amarrada Comigo    157

— Alguém corra lá dentro e pegue um sanduíche para ela e um copo de suco de laranja — Meg ordena com severidade.

— Deixa comigo — Dominic anuncia e corre para a casa.

— Quando foi a última vez que verificou a glicose? — Meg pergunta e acaricia minhas costas em movimentos longos e lentos.

— Esta manhã. Todas as manhãs — respondo e foco na respiração. Estou tremendo ainda mais agora.

— Talvez devêssemos levá-la ao hospital — anuncia Matt. Sua voz é tão dura quanto aço.

Ele está zangado.

— Ela vai ficar bem em alguns minutos — Meg assegura, enquanto Dominic retorna e me passa o suco. — Goles lentos. Não queremos que engasgue.

Dou uma mordida no sanduíche primeiro e depois saboreio o suco, me sentindo uma tola.

— Estou bem — asseguro a todos. — De verdade.

— Você quase desmaiou, querida — responde Will. — Vamos nos sentir melhor se continuar sentada aqui e comer um pouco.

— Por que não comeu antes? — Jules pergunta, preocupada enquanto olha entre mim e Matt.

— Estava nervosa. — Dou de ombros. — Pessoas novas. Eu sou tímida.

— Jesus — Matt sussurra e se afasta de mim.

— Você toma remédios? — Meg verifica meu pulso.

— Não. — Balanço a cabeça. — Administro com dieta e exercícios.

— É por isso que não come seus cupcakes — conclui Leo, com os olhos igualmente preocupados.

Paro de beber o suco para olhar ao meu redor. Todas essas pessoas bonitas estão reunidas em volta de mim, preocupadas, me observando como se precisassem salvar a minha vida a qualquer segundo.

Eles se importam comigo.

— Como eu disse, muito açúcar — respondo e dou outra mordida no sanduíche de peru que Dominic me entregou. — Não tenho um episódio como esse há anos. É sério. — Olho para Matt, mas seu rosto está impassível e seus olhos estão com raiva. — Cuido muito bem de mim.

Quando termino o sanduíche, percebo que o tremor parou e meu batimento cardíaco voltou ao normal.

— Sinto muito, preocupei a todos.

— Você precisa se deitar? — Luke pergunta.

— Não. — Balanço a cabeça novamente e sorrio para o belo ex-ator. — Estou muito bem.

— Você não está bem — Matt responde com uma voz fria.

— Matt. . . — Isaac começa, mas Matt o interrompe com um olhar severo.

— Você deveria ter me contado.

Olho em volta novamente e firmo meu queixo, erguendo-o, assim como faço com os ombros. Ele não vai me envergonhar na frente dessas pessoas.

— Você nunca perguntou — respondo tão friamente quanto. — Estou bem, Matt.

— Acho que ela poderia comer outro sanduíche — Meg sugere com um olhar de soslaio para Matt.

— Eu também acho. Venha comigo.

Ele me tira da cadeira, me pega no colo e me carrega em direção à casa.

— Nós precisamos conversar.

160    Kristen Proby

# Capítulo Doze

## Matt

Vou dar umas palmadas nela.

Atravesso o quintal de Luke em direção à casa. Deus, ela acabou de tirar cinco anos da minha vida. Não sinto tanto medo assim há muito tempo, e sou uma porra de um policial.

— Consigo andar — ela murmura com um beicinho, mas eu a ignoro. — Você me ouviu?

— Ouvi.

— Me põe no chão — ela tenta novamente, mas a seguro com mais força enquanto empurro a porta de vidro e a carrego para a sala de jantar formal, longe da cozinha e dos olhares indiscretos do lado de fora. Coloco-a sobre a mesa e a prendo ali com ambas as mãos dos lados de seus quadris.

— Pensei que confiasse em mim — começo, minha voz baixa e severa.

Seus olhos verdes se arregalam antes que ela franza a testa.

— Eu confio.

— Se confia em mim, por que eu não soube, antes de você ter quase desmaiado, que é diabética?

— Porque não é grande coisa! — ela choraminga com um suspiro exasperado.

— É, sim, Nicole, e deixe-me dizer o porquê. — Eu me aproximo ainda mais para que ela tenha que me olhar nos olhos. — É meu trabalho cuidar de você. Como posso fazer isso se não sei do que você precisa?

— Minha diabetes é muito bem controlada, Matt. — Ela coloca a mão no meu braço tranquilizadoramente. — Sou muito rigorosa com o que como. É por isso que não bebo mais de dois drinques por vez. Sem cupcakes ou outros doces. Nunca mais quero tomar remédios.

— Você chegou a ser medicada? — pergunto.

Ela assente.

— Com vinte e poucos anos, eu estava cerca de 50 quilos acima do peso e não me importava com o que comia. Muito açúcar. Tomava remédios e finalmente decidi que não queria viver os próximos cinquenta anos da minha vida dessa maneira. Meu ex-namorado, Ben, era personal trainer e me ajudou.

Endureço com a menção de outro homem em sua vida, mesmo que tenha sido anos atrás. Não dou a mínima se é irracional. Minhas emoções estão à flor da pele neste momento.

Respiro fundo para me controlar e analisar o rosto dela.

— Foi quando você fez o piercing no umbigo.

Ela assente novamente.

— Foi uma recompensa, como eu te disse.

— Por que nunca falou nada, Nic? Nós comemos juntos muitas vezes. Perguntei por que você não comia seus cupcakes mais de uma vez.

— Não é motivo para drama. — Ela encolhe os ombros, e eu fico enfurecido.

— Sua saúde não é motivo para drama? — Passo as mãos pelo cabelo e me afasto dela, deixando-a sobre a mesa. — Fiz uma *cena* com você no clube, Nicole. E se você tivesse um episódio diabético enquanto estivesse amarrada? — Só de pensar, minhas pernas enfraquecem, e eu quase caio de joelhos. Esfrego a mão na boca e me volto para ela. — Isso pode mudar tudo sobre nossa vida sexual.

— Não! — ela exclama, os olhos arregalados de horror. — Matt, o que aconteceu hoje é raro. Eu não sou frágil.

— Você é tudo! — Inclino-me de volta para ela. Sua cabeça está jogada para trás e ela me olha com os olhos verde-esmeralda arregalados. — Não entendeu ainda? Você é tudo. Estou apaixonado por você. Se algo te acontecesse, eu ficaria destruído.

Seguro seu rosto em minhas mãos trêmulas.

— Você me assustou, Nic. Eu não sabia o que havia de errado. Se já soubesse sobre o diabetes, poderia *fazer* algo, mas você deixou minhas mãos figurativamente amarradas por não me dizer. Sim, você é forte e cuida da sua vida, mas quem diabos cuida de *você*?

Ela engole em seco e continua olhando meu rosto.

— Isso é culpa minha — continuo. — Nunca perguntei se você tinha alguma condição médica, e eu deveria ter perguntado. Fiquei tão desequilibrado desde o momento em que te conheci... Só penso em você.

— Me desculpa...

— Não estou brigando, pequena. — Engulo em seco e inclino a testa contra a dela. — Estar com você é exatamente do que preciso, mas é meu trabalho garantir que todas as suas necessidades sejam atendidas. Não posso fazer isso se não estiver bem informado.

— Matt. — Ela suspira e segura meu rosto, usando seus dedos para acariciá-lo, me acalmando. — Eu não pretendia manter isso em segredo. Convivo com isso há anos e geralmente não tenho problemas. Não contei, não porque não confio em você, mas porque não quero ser tratada de maneira diferente. Não fui prudente hoje, fui estúpida. Sinto muito se te assustei.

— Você é diferente, querida. Você é tão diferente para mim que mudou a minha vida. Do que precisa? Como posso te ajudar?

— Eu não preciso de nada. — Ela balança a cabeça e me oferece um sorriso suave. — De verdade. Talvez outro sanduíche.

— Posso pegar para você. — Envolvo os braços em seus ombros e a seguro contra mim. — Há mais alguma coisa que eu precise saber sobre sua saúde?

Ela paralisa, e eu recuo, observando seu rosto.

— Conte-me.

— Eu tenho síndrome dos ovários policísticos — responde suavemente. — É por isso que tomo pílula.

Não sei o que significa.

— Então a pílula regula isso?

Ela assente com seriedade.

— Algo mais?

— Não há mais nada.

— Nicole.

— Não há mais nada — ela repete com firmeza. — Eu não sou frágil, Matt. Mas, se algum dia não estiver me sentindo bem, vou te contar.

— Foi por isso que teve dor de cabeça no fim de semana passado?

— Não, eu realmente só estava com dor de cabeça.

Suspiro e descanso meus lábios em sua testa, inspirando seu cheiro. Ela é tão preciosa para mim.

— Como está se sentindo agora?

— Melhor, mas vou comer outro sanduíche e talvez beber mais suco para ficar melhor ainda.

— Tudo bem. — Dou um passo para trás e a ajudo a sair da mesa, conduzindo-a para a cozinha, para pegar um sanduíche e um pouco de suco. — Você quer ir para casa?

— Não, tem uma festa lá fora. — Ela sorri para mim. — Uma festa divertida com caras gostosos.

— Sério?

Ela ri, gostando de me provocar, e eu mantenho meu rosto sóbrio, deixando-a se divertir.

— Sim, tem uma estrela do rock e um jogador de futebol bem gatos aqui.

Inclino a cabeça para o lado, curvo meus lábios em um sorrisinho e dou um passo em sua direção.

— Você acha, é?

— Hum-hum.

— Está tentando me deixar com ciúme, pequena?

Ela morde o lábio, e a pulsação em seu pescoço acelera.

— Estou apenas dizendo quem está aqui.

— Entendo. — Inclino-me para ela e descanso os lábios ao lado de sua orelha. — Se algum deles, sendo meu irmão ou não, tocar em você, vou quebrar a porra dos dedos de cada um. Você é minha.

Ela respira fundo, surpresa, e prende o ar, esperando minhas próximas palavras.

— Minha — repito. — Eu não compartilho, lembra?

— Que possessivo — ela diz sem fôlego.

— Ah, porra, sim, eu sou. É bom que se lembre disso. — Sorrio para ela enquanto pego sua mão e a conduzo para fora, de volta ao grupo, que se cala quando chegamos.

— Está tudo bem? — Jules pergunta.

— Estou muito melhor. Um bom sanduíche de peru faz maravilhas — Nic responde com uma piscadela enquanto eu a puxo para o meu colo e passo os braços ao redor de sua cintura.

— Que bom. — Natalie sorri calorosamente e se volta para mim. — E você, detetive?

— Nunca estive melhor.

— Estamos falando da festa de noivado de Meg e Will — Jules nos informa.

— Festa de noivado? — pergunto, surpreso. — Achei que não teria uma.

— Nós não queríamos. — Meg dá de ombros e revira os olhos para Jules. — Mas Jules acha necessário.

— Jules quer uma desculpa para comprar um novo par de sapatos — acrescenta Nate, ganhando um beliscão de sua esposa nas costelas. Ele coloca a mão suavemente sobre a barriga dela e acaricia. — Vou comprar todos os sapatos que você quiser, baby.

— Podemos fazê-la no meu vinhedo, pode ser algo discreto — sugere Dom.

— Alecia poderia organizá-la rapidamente — Jules acrescenta e bate palmas.

Percebo a carranca de Dom, mas escolho não comentar.

— Temos que marcar para antes do início do treinamento de verão — concorda Will.

— E antes que Leo saia em turnê novamente — acrescenta Meg.

— Ah, porra, não temos muito o que planejar se for só para a família — comenta Isaac. — Se Dom será nosso anfitrião e teremos alguém para planejar, podemos fazer no próximo fim de semana.

— Vou verificar o calendário, mas acho uma boa ideia — concorda Dominic.

— Ótimo! — Stacy diz e beija a bochecha do marido.

— Vou ter que me vestir todo elegante? — Mark pergunta com uma careta.

— Não, vá do jeito que quiser — responde Meg. — Will e eu não somos esnobes.

— Graças a Deus. — Mark suspira. — Terá garotas solteiras por lá?

— Não! — todo mundo grita em uníssono e depois nos acabamos de gargalhar.

Ainda estou desconfortável com o episódio diabético de Nic quando voltamos para seu apartamento, à noite. Foi uma montanha-russa infernal de acontecimentos em um dia só. Fora que fiquei excitado só de vê-la naquele biquíni minúsculo o dia todo, sentir sua pele contra a minha sob o sol quente e, se minha família não estivesse por perto, eu a teria despido e a colocado deitada sob mim em aproximadamente três segundos.

Mas, depois de assistir ao episódio, o puro medo de não saber o que estava acontecendo com ela me deixou confuso pelo resto da tarde.

— Você está quieto — ela murmura depois que eu fecho a porta atrás de nós. — No que está pensando?

— Estou pensando... — respondo e pego a mão dela, levando-a para o quarto — sobre como vou puni-la por manter um segredo tão sério de mim e me roubar dez anos de vida hoje.

Seus olhos se arregalam, e cada músculo de seu corpo pequeno tensiona.

— Se acha que vai me bater como aquela pobre garota do clube, é melhor pensar novamente. — Suas bochechas ficam rosadas e sua respiração acelera.

Tiro sua blusa e puxo as tiras do biquíni, deixando-o cair em minhas mãos.

— Não vou bater em você — respondo e beijo sua testa.

— O que vai fazer? — ela pergunta sem fôlego.

— Você vai ver. Sente-se na cadeira perto da janela.

Nic obedece e me observa enquanto eu me ajoelho diante dela, pego seu short e o tiro, deslizando-o por seus quadris e pernas, depois puxo os laços da parte de baixo do biquíni, tirando-a também.

A penteadeira dela fica em um lado da cadeira e a estrutura de dossel da cama está do outro. Pego suas pernas, afasto-as e coloco cada dobra de seus joelhos sobre os braços da cadeira estofada, depois pego a parte de cima do biquíni, amarro-a a um joelho e prendo a outra ponta à penteadeira. Depois, faço o mesmo do outro lado, prendendo-a à estrutura da cama. Ela está aberta para mim e não consegue se mexer.

E ela é linda pra caralho.

— Você já está molhada — murmuro e deslizo uma ponta dos dedos pelas suas dobras escorregadias.

— Gosto quando você me amarra — ela me lembra, sem fôlego. — Se esse é o meu castigo, você está fazendo um trabalho muito ruim, querido.

Eu sorrio de forma sombria e decido me esforçar para provar que ela está errada.

Pressiono beijos de boca aberta em suas coxas e depois lambo o vinco entre sua perna e seu centro, fazendo-a gemer e enterrar aquelas mãos incríveis nos meus cabelos. Sua pele é tão macia e cheira a coco e luz do sol depois de um dia se bronzeando.

Lambo sua boceta, empurrando minha língua pelos lábios até seu clitóris e recuo novamente, fazendo-a soltar um longo gemido.

— Gosta disso, não é?

— Sabe que sim. — Seus quadris estremecem um pouco, mas ela não consegue se mover muito, estando com as pernas presas.

— Gosta de guardar segredos de mim também? — pergunto e puxo seu clitóris na minha boca, chupando-o com vontade.

— Não — ela arfa e joga a cabeça para a frente e para trás na cadeira. Ela agarra meu cabelo novamente quando enfio dois dedos nela.

Justo quando a sinto começar a se contrair em volta dos meus dedos, afasto-me e saio do seu alcance, parando de tocá-la.

— O que. . .?

— Vai demorar um pouco até eu deixar você gozar, querida.

Seus olhos se estreitam no meu rosto enquanto ela arfa e olha furiosa para mim. Seus lábios estão inchados, depois de ela tê-los mordido com seus próprios dentes, e seu núcleo está ensopado, pela minha boca e sua própria umidade.

Ela é gostosa pra caralho.

Nic se inclina para se tocar, mas eu seguro seu pulso, beijo sua palma e ergo sua mão sobre a cabeça.

— Se tentar se tocar mais uma vez, eu *vou* te dar umas palmadas.

Eu me inclino e dou um beijo em seu púbis recém-depilado, depois vou deixando mordidas até chegar em seu piercing sexy como o inferno, enquanto toco sua boceta molhada com a ponta dos dedos.

— Você está me matando — ela murmura.

— Ainda não — respondo suavemente e beijo-a até os seios, puxando seus mamilos com os dentes.

Ela está se contorcendo debaixo de mim. Suas mãos estão emboladas no meu cabelo e depois seguram meus ombros. Penetro dois dedos dentro dela novamente e começo a fodê-la com força, porém, quando suas pernas começam a tremer, eu paro e me afasto.

— Matt!

— Veja, Nic, é assim que me sinto frustrado quando você não fala comigo e não me diz tudo o que preciso saber. — Circulo seu clitóris rígido com o polegar, sendo esse o único lugar onde a estou tocando. — Quando penso que sei tudo que preciso, descubro algo novo que você deveria ter me contado antes.

— Conhecer um ao outro é um processo para qualquer casal — ela me lembra, sem fôlego.

Beijo seu corpo e depois levanto a cabeça para olhá-la nos olhos.

— Você está certa. Acabarei aprendendo qual é a sua música favorita, o que você usou no baile de formatura e quantos anos tinha quando tirou sua carteira de motorista. — Afundo meus dedos nela novamente e lambo seu clitóris. — Mas isso foi demais, pequena. E você me assustou.

Seus olhos estão vidrados de luxúria, enquanto ela morde o lábio novamente, me observando fodê-la com a boca e os dedos. Seus mamilos estão eriçados e molhados por minha boca.

Deus, ela é a coisa mais linda que já vi.

E a mais preciosa.

— Você tem que aprender que não pode haver segredos entre nós. — Eu seguro ambos os lados de sua bunda e a ergo da cadeira, enfiando meu rosto direto no centro do seu corpo, lambendo, chupando-a e beijando até que ela esteja gritando e implorando para eu deixá-la gozar, mas paro e a coloco de volta no assento.

— Por favor! — ela chora. — Eu não aguento mais.

Lágrimas escorrem por seu rosto, e os braços estão jogados sobre a cabeça, segurando as costas da cadeira. Normalmente eu arrastaria isso por horas, para fazê-la implorar pela chance de gozar, mas suas lágrimas são a minha ruína. Já mostrei meus argumentos, então, só preciso dar o que ela quer e o que eu preciso mais do que respirar.

Tiro meu short, arranco minha camisa e a jogo de lado, depois a penetro, com força, enterrando-me profundamente. Eu a cubro com meu corpo, segurando a cadeira como alavanca, e a fodo em movimentos longos e lentos.

— Fiquei tão frustrado com você hoje — murmuro e beijo sua bochecha. — Você mereceu sentir a mesma frustração. Se eu descobrir que você está escondendo outro segredo de mim, receberá o mesmo castigo.

Ela passa os braços ao redor dos meus ombros e me abraça, enterrando o rosto no meu pescoço.

— Por favor — ela sussurra. — Oh, nossa, Matt.

Eu me afasto dela para que possa nos observar, meu pau entrando e saindo de seu calor úmido, os lábios de sua vagina inchados e rosados ao redor do meu pau e nossos corpos suados.

Ela está me segurando como se fosse um vício. Sinto a tensão começar a se avolumar no ponto mais baixo da minha barriga, e sei que estou prestes a gozar. Acaricio seu clitóris com o polegar e vejo como se desmancha — pernas trêmulas, músculos tensos, apertando-me como se fosse sua fonte de sobrevivência.

Grito o nome dela quando a acompanho no orgasmo, sendo levado ao limite e remexendo-me contra seu núcleo, dando-lhe tudo que tenho.

Recaio sobre seu torso por vários minutos, concentrando-me em inspirar e expirar. Seus dedos no meu cabelo me lembram de que preciso desamarrá-la. Desfaço os nós e massageio seus joelhos e quadris, depois a ergo em meus braços e nos acomodamos em sua cama macia.

— Sinto muito por hoje, por não ter contado antes — ela finalmente sussurra contra o meu peito.

Deslizo a ponta dos dedos pelas costas dela, profundamente pensativo. Eu a amo tanto. Se algo acontecesse com ela, eu ficaria destruído.

— Sem mais segredos — sussurro.

— Sem mais segredos.

— Você não precisa ir para a loja comigo hoje — Nic me diz pela terceira vez, enquanto tira cupcakes recém-assados do forno.

— Cuidado, acho que está tentando se livrar de mim.

— Sabe que isso não é verdade. — Ela balança a cabeça enquanto coloca os bolos quentes em uma gradinha para esfriar. — Mas é seu último dia de folga, e você precisa aproveitar. Só tenho que trabalhar até uma da tarde. É domingo.

— E você está sozinha.

— Acredite em mim, já trabalhei muitos domingos sozinha antes de você aparecer, detetive Montgomery.

— Sim, mas agora não precisa — eu a lembro suavemente e a puxo em meus braços para beijá-la.

Ela se derrete contra mim e enlaça meu pescoço, agarrando-se a mim, sua boca entregue e mais do que disposta.

— Será que vou ter que começar a te colocar na folha de pagamento? — ela pergunta, sem fôlego, quando eu a solto.

— Humm. — Inclino a cabeça de um lado para outro, como se estivesse pensando muito. — Acho que pode me pagar em favores sexuais.

— Ah, sério? — Ela ri e começa a confeitar mais uma leva de cupcakes.

— Ou apenas vá comigo à festa de Will e Meg no próximo fim de semana.

— Você não precisa me fazer favores para que faça isso.

— Ok, favores sexuais então.

Ela ri — uma bela de uma gargalhada — , e meu estômago se revira. Adoro o som de sua risada e a maneira como seus olhos brilham quando está alegre.

— Você é linda — sussurro.

O sorriso dela desaparece lentamente, substituído por pura luxúria.

— Fico feliz que pense assim. — Sua voz está baixa e um pouco trêmula. Adoro pegá-la desprevenida e desestabilizá-la.

— O que posso fazer para ajudar?

— Aqui, confeite estes. — Ela me mostra como aplicar o confeito, em espiral em cima do bolinho.

— O cheiro destes é muito bom — murmuro. — De que sabor são?

— Framboesa com chocolate branco.

— Posso pedir uma dúzia deles para amanhã? — Ela olha para mim, surpresa. — Vou levá-los para o trabalho.

— Claro. — Ela sorri largamente e depois volta ao trabalho manual.

— Então, você se divertiu ontem?

— Sim. Sua família é hilária.

— As coisas costumam ser interessantes com eles — concordo cheio de orgulho. — Somos unidos.

— Dá para perceber. Todos se importam profundamente um com o outro.

— Sim.

— Foi divertido. Eles são pessoas legais.

— Você se encaixa bem — comento casualmente.

Ela faz uma pausa e depois continua a trabalhar, como se fosse algo casual que um homem lhe diga que gosta de vê-la em meio àqueles que mais ama.

— Estou feliz que pense assim.

— Algo errado? — pergunto.

— Não. — ela dá um sorriso falso. — Assim que terminarmos, abriremos.

— Converse comigo.

— Estou bem — ela insiste. — Vou abrir a porta.

Ela sai correndo, me deixando estupefato. O que foi que eu disse? Mulheres e seus hormônios.

Algumas horas e várias dezenas de clientes mais tarde, a campainha toca acima da porta quando Caleb entra na *Doces Suculentos*, carregando um saco de papel marrom.

— Caleb! — Nic sorri amplamente, feliz em ver meu irmão.

— Ei, moça bonita. — Ele apoia o cotovelo no balcão e pisca para ela. — Como você está?

Nic ri e balança a cabeça para Caleb.

— Estou bem. Todos os Montgomery são encantadores assim?

— Não, só eu. — Caleb pisca novamente e coloca a bolsa na bancada. — Isto é para você.

— O que é isso?

— Eu pedi seu almoço — respondo.

— Mas estou trabalhando.

— Posso segurar as pontas. Você precisa comer.

Ela olha para mim, surpresa, depois dirige-se a Caleb e a mim novamente. E beija minha bochecha antes de levar a bolsa para os fundos da loja.

— Não vou demorar! — ela diz.

— Não tenha pressa — respondo. — Obrigado, cara.

— Não se preocupe. Como ela está hoje?

— Está bem.

— Assustou a todos nós ontem. — Caleb examina a vitrine cheia de guloseimas. — Me dê um bolo de cenoura.

Passo para ele o cupcake e estendo minha mão, esperando o dinheiro.

— Ela não trabalha de graça, imbecil.

— Jesus, eu trouxe comida. Um homem não pode receber seu pagamento em cupcakes?

— Não.

Ele me entrega cinco dólares, e eu não dou o troco.

— Filho da puta! — Caleb ri.

174    Kristen Proby

# Capítulo Treze

*Nic*

Muita coisa aconteceu nas últimas vinte e quatro horas.

Ok, este pode ser o eufemismo do ano.

Eu me concentro em comer o sanduíche que Caleb me trouxe e saborear o suco com o qual me servi, ansiosa para voltar ao trabalho.

Ontem *foi* divertido. A família de Matt é enorme e um pouco esmagadora. Eles são todos lindos, bem-sucedidos e tão divertidos. Hilários.

Amorosos.

Não sei o que é ter uma família assim, e um grande pedaço de mim deseja se instalar e pertencer a ela por muito, muito tempo.

*Jesus, você é patética.*

Engulo o último pedaço e saio da cozinha.

— Queremos que vocês venham — diz Caleb. — Ah, que bom, você voltou.

— Caleb acabou de nos convidar para jantar com ele e Bryn hoje à noite.

— Ah. — Franzo a testa, pensando.

— Não estou reclamando, mas sua reação não é boa para o meu ego, querida.

Eu rio e balanço a cabeça.

— Obrigada por me convidar. — Viro-me para Matt. — Sempre me encontro com Bailey no domingo à tarde. Vamos até o Vintage tomar uma taça de vinho e comer alguns aperitivos.

— Isso é legal. — Matt dá de ombros, como se não o incomodasse. — Você deveria sair com Bailey.

— Sério? — pergunto ceticamente.

— Eu não preciso monopolizar todo o seu tempo, querida. Apenas a maior parte dele. — Ele sorri radiante e me beija na boca. — Por que não me encontra mais tarde, no Caleb?

— Seria legal. Matt lhe dará nosso endereço. — Caleb iça seu corpo, apoiando-se no balcão, para poder se inclinar sobre ele e dar um beijo na minha bochecha, ganhando um rosnado baixo de Matt, o que apenas o faz rir. — Vejo vocês mais tarde.

Ele assente e sai assim que Bailey entra, checando a bunda de Caleb quando este sai.

— Puta merda, você viu isso?

— É o meu irmão — Matt confirma com um sorriso.

— E você deve ser Matt — Bailey adivinha com um sorriso sedutor e estende a mão para cumprimentá-lo. — Nossos caminhos já se cruzaram algumas vezes, mas nunca nos conhecemos de verdade. Eu sou Bailey. A melhor amiga.

— Prazer — Matt responde com um sorriso encantador. — Já te vi por aí.

— E como melhor amiga. . . — Bailey começa.

— Bailey — eu a aviso, mas ela nem me dá bola, enquanto continua.

— Posso dizer que, se magoá-la, vou tornar sua vida um inferno. Não dou a mínima se você é policial e um Dom. Você não me assusta.

As sobrancelhas de Matt se erguem e, então, ele dá a volta no balcão e puxa Bailey para um grande abraço, para surpresa dela.

— Você deveria ter cuidado comigo, não me abraçar. Eu te ameacei.

— Obrigado por amá-la tanto — ele murmura em seu ouvido. Beija a bochecha dela e se afasta, voltando para o meu lado. — Você consegue cuidar das coisas aqui, pequena?

— Hum. . . — Preciso pigarrear e engolir o nó que se forma na minha garganta. Bailey também parece chocada. — Sim, está tudo bem.

Ele inclina meu queixo para cima com o dedo e desce seus lábios até os meus, mordiscando gentilmente, deslizando sua boca macia pela minha, depois mergulha e desliza a língua entre os meus lábios, beijando-me até roubar meu ar. Quando se afasta, tem que segurar meus ombros até eu recuperar meu equilíbrio.

— Uau — murmura Bailey com uma risada.

— Vejo você hoje à noite. — Ele desliza os nós dos dedos pela minha bochecha e depois se vira para sair pela cozinha. — Até breve, Bailey.

— Até breve! — Ela o observa sair com um brilho nos olhos.

Vou até a porta da frente, tranco e começo o processo de limpeza para que eu possa fechar.

— Estarei pronta para sair em cerca de vinte minutos — eu a informo, como se o homem mais sexy do mundo não tivesse acabado de me beijar até quase me deixar sem sentidos.

— Ele é gostoso — ela diz casualmente.

— Você já sabia disso.

— O irmão dele também é gostoso.

— E casado.

— Todos os bons são. — Bailey faz beicinho. — O que vocês vão fazer hoje à noite?

— Podemos conversar sobre isso com vinho? — pergunto com um suspiro. — Há muito o que contar.

— Oh, Deus, por favor, se apresse. Agora o suspense está me matando.

Ela me ajuda a limpar e me organizar para o dia seguinte, quicando como se quisesse fazer xixi, o que me faz rir.

— Você é louca — afirmo.

— Estou impaciente — ela me corrige. — Vamos. Dan, o garçom mais sexy do mundo, está nos esperando.

Jogo o avental no cesto, pego a carteira e tranco a porta dos fundos. Bailey entrelaça o braço no meu enquanto descemos até o Vintage.

— O dia hoje está lindo. — Respiro fundo, absorvendo o ar do verão. Sinto o cheiro de maresia do Puget Sound a poucos quarteirões de distância. As famílias estão passeando, empurrando carrinhos e carregando crianças, curtindo Seattle neste domingo ensolarado.

— Estamos tendo um ótimo verão — Bailey concorda com um sorriso.

Amarrada Comigo    177

Ela me conduz até o Vintage e dá ao gostoso do Dan um sorriso sedutor.
— Ei, lindo.

— Olá, senhoritas. — Ele gesticula para a hostess e nos leva até nosso lugar habitual pessoalmente. — O de sempre?

— Sim, por favor — dizemos em uníssono.

— É pra já. — Ele pisca para Bailey e caminha até o bar.

— Ele gosta de você.

— Ele é adorável. — Bailey suspira. — E novo demais.

— Cara, ele provavelmente está na casa dos vinte anos.

— Muito novo. Preciso de alguém com mais experiência de vida para o que estou procurando. — Ela faz um gesto com as mãos e se senta quando Dan entrega nossas bebidas e anota nosso pedido de aperitivo. Depois me olha sobre a borda do copo. — Fale comigo.

— Eu realmente preciso que me ajude a voltar aos eixos. Coloque juízo na minha cabeça.

— Ok.

— Não posso me apaixonar por ele.

— Certo. — Ela franze o cenho, confusa. — Espera. Por que não?

— Porque estamos apenas nos divertindo juntos, lembra?

Ela assente lentamente e depois balança a cabeça.

— Quando dissemos isso?

— Ele me levou para conhecer sua família — começo. — E eles são ótimos. Você sabia que o cunhado dele é o Luke Williams? Tipo... *o* Luke Williams. Aquele cujo cartaz ocupava a minha parede quando eu era adolescente.

— Uau.

— E a irmã do Luke está casada com o gato do Leo Nash, Bailey. Sem mencionar que seu irmão é Will Montgomery, o jogador de futebol. Então, eu estava nessa festa na piscina com celebridades e pessoas bonitas, e todas elas são muito, muito legais. E tão engraçadas!

— Que legal. Me convida da próxima vez?

— Mas não é engraçado. Meus açúcares despencaram, porque fui estúpida e não comi o suficiente, então Matt descobriu sobre o diabetes. . .

— Você não contou a ele? — ela pergunta com uma carranca profunda.

— Então ele ficou bravo comigo porque não contei.

— Ele é um Dom, Nic. É claro que ficou chateado. — Ela toma um gole de bebida e cai de boca na comida quando Dan nos serve.

— E ele deixou escapar que está apaixonado por mim.

Ela, lentamente, coloca uma batatinha no prato e me encara em choque.

— O que você disse? — ela geme.

— Nada.

— *Nada.*

— Foi no calor do momento. Eu nem tenho certeza se ele percebeu o que disse. Foi quando ficou bravo com a minha condição. — Gesticulo, incapaz de pensar sobre isso, porque me deixa apreensiva mais uma vez. — Mas estou me apegando demais a ele, Bailey.

— Por quê? — Ela está completamente confusa.

— Ele vai querer ter filhos — sussurro suavemente. — Você e eu sabemos que não posso dar um a ele.

— Você é tão ridícula — Bailey geme. — Nem sabe disso ainda.

— Tenho certeza. Não posso me apaixonar. Não sou a garota certa para ele.

— Certo, ele tem uma família incrível, um bom trabalho. . . — Bailey começa a assinalar os atributos dele nos dedos. — Não é um perdedor, é leal e bom com crianças, e é incrível na cama. Aquele desgraçado!

— Ha, ha.

— Então, você foi de não querê-lo porque é um Dom para não querê-lo porque ele pode querer ter filhos um dia?

— Você faz parecer tão idiota. — Eu rio. — Estou tentando proteger meu coração, Bailey. Não estou tentando machucar Matt. Nem a mim.

— Você se preocupa demais. Continue fazendo o que estava fazendo no começo. Curta e mencione a questão dos filhos, se e quando ele te pedir em casamento.

Engasgo com minha bebida com a menção de um pedido de casamento, e meus olhos lacrimejam enquanto tusso e arfo.

— Ok, então a ideia de casamento assusta você — ela murmura. — Eu estava brincando, Nic.

— Nem diga isso!

— Querida, acabei de ver vocês dois juntos. Aquele é um homem apaixonado.

Começo a responder, mas ela levanta a mão, me impedindo.

— E você estava igualmente apaixonada. Sei que é cedo, mas Matt não vai a lugar algum. Apenas curta.

— Ele é incrível na cama — admito.

— Ah, claro, esfregue na minha cara. Você é cruel. Te apoiei lá na confeitaria e ameacei um policial, e tudo o que você faz para me pagar é me lembrar de que está transando e eu não estou?

Dou risada e coloco um pedaço do aperitivo na boca.

— O sexo realmente é muito bom.

— Te odeio.

— Você conseguiu vir! — Brynna exclama enquanto abre a porta.

— Quase não te achei — admito com um sorriso triste. — Vocês estão meio que escondidos aqui.

Isso é um eufemismo. Caleb e Brynna vivem em uma linda casa no bairro de Alki Beach, em Seattle. É uma das minhas partes favoritas da cidade, especialmente no verão. Há lojas, excelentes restaurantes, incluindo meu pub favorito, The Celtic Swell, e quilômetros de trilhas pelas quais caminhar e admirar o horizonte de Seattle.

— Bem, estou feliz que você nos encontrou. — Ela me puxa para um abraço, e eu tenho que ficar na ponta dos pés para alcançá-la.

Brynna é alta, com longos cabelos e lindos olhos castanho-escuros.

— Os caras estão lá atrás com as meninas, que atualmente estão tentando nos convencer que as deixemos dormir mais tarde.

— É verão. — Dou de ombros, como se isso fosse uma coisa normal. — Como estão as garotas?

— Ótimas. Vamos vê-las.

Ela me leva pela casa até os fundos, onde um cachorro de um olho só está latindo feliz, e Caleb e Matt estão malhando na barra de metal.

— Puta merda — murmuro e paro, observando os dois homens se levantarem e se abaixarem ritmadamente na barra. Os dois tiraram a camisa, e as costas e os braços são esculpidos em puro músculo. Caleb tem uma tatuagem no ombro, mas não consigo ver direito de onde estou. Ambos estão cobertos por uma leve camada de suor e insultando um ao outro.

— Tio Matt fez vinte! — Josie conta.

— Papai fez dezenove! — Maddie complementa.

— Vou te passar, irmãozinho.

— Vai porra nenhuma — responde Caleb.

— Papai tem que colocar dinheiro no pote de palavrões! — Josie anuncia.

— Parece que elas encontraram um jeito de distrair os homens para irem mais tarde para a cama — diz Brynna, e cruza os braços à frente do peito, observando o marido. — Eles formam um par e tanto, não é?

— Meu Deus, deveria ser ilegal ter uma aparência assim — concordo. — Como você mantém a compostura em eventos familiares, Bryn? Sério, pensei que fosse ter um ataque cardíaco ontem.

Ela ri e passa o braço em volta dos meus ombros, puxando-me para si.

— É um pouco intimidador no começo, mas todos são só pessoas normais, Nic. Will peida como um louco e culpa Meg. Os hormônios de Jules estão uma bagunça, então ela é grossa com todo mundo e depois chora implorando perdão. É normal para irmãos.

— Hum. — Inclino a cabeça e assisto aos homens pousarem no chão.

— Você tem irmãos? — Brynna pergunta.

— Tenho uma irmã, Savannah, mas não somos tão próximas.

— Não tenho irmãos. Stacy e eu somos primas, mas fomos criadas como irmãs.

Ela sorri quando Caleb pega Josie e a gira pelo quintal. Matt e Maddie estão acariciando o cachorro, que está deitado de barriga para cima, em seu paraíso particular, enquanto os dois coçam sua barriga.

— Ok, meninas, hora de dormir!

— Mas, mãe, Nic acabou de chegar! — Maddie vem correndo para mim e envolve os braços em minhas pernas. — Senti sua falta!

Eu rio e me agacho ao lado da menininha doce.

— Você só me viu na minha confeitaria quando sua mãe foi me contratar para o bolo do casamento, bobinha. Como pôde sentir minha falta?

— Eu gosto da sua confeitaria — ela responde e encolhe os ombros, como se isso explicasse tudo.

— Bem, obrigada.

— Você é a namorada do tio Matt? — Josie questiona. Ela pega a mão de Matt e me olha com olhos cautelosos.

Que coisinha mais protetora!

— Sou — respondo, *por enquanto*, e sorrio para Josie. — Como você está, Josie?

— Tudo bem. — Ela esconde o rosto no quadril de Matt enquanto ele enfia a camiseta pela cabeça. Ele ri, pega a menina e afasta os longos cabelos escuros do rosto.

— Por que você é tão tímida? — ele pergunta a ela.

Ela encolhe os ombros e deita a cabeça no ombro dele.

— Ela é boba — Maddie me diz. — Este é o nosso cachorro, Bix. É muito corajoso.

— E bonito — concordo.

O cachorro levanta a pata como se estivesse cumprimentando, e eu estendo a mão para ela.

— Vocês, meninas, precisam ir para a cama. Já passou da hora de dormir — informa Brynna.

Caleb pega a mão de Maddie, que agora decidiu fazer beicinho, e sinaliza para Bix segui-los.

— Você pode ler para nós? — Josie pede a Matt.

— Claro. — Ele se vira para mim e beija minha bochecha. — Oi, querida. Estou feliz que esteja aqui. Se importa se eu for ler para as meninas?

— Claro que não — respondo com um sorriso e deslizo os dedos por seu cabelo loiro-escuro macio. — Vou ajudar aqui embaixo.

— Vou colocar as carnes na churrasqueira — Caleb anuncia e passa Maddie para Matt, que leva as duas meninas e o cachorro para dentro de casa.

— O que posso fazer para ajudar? — pergunto a Brynna.

— Você pode ajudar se sentando comigo no deque. Caleb vai assar hambúrgueres, e todo o resto está pronto. — Ela está em uma cadeira azul, e eu me acomodo em uma namoradeira ao lado dela.

— Você se divertiu com Bailey? — Caleb me pergunta enquanto acende a churrasqueira.

— Eu sempre me divirto com Bailey — respondo com uma risada.

— Caleb disse que vocês gostam de ir ao Vintage. — Brynna nos serve um copo de chá gelado de uma jarra. — Lá é divertido.

— Eu adoro — concordo. — Vamos lá todos os domingos há alguns anos.

Caleb coloca quatro hambúrgueres na grelha, e o chiado e o cheiro da churrasqueira preenchem o ar.

— Você tem uma bela casa — comento e tomo meu chá.

— Obrigada. Na verdade, pertence ao pai da Natalie. Ela deixou que eu e as meninas morássemos aqui depois que Jules foi morar com Nate. — Brynna sorri e pega um palito de aipo em uma bandeja de legumes e petiscos.

— Foi muito legal da parte dela — digo.

— Nat é a melhor. Ela é superdoce e leal — elogia Brynna. — Mas acho que Caleb e eu vamos começar a procurar um lugar maior, já que temos um bebê a caminho. Precisaremos do espaço.

— Já te disse, Isaac vai construir uma casa para nós — lembra Caleb à esposa.

— Ah, Deus! Vamos começar a discutir sobre banheiros e plantas. — Brynna revira os olhos.

— O que eu perdi? — Matt pergunta quando se junta a nós. Ele se senta ao meu lado, me enlaça com um braço e me puxa para seu lado.

— Nada de mais. As meninas pegaram no sono?

— Eu li duas histórias. Mas aposto que uma das duas vai querer beber água daqui a uma hora. — Ele beija minha têmpora e desliza a ponta dos dedos pelo meu braço, sobre a tatuagem no meu ombro, provocando calafrios na minha pele.

— Tem muita coisa acontecendo aqui, e elas não vão querer perder — Brynna concorda ironicamente.

— Esta noite é uma ocasião especial? — pergunto e inclino a cabeça contra o ombro de Matt.

— Mais ou menos, porém não queríamos fazer alarde. — Caleb vira os hambúrgueres, fecha a tampa e se junta a nós. — O casamento foi onde fizemos nossa cerimônia de adoção, mas recebemos hoje a papelada que diz que a adoção está concluída.

— Isso é maravilhoso! — exclamo. — Elas têm sorte de ter vocês dois.

— Parabéns, cara. — Matt dá um leve tapinha em seu irmão. — Mas elas são suas há muito tempo.

— Verdade. — Caleb assente. — Como você quer o seu hamburger?

— Ao ponto — respondo. — Sério, não há nada que eu possa fazer para ajudar?

— Você trabalhou o dia todo. Relaxe — Matt sussurra no meu ouvido. — Está tudo pronto.

— Eu não trabalhei o dia todo. — Dou risada, mas relaxo contra a almofada e tomo meu chá. — Mas vou deixar vocês cuidarem da culinária.

— Você está linda — Matt murmura.

Torço o nariz para ele, fazendo-o rir.

— Amo a tatuagem no seu ombro — Brynna comenta e inclina a cabeça, pensativa. — Talvez eu deva fazer algo assim.

— Você não pode fazer tatuagens enquanto estiver grávida — lembra Caleb.

— Eu sei. Depois.

— Posso recomendar um cara. Estou pensando em fazer outra.

A mão de Matt ainda está no meu braço e ele se afasta para olhar para o meu rosto.

— O que está pensando em fazer?

— Ainda não decidi. Só tenho vontade de fazer algo novo — respondo com um encolher de ombros. Os olhos dele brilham, e é óbvio que a ideia o excita.

Ele gosta de tatuagens.

— Os hambúrgueres estão prontos — anuncia Caleb.

— Então, acho que preciso ouvir boas histórias sobre Matt quando criança — comento enquanto coloco ketchup no meu pão.

— Eu tenho um milhão. O que você quer saber? — Caleb pergunta enquanto Matt olha para ele.

— Tudo. — Rio. — Mas comece com as coisas constrangedoras.

— Ele dormiu com um cobertorzinho até os nove anos — começa Caleb.

— Sugiro que você cale a boca — Matt rosna, fazendo-me rir.

— Ele sempre foi o mais sensível do grupo — continua Caleb.

— Eu também tenho histórias, sabe, *irmãozinho* — Matt lembra.

— Também quero ouvir algumas! — Brynna bate palmas e pula na cadeira. — Isso é tão divertido.

— Matt sempre foi fã do Batman. Ele gostava de usar as toalhas de banho como capa e correr pela casa, salvando Gotham City do mal.

— Caleb sempre foi o mal — Matt acrescenta, com olhos estreitos. — Pare de falar. Estou te avisando.

— Acho que nossa mãe tem fotos de Matt na quinta série, quando ele deixou Jules, que tinha cinco anos, cortar seu cabelo.

— Caleb fez xixi na cama até os seis anos — Matt murmura com um tom enganosamente suave e ergue uma sobrancelha para seu irmão. — E você também não conseguia dizer não a Jules, então não me venha com essa merda.

— Matt era calmo quando criança? — pergunto, gostando imensamente das brincadeiras entre os homens.

— Sim. — Caleb assente. — Ele sempre foi quieto. Sombrio.

— Eu estava compensando o tanto de trabalho que o louco do Will deu.

— E Caleb? — Brynna pergunta a Matt. — Ele sempre foi do tipo forte e silencioso?

— Não — revela Matt, observando seu irmão, pensativo. — Isso aconteceu depois do primeiro ano com os SEALs.

— Você era SEAL? — Arregalo os olhos. Puta merda, isso explica aquele corpo sarado.

— Sim. — Caleb se concentra em sua garrafa de cerveja.

— Obrigada por seu serviço — comento baixinho e sorrio quando seus olhos encontram os meus. — Meu pai era do exército. Ele foi para o Vietnã.

Caleb assente e encara Matt. Eles se comunicam em silêncio, e o telefone de Matt toca.

— Porra, é Asher. — Ele coloca o telefone no ouvido. — Sim.

— Espero que ele não precise ir embora — murmura Brynna.

— Isso não pode esperar até amanhã de manhã? Ele não vai a lugar algum — Matt murmura, xinga e passa a mão pelos cabelos, em um sinal claro de frustração. — Ok, estarei aí daqui a pouco.

Ele desliga e enfia o telefone no bolso, depois me olha, desculpando-se.

— Acho que foi bom termos vindo em carros separados. Tenho que ir trabalhar.

— Ok. — Dou de ombros, como se não fosse grande coisa, e tento não ficar decepcionada. É o trabalho dele.

— Sinto muito.

— É seu trabalho, Matt. Tudo bem.

— Podemos ficar a sós por um momento? — Matt murmura para Caleb e Bryn, beijando a bochecha dela antes de pegar minha mão, me levando para dentro da casa. — Obrigado pelo jantar. Ligo para você amanhã, cara.

Assim que chegamos na cozinha, Matt me puxa para seus braços e me beija com intensidade. Seus dedos mergulham nos meus cabelos, e ele se agarra a eles quase desesperadamente enquanto devora minha boca, como se estivesse me marcando.

Finalmente, ele se afasta, sem fôlego. Seus olhos azuis estão brilhando de luxúria.

— Não era assim que eu planejava passar a noite — ele me informa. — Estava ansioso para levá-la para casa e me perder dentro de você por algumas horas.

Engulo em seco e sorrio corajosamente.

— Estamos só adiando.

— Sinto muito — ele repete.

— Matt, é assim que tem que ser. Estou namorando um policial. Tenho orgulho de você. Vá fazer o seu trabalho.

Ele suspira e me abraça apertado, balançando-me para a frente e para trás por um momento antes de plantar os lábios na minha testa e respirar fundo.

— Eu te ligo mais tarde — murmura.

— Ótimo.

Ele me beija mais uma vez e depois vai para o carro.

— Eu provavelmente deveria ir também — anuncio quando volto para o deque.

— Posso conversar com você antes que vá? — Brynna pergunta.

— Claro. — Volto ao meu assento.

— Você se importa se eu ficar? — Caleb pergunta.

Olho para o rosto deles, sóbrio e sério, e começo a me sentir nervosa. Sinto como se fossem dizer que não sou boa o suficiente para ele.

— Eu não me importo — respondo suavemente.

— Só quero te oferecer um pequeno conselho — Brynna me informa. — Eu fui casada com um policial. O pai biológico das gêmeas — ela acrescenta ao ver meu olhar de surpresa. — Não é fácil, Nic. Não peça a Matt que escolha entre você e o trabalho dele. Nenhuma das opções o faria feliz.

— Eu nunca faria isso — falo com uma careta. — E o fato de você me dizer isso faz parecer que não confia em mim.

— Isso não é verdade — Brynna discorda com um aceno de cabeça. — Estou apenas avisando que não é fácil se envolver com policiais. E, sinceramente, não estou tentando soar como uma escrota, mesmo que tenha parecido. Matt é um dos melhores homens que conheço. Ele fez muito pela minha família, Nic. Incluindo colocar um pouco de juízo neste cara aqui. — Ela aponta para Caleb com o polegar e me oferece um pequeno sorriso.
— Eu o amo. Só não quero que ele se machuque.

— Ele nunca vai te colocar em segundo plano pelo trabalho — acrescenta Caleb.

— Não tenho queixas sobre o trabalho de Matt — respondo honestamente. — Tenho orgulho dele. Ele é um bom policial. Sei que é um trabalho estressante e tenho certeza de que haverá momentos em que será inconveniente, mas as coisas são assim.

Dou de ombros, e Brynna e Caleb parecem relaxar visivelmente.

— Eu gosto de você — comenta Caleb. — Acho que é muito boa para o meu irmão.

— Obrigada — sussurro. — Espero que você esteja certo.

Não consigo parar de pensar nele. Coloco meu e-reader na mesinha de cabeceira e esfrego os olhos com a ponta dos dedos.

Não faço ideia de há quanto tempo estou encarando o mesmo parágrafo, pensando em Matt. Ainda não tive notícias, mas isso não me surpreende. Se ele foi chamado, deve estar ocupado.

Como posso sentir falta de tê-lo aqui na minha cama, comigo, se nos vimos há tão pouco tempo? Talvez ele estivesse lendo para mim ou estivéssemos assistindo a um filme.

Ou fazendo amor.

Meu corpo queima ao pensar nisso, e eu remexo meus quadris, esfregando uma perna na outra, tentando aliviar a dor entre elas.

Eu o desejo.

Finalmente, pego meu celular e envio uma mensagem para ele.

*Por favor, saia da minha cabeça. Estou tentando dormir.*

Fico olhando para o celular atentamente por vários minutos e, finalmente, ele responde.

*Você está sempre na minha cabeça. Está tudo bem?*

Sorrio e começo a digitar.

*Sim, estou bem. Sinto sua falta. Queria que vc estivesse aqui. Estou nua.*

Rio e fico de barriga para baixo, esperando impaciente por sua resposta.

*Você vai me matar assim. Está molhada?*

*Estava pensando em você, então, SIM!*

Mordo o lábio, observando o celular. Depois de alguns minutos, ele toca.

— Alô?

— Você vai me matar, querida.

— Pensei que íamos nos divertir com mensagens — respondo com uma risadinha.

— Eu precisava ouvir sua voz. — Ele parece cansado. Frustrado.

— Noite difícil?

— Sim, e vai ser longa. Asher e eu também vamos trabalhar o dia todo amanhã.

— Ainda vai querer os cupcakes que mencionou? — Viro de volta, olhando para o teto.

— Com certeza. Talvez seja a única vez que vou conseguir te ver.

— Vou prepará-los para você — prometo a ele.

— Voltando ao assunto em questão...

Ouço o sorriso dele, e não consigo deixar de sorrir também e segurar o celular com um pouco mais de força.

— Você disse que está molhada?

— E com um tesão do inferno.

— O que está fazendo para lidar com ele? — Sua voz se torna suave como veludo, mas também soa provocadora, quando ele entra no modo Dom, e uma onda de calor imediatamente inunda meu corpo.

— Eu não estava fazendo nada ainda — respondo, com a voz rouca.

— Quero que abra suas coxas macias e mergulhe dois dedos dentro de si. Agora.

Sigo sua ordem e gemo com a sensação erótica de ter sua voz no meu ouvido e meus dedos profundamente dentro de mim.

— Matt — gemo.

— Agora esfregue a palma da mão sobre o seu clitóris. Com força, querida.

Gemo de novo e esfrego meu clitóris vigorosamente enquanto movo os dedos para dentro e fora de mim rapidamente. Porra, só o som da voz dele me faz perder a cabeça.

— Querido, vou gozar.

— Preciso que goze rápido para mim, pequena. Vou terminar o trabalho amanhã à noite. Isso é uma promessa.

— Oh, nossa.

— Vou amarrá-la e lambê-la da cabeça aos pés, Nic. Você gostaria disso?

— Puta merda — gemo e me despedaço, contorcendo-me, minhas pernas se esfregando uma contra a outra, drenando cada grama de prazer que consigo do meu clitóris.

— Essa é minha garota — ele cantarola no meu ouvido. — Boa menina.

— Sinto sua falta — ofego. *Eu te amo!*

— Amanhã à noite, eu prometo.

— Tudo bem. — Respiro fundo e depois dou risada. — Foi divertido.

— Para você. Vou precisar de um minuto antes de voltar ao escritório para que Asher não veja que tem um taco de madeira dentro da minha calça.

Dou risada e fico de lado na cama.

— Se eu estivesse aí, poderia cuidar disso para você.

— Meu Deus, pare de falar assim, querida.

— Você está sozinho?

— Sim.

— A porta tranca?

— Está sugerindo que eu me masturbe em um almoxarifado? — ele pergunta, surpreso.

— Eu adoraria ouvir você gozar — sussurro.

— Vou gozar para você a noite toda amanhã, querida.

Eu sorrio.

— Mal posso esperar.

— Boa noite, amor.

— Boa noite. — *Amor.*

192    Kristen Proby

# Capítulo Quatorze

## *Nic*

— Tem alguém na porta — Anastasia anuncia enquanto entra na cozinha. — Ainda faltam vinte minutos para abrirmos, mas ele diz que te conhece e que você deve verificar seu celular.

Pego meu celular no bolso e vejo duas mensagens de texto.

*Asher e eu chegaremos à loja em 30 minutos.*

*Estamos na porta da frente. Sua fiel funcionária não acredita que te conheço.*

Corro para destrancar a porta para eles, sorrindo quando vejo Matt com a bunda apoiada no vidro, vestindo jeans e uma camisa de botão azul que eu sei que combina com seus olhos.

Sua bunda fica incrível em jeans.

Ele se vira e sorri para mim quando destranco a porta, dou um passo para trás para deixar Asher e ele entrarem e depois tranco a loja novamente.

— Desculpe por chegarmos cedo — fala Asher, enquanto caminha até a vitrine para observar as guloseimas.

— Não tem problema — digo. — Anastasia, estes são Matt e Asher.

— Desculpe. — Ela cora e dá de ombros. — Só não me sinto confortável em abrir a porta cedo para pessoas que não reconheço.

— Você fez a coisa certa — assegura Asher.

— Como você está? — Matt pergunta suavemente e segura meu rosto.

— Feliz em vê-lo — respondo e viro meu rosto para beijar sua palma cálida. Deus, eu sou tão piegas.

Seus olhos brilham de felicidade, depois escurecem quando deslizo os dentes sobre a base do seu polegar.

— Continue assim e vou te amarrar com aquele avental e te pegar contra a parede da cozinha em um minuto — ele sussurra no meu ouvido antes de beijar meu rosto e se afastar com um sorriso de lobo.

— Promessas, promessas — provoco. — Seus cupcakes estão prontos. — Mantendo sua mão na minha, eu o levo para a cozinha, onde suas caixas estão esperando. — Espero que todos gostem.

— Eles vão amar. Os caras estão se viciando neste negócio. Você pode acabar com a indústria de rosquinhas da cidade. — Ele dá uma piscadinha, e eu me sinto radiante com seus elogios.

— Deus te ouça — concordo. — Esperamos que a matéria de Leo atraia mais pessoas também.

— Matéria de Leo? — ele pergunta com uma sobrancelha erguida.

— Sim, ele disse que mencionou minha loja em uma entrevista. Fiquei muito chocada.

— Hum. — Matt assente com aprovação. — Que legal.

— Você parece cansado. — Enrolo meus dedos em seus cabelos macios e esfrego os músculos da base do seu pescoço. — Conseguiu dormir um pouco?

— Na verdade, não. — Ele suspira, esfrega o rosto e depois me analisa por um momento. — Sinto muito pela noite passada.

— Pare de se desculpar. Sério, está tudo bem, querido. Senti sua falta, mas você tem um emprego excelente, no qual luta contra o crime e defende o sonho americano. — Retribuo seu sorriso.

— Hum, algo assim. — Ele me puxa para seus braços, abraçando-me.

Não há nada sexual no gesto, além das faíscas que atravessam meu corpo sempre que ele me toca. Em vez disso, Matt parece estar nos confortando. Suas mãos deslizam pelas minhas costas e descansam na minha cintura, me segurando firmemente contra ele. Enterra o nariz no meu pescoço e respira fundo.

— Gostaria de ir para sua casa quando esta noite terminar.

— Eu também gostaria — concordo sem hesitar. — Vou preparar um jantar para você e tudo o mais.

Ele ri e beija o topo da minha cabeça.

— Essa é a melhor oferta que recebi em meses. Obrigado.

**194**   **Kristen Proby**

— Não me agradeça até que tenha provado minha comida medíocre — eu o aviso. — Sei fazer doces perfeitos, mas preparar refeições não é o meu forte.

— Eu posso cozinhar. — Matt dá de ombros, mas balanço a cabeça com firmeza.

— De jeito nenhum, detetive. Você fez um turno de vinte e quatro horas. Vou te alimentar.

Passo as caixas para ele e o conduzo para fora da cozinha, deparando-me com Asher, que desliga o telefone praguejando.

— Abby cancelou comigo hoje. Mas que merda!

— Quem é Abby? — pergunto, olhando para os dois homens, confusa.

— Minha babá — Asher responde e xinga novamente, vasculhando seu telefone. — Ela teve uma emergência familiar e não vai poder cuidar de Casey hoje.

Franzo a testa para Matt, mas ele balança a cabeça discretamente, como se fosse me passar as informações mais tarde.

— Você não tem mais ninguém para cuidar dele? — pergunto.

— Dela — Asher me corrige distraidamente. — Casey é minha filha. E não, eu não tenho mais ninguém.

— Posso tomar conta dela — ofereço.

— Você está trabalhando — diz Asher, franzindo a testa enquanto ergue os olhos para mim.

— Bem, até onde sei, sou dona do estabelecimento e posso convidar quem eu quiser. — Dou a ele um grande sorriso e pisco para Anastasia, que concorda com a cabeça. — Quantos anos tem Casey?

— Nove. Ela é uma boa menina. Provavelmente vai ficar com o nariz enterrado no iPod e nem vai dar trabalho.

— Adoraríamos tê-la conosco. Abby pode deixá-la aqui?

Matt sorri e apoia o quadril no balcão, cruzando os braços, nos observando.

— Vou mandar uma mensagem e perguntar a ela — responde Asher, aliviado. — Você tem certeza disso?

— Claro. — Assinto e vou até a porta, para destrancá-la. É hora de

Amarrada Comigo    195

abrir. — Ela vai ficar bem aqui.

— Abby diz que pode trazê-la em cerca de dez minutos. Obrigado, Nic. De verdade.

— O prazer é meu. Vou usar a ajuda extra. — Dou risada e fico chocada ao ser tirada do chão por um abraço de urso de um Asher muito forte e bonito. Uau!

— Cuidado com as mãos, parceiro — Matt avisa.

— Você é a melhor. — Asher me coloca de pé novamente e beija minha bochecha. — Largue esse idiota e case comigo.

Os olhos de Matt se estreitam e escurecem, e seus lábios franzem, mas ele fica parado, apenas assistindo.

— Desculpe, bonitão. — Dou um tapinha em seu rosto e saio do seu abraço. — Estou satisfeita com o que tenho.

— Droga. — Ele sorri com tristeza.

— Você vai adorar os de morango — Casey assegura a um cliente, colocando cuidadosamente quatro bolinhos em uma caixa branca, com a língua presa entre os lábios rosados em concentração. Casey é adorável. Enquanto seu pai tem cabelo e olhos castanho-escuros, Casey tem longas madeixas ruivas encaracoladas, olhos verdes e sardas por todo o nariz pequeno e alegre. Sua pele é perfeita, macia e corada.

Ela parece uma boneca de porcelana e vai fazer os homens se arrastarem aos seus pés um dia.

— Obrigado, mocinha — o cliente idoso diz com um sorriso e depois leva seus doces para Anastasia, para pagar.

— De nada — ela responde educadamente.

— Você é boa nisso — informo. — Quer um emprego?

Ela ri e dá um tapinha no avental branco, que é uns quatro tamanhos grande demais para seu corpo pequeno.

— Sou jovem demais para trabalhar.

— Acho que sim — concordo com um suspiro exagerado. — Mas um dia será ótima nisso.

Ela sorri largamente, mostrando uma banguela de um dente.

— Estou feliz por ter vindo para cá hoje em vez de ficar com Abby.

— Você não gosta de Abby? — pergunto enquanto reorganizo a vitrine, quase vazia.

— Eu a amo, mas às vezes é chato. — Ela faz beicinho e depois vem me ajudar.

Sorrio para mim mesma e dou um passo à direita, abrindo espaço para ela.

— Nós só ficamos na casa dela e assistimos TV o dia todo. O verão é chato.

— Seu pai faz coisas com você nos dias de folga? — Me pergunto onde está a mãe dela!

— Sim, os dias de folga com papai são os melhores. Mas ele trabalha muito. — Ela dá de ombros e olha para os cupcakes de morango. A menina já comeu dois.

— Você pode levar todos os de morango que não forem comprados — digo, ganhando um grande sorriso. — Consideraremos seu pagamento por toda a sua ajuda.

— Uau! Obrigada! — Ela abraça minha cintura com força. — Eles são meus favoritos.

— Vou trancar a porta, Nic — avisa Anastasia.

— Ótimo, obrigada.

— Já vamos fechar? — Casey pergunta com uma careta.

— Sim, está na hora. Mas tenho que misturar um pouco de glacê para amanhã de manhã. Quer ajudar?

— Sim! — Ela corre para a cozinha, ansiosa.

— Acho que você tem uma nova melhor amiga. — Anastasia ri. — Vou cuidar da limpeza aqui para que você possa se preparar para amanhã.

— Obrigada. Me chame se precisar.

Entro na cozinha e encontro Casey me esperando na grande estação de trabalho de aço.

A mesma onde Matt fez amor comigo há apenas algumas semanas.

— Ok, vamos ao trabalho.

Entrego ingredientes e tigelas, e ela e eu trabalhamos juntas, medindo e misturando. Ela é engraçada e perspicaz, entende tudo rapidamente.

— Justin Bieber não é mais tão legal — diz ela, revirando os olhos. — Austin Mahone é mais gostoso.

— Ele é *gostoso*? — pergunto com uma risada. — Você não é jovem demais para pensar que alguém é *gostoso*?

— Sim, com certeza — Asher responde, enquanto ele e Matt entram na cozinha.

— Papai! — Ela me entrega a tigela que está segurando e corre para o pai, pulando nos braços dele. — Eu sou uma abelha operária agora!

— É? — Ele ri.

— Foi o que Nic disse. Certo, Nic?

— Você é uma excelente abelha operária — concordo, balançando a cabeça.

— Você foi boazinha? — Asher pergunta.

— Ajudei o dia todo! Nic me deixou servir clientes, preparar glacê e eu conheci Leo Nash!

— Leo passou aqui hoje de manhã — acrescento, rindo. — Ela achou isso muito legal.

Casey sorri, assente e abraça o pai, depois se desvencilha de seus braços e abraça Matt pela cintura.

— Oi, tio Matt.

— Oi, macaquinha. — Ele agacha ao lado dela e toca seu nariz. — Estou feliz que tenha se divertido hoje.

— Posso voltar amanhã? — ela pede enquanto joga os braços em volta do pescoço de Matt, abraçando-o com força.

— Não, amanhã é dia de ficar com Abby — responde Asher.

— Ah. — Casey sai dos braços de Matt e olha para mim, já com saudade.

Eu sou uma boba.

— Talvez, se seu pai concordar, você pode vir aqui uma vez por

**198    Kristen Proby**

semana, como um presente.

— Posso, papai? — Ela aperta as mãos sobre o peito e salta na ponta dos pés. — Por favor?

— Nic, você não precisa. . .

— Eu não ofereceria se não gostasse de tê-la aqui — respondo honestamente. — Ela traz alegria, Asher. Eu adoraria passar um dia por semana com ela, pelo menos até o verão acabar.

Asher olha para Matt, que apenas sorri e dá de ombros, ficando de fora.

— Por favor, papai?

— Se você realmente não se importar, Casey adoraria — Asher começa, hesitante. — Mas não quero ser inconveniente.

— Bobagem. — Volto para a minha cobertura, pegando-a e colocando-a na geladeira. — Ela me ajudou muito. Os clientes a adoraram. E — entrego a Casey sua caixa cheia de sobras de cupcakes de morango — ela trabalha por cupcakes. Todos nós ganhamos com esse acordo.

— Bem, então, acho que vocês duas têm um encontro marcado.

— Obrigada! — Casey entrega sua caixa para o pai, e eu mal tenho tempo para me inclinar para pegá-la, porque ela se joga em meus braços. Ela é tão esbelta, tão doce. Cheira a baunilha e xampu, e eu a abraço com força apenas por um momento.

— De nada, querida. Te vejo na próxima semana, ok?

— Ok!

— Vamos lá, bubba. — Asher pega a mão de Casey e gesticula para nós. — Vejo você na quinta-feira, Matt.

— Durma um pouco — Matt alerta, seu olhar ainda fixo no meu.

Seus olhos estão quentes, cheios de luxúria e algo mais que envia calafrios pelo meu corpo e faz borboletas famintas acamparem na minha barriga.

— Como você está? — pergunto.

— Com fome — ele responde e se move lentamente em minha direção.

— Nic, eu também vou embora! Vejo você amanhã! — Anastasia exclama.

— Obrigada, Anastasia! — Eu tiro meu avental e o jogo no cesto. — O jantar está encaminhado lá em cima.

— Está? — ele pergunta suavemente e estende a mão para roçar os nós dos dedos no meu rosto. — Não é só disso que estou com fome, você sabe.

— Bem, é um bom lugar para começar — respondo, trêmula. — Depois dele, podemos tentar outras coisas.

— Você é uma coisinha mandona, não é? — Matt ri.

— Foi apenas uma sugestão. — Dou de ombros, observando sua boca enquanto ele lambe o lábio inferior.

— Já terminou por aqui?

— Sim.

— Bom. Vamos para casa. — Ele pega minha mão e a leva aos lábios, beijando cada articulação suavemente. — Quero passar algum tempo com você. Te apreciando. — Ele se inclina e beija a maçã do meu rosto, depois desliza os lábios até meu ouvido. — Então vou me perder em você até que nós dois desmaiemos.

Assinto e respiro fundo, saboreando o cheiro dele. Matt cheira a algo almiscarado, puramente *masculino*, e isso faz todos os meus instintos ajoelharem e implorarem.

— Com qual parte você está concordando? — ele indaga enquanto arrasta o nariz ao longo da minha mandíbula.

— Todas — sussurro.

Ele sorri, me beija castamente e depois se afasta, já me deixando saudosa do seu calor e impaciente para subir com ele.

— Vamos.

— Você não é uma má cozinheira — Matt me informa com um sorriso enquanto arruma os pratos na máquina de lavar louça. — Fiquei até preocupado.

— Na panela elétrica é fácil. — Eu rio. — É difícil estragar alguma coisa nela.

O zumbido do ar-condicionado começa, combatendo o calor do verão de Seattle.

— E ela não aquece o local como o forno — Matt concorda. — Estou surpreso que você tenha ar-condicionado aqui. É um prédio antigo.

— Eu o instalei. Meus fornos no térreo conseguem esquentar todo o resto do prédio, especialmente no verão.

Ele assente, trava a máquina de lavar louça e a coloca para funcionar.

— Você não deveria estar fazendo isso — insisto pela terceira vez. — Trabalhou duro hoje.

— Assim como você.

— Não por quase vinte e quatro horas — eu lembro.

— Meu trabalho não é mais importante do que o seu, pequena. Nós dois trabalhamos hoje, vamos dividir as tarefas.

— Isso é muito diplomático para um Dom. — Cruzo os braços e encosto os quadris no balcão.

— Eu disse, desde o começo, que não estou interessado em uma escrava. Não sou assim.

— Isso é conveniente para mim, porque, se você fosse, não estaria aqui.

— Eu sei. — Ele respira fundo e caminha em minha direção, com o rosto sóbrio. — O que está acontecendo nessa sua bela cabecinha? — Ele passa os dedos pelo meu cabelo curto e toca meu pescoço com a palma da mão.

— O que você quer dizer?

— A coisa de Dom ainda te deixa nervosa, não é?

— Às vezes. Ainda estou me acostumando.

Ele franze a testa, mas assente, os olhos escurecendo de preocupação.

— Fale comigo quando ficar nervosa, Nic.

— Vou falar — asseguro a ele e espalmo as mãos sobre seu peito, sobre os músculos rígidos do seu tórax. — Você é tão gostoso.

— Sou mesmo? — Sua sobrancelha se ergue, e seus lábios se inclinam em um sorrisinho. — Eu tenho um plano.

Ele me leva para o quarto e, quando estamos na cama, beija meus dedos novamente, sorrindo para mim.

— Confia em mim?

— Claro — respondo instantaneamente, fazendo-o respirar com força.

— Adoro que responde sem qualquer hesitação — murmura enquanto puxa minha camiseta sobre a cabeça, desata a fita vermelha do meu cabelo e a joga na mesinha ao lado. Então abre o sutiã, expondo meus seios para ele. — Confiança é a base mais importante de um relacionamento, Nic.

— Eu sei — sussurro. Não consigo desviar o olhar do seu rosto enquanto ele observa suas mãos explorarem meu torso. — Quero tocar você.

— Estou bem aqui, querida.

Desabotoo a camisa dele e a deslizo por seus ombros, deixando-a cair no chão enquanto ele abre minha calça capri preta, deslizando-a por meus quadris e guiando-a pelas pernas, juntamente com a calcinha.

Ele está de pé diante de mim, apenas de jeans azul desbotado, e o elástico de sua cueca boxer azul é visível em sua cintura. Deslizo o dedo por baixo do elástico e o puxo em minha direção.

— Eu quero você nu — murmuro.

— Sim, isso seria ideal — ele concorda.

— Amo seu corpo — continuo, traçando seus músculos com a ponta dos dedos, subindo pelo tronco, descendo pelos braços e percorrendo todo o caminho novamente. — Sua pele é macia, mas seus músculos são duros. E eu amo isso aqui — murmuro, enquanto rastreio a linha V em cada lado dos seus quadris.

— Do que mais você gosta? — ele pergunta e encosta a testa na minha. Está ofegante agora, e há um volume rígido na frente do seu jeans.

— Gosto disso. — Pego suas mãos e as levo até meus lábios para beijar ambas, depois as coloco na parte de baixo das minhas costas e deslizo sua calça jeans pelos quadris, fazendo-a cair aos seus pés.

Deslizo as mãos sob o elástico de sua cueca novamente e desta vez a abaixo, segurando sua bunda firmemente.

— Eu realmente amo isto aqui — murmuro e sorrio contra seus lábios, que estão tão perto dos meus.

Ele sorri de volta e desliza suas mãos para segurar minha bunda.

— Esse sentimento é completamente correspondido, querida.

Ele respira fundo quando fecho meu punho em torno de seu pênis duro e o puxo até a ponta, depois abaixo novamente, segurando-o na base.

— Amo isto aqui, porque ele faz coisas incríveis comigo — digo.

— Você é incrível. Deus, Nic, eu nem me lembro de como era minha vida antes de você.

Meu coração para por um momento e depois acelera em dobro. Mordo o lábio e franzo a testa. Simplesmente não sei o que dizer.

Como responder a isso, quando nunca me senti assim também e isso me assusta muito?

Ele beija minha testa e me ergue em seus braços, deitando-me na cama.

— Esta é a parte restritiva da noite? — pergunto com um sorriso.

Ele sorri, puxa suas cordas das colunas do meu dossel e começa a prendê-las nos meus pulsos.

— Como adivinhou?

— Tive um pressentimento — respondo e levanto a cabeça para beijar seu braço enquanto ele trabalha, amarrando suas cordas em volta das minhas mãos.

Quando termina, descansa meus braços confortavelmente sobre minha cabeça e beija meus lábios lentamente.

— Confortável? — ele pergunta.

— Sim.

Ele estende a mão para a bolsa que trouxe e pega um frasco de lubrificante, jogando-o na cama, ao lado do meu quadril.

Ergo uma sobrancelha questionadora.

— Você vai ver. Seja paciente.

— Normalmente não tenho problemas com lubrificação — lembro a ele.

Ele beija meu ombro, por cima das flores da tatuagem, descendo até meu peito.

— Apenas confie em mim. Você vai ver. Primeiro, quero beijar seu belo corpo. — Seus lábios descem para mordiscar e puxar meu mamilo esquerdo, depois descem pelo meu peito até a linha do sutiã.

Meu Deus, como esse ponto é sensível.

— Aqui é mais sensível do que seu mamilo? — ele pergunta, surpreso.

— Acho que sim — murmuro e estremeço meus quadris em antecipação. — Quem iria imaginar?

— Bem, agora já sabemos. — Ele arrasta o nariz em volta do meu seio em um amplo círculo, mordiscando a parte inferior de cada monte, me fazendo gemer. — Ah, eu vou gostar disso.

Ele sorri para mim e continua sua jornada mais para baixo, até o meu piercing e mais baixo ainda, mas, em vez de enterrar o rosto na minha boceta, quando abre minhas pernas, seus lábios passam pelo meu quadril e descem da minha coxa até o joelho. Sua língua circunda a patela, e então ele planta beijos firmes e molhados pelo resto da minha perna até o pé.

Ele está ajoelhado entre minhas pernas e leva meu pé até a boca, pressionando um beijo no arco.

— Oh, nossa — arfo.

— Outro ponto, hein?

— Oh, sim.

— Percebi. — Ele morde o arco gentilmente, beija-o novamente e depois troca para o outro pé, concedendo-lhe a mesma atenção.

Meus quadris estão se movendo e estou me contorcendo debaixo dele. Uma boa dose de calor se acumula no meu estômago, fazendo-me desejar que ele estivesse dentro de mim.

— Matt — eu gemo.

— Sim, meu amor — ele responde, me fazendo paralisar e arregalar os olhos. Ele inclina a cabeça, observando minha reação, depois continua a beijar minha perna, meu quadril e a lateral do meu corpo. Quando deita sobre mim, tomando o cuidado para afastar os quadris dos meus, sem me tocar com o pênis, sussurra contra meus lábios: — O que você ia dizer?

— Eu preciso de você — ofego.

Ele sorri e lambe meu lábio inferior.

— Você me terá, pequena. Vou virar você. Quero que se apoie nos cotovelos.

— Mas eu quero. . .

— Não estou perguntando, Nicole — ele interrompe, fazendo meu coração errar uma batida. Seus olhos se estreitam no meu pescoço. — Gosta quando domino você assim, não é, querida?

Assinto sem dizer nada, ofegante e trêmula.

Porra, sim, e eu não fazia ideia de que *poderia* gostar!

Ele sorri contra meus lábios e, de repente, se senta e me joga sem esforço de barriga para baixo, colocando um braço sob meus quadris, me deixando de joelhos e apoiada nos cotovelos.

Minhas mãos ainda estão atadas e imóveis e, se eu pensava que estava vulnerável antes, não era nada comparado a isso.

*Nada.*

Eu não consigo vê-lo. Só consigo senti-lo, ouvi-lo.

Suas mãos me tocam com firmeza, por toda a extensão das minhas costas até a bunda, massageando meus músculos, me fazendo gemer.

— Eu também amo seu corpo, Nicole. Ele é firme e pequeno, mas sua bunda é redonda e se encaixa perfeitamente em minhas mãos. — Matt me segura e me abre, expondo meu núcleo. — Sua boceta é linda. Rosada.

Sinto sua respiração bem ali, na minha abertura, e sei que ele vai me lamber, chupar meus lábios até que eu não aguente mais, e não vou reclamar.

Ele me lambe em um movimento longo e fluido desde o clitóris até o ânus e desce novamente, depois volta a correr sua língua talentosa em volta dos meus lábios. Sinto-me inchar sob seu toque. Agarro os lençóis com força e arqueio para trás, sem vergonha de pedir mais.

— Sabe o quanto pensei em você na noite passada, querida? — ele pergunta enquanto insere dois dedos na minha boceta e os circula preguiçosamente, roçando meu ponto G. — Pensei em você assim também, ontem à noite, amarrada e me implorando por mais.

Caramba, eu amo essa boca suja!

— Adoro quando sua boceta se contrai nos meus dedos. — Ele beija o lado direito da minha bunda. — Na minha língua. — Beija o lado esquerdo.

— No meu pau.

Matt chupa meu clitóris por apenas um milissegundo e, quando eu choramingo, implorando por mais, ele apenas continua a circular os dedos na minha boceta.

— Não quero que goze ainda. Tenho outros planos para você.

Ele vai me matar, porra!

Planta seus lábios sobre o meu clitóris novamente, me deixando louca, depois se afasta antes de eu gozar.

— Matt!

— Paciência — ele cantarola.

— Eu quero você!

— Eu sei e adoro isso. — Ele beija minha bunda novamente, depois a parte inferior das minhas costas, e começa a beijar minha coluna, meus ombros, meu pescoço e depois me cobre com seu corpo, uma mão ainda plantada, com seus dedos dentro de mim, então descansa seus lábios perto do meu ouvido. — Você se lembra de quando lemos o seu livro, sobre dois homens transando com uma mulher?

— Sim.

— E você disse que gostaria de saber como é?

Balanço a cabeça em concordância, mas ele morde meu lóbulo da orelha e rosna:

— Responda com palavras.

— Sim, eu lembro.

— Você é minha. Ela. . . — Ele mexe os dedos dentro de mim, fazendo-me morder o lábio. — É minha também. Mas vou mostrar como é ter os dois buracos fodidos ao mesmo tempo. Está pronta?

— Nossa, sim — respondo imediatamente.

Ele ri e beija minhas costas. Eu o ouço abrir o lubrificante e, de repente, sinto um líquido frio escorrendo pelo meu ânus.

— É frio. — Dou risada, mas, de alguma forma, até o gelado se torna quente como o inferno.

— Eu vou te aquecer. — Ele puxa os dedos da minha boceta até minha bunda escorregadia, apenas brincando do lado de fora. — Como se sente?

— É estranho, mas bom. — Eu me inclino, descansando a bochecha na cama, arqueando a bunda ainda mais, pronta para o que ele está prestes a me dar.

Matt guia seu pau até a minha boceta, deslizando facilmente para dentro de mim, enterrando-se profundamente, até as bolas, com um rosnado baixo.

— Caramba, Nic, você é tão apertada.

Aperto-me ao redor dele, com força, incapaz de impedir meus músculos de abraçá-lo, de puxá-lo ainda mais. Seus dedos ainda estão circulando minha bunda, esfregando, até que ele desliza um para dentro, profundo e imóvel.

— Esta é apenas uma forma, querida.

— Oh, Deus, Matt! — Sinto-me tão preenchida, é tão. . . *incrível.*

Ele começa a se mover, bombeando lentamente seu pau duro como pedra para dentro e fora de mim, atingindo meu ponto G, me levando cada vez mais ao ápice.

— Diga-me quando estiver chegando perto. Não quero que goze ainda.

— Matt! — choramingo novamente.

— Diga.

— Eu vou. . .

Ele para, respirando com dificuldade.

O suor brota do meu corpo e mal consigo recuperar o fôlego, mas nem me importo. Se ele não começar a se mexer novamente, vou mutilá-lo.

Ele se retira de dentro de mim até a metade, enquanto outro dedo se junta ao primeiro, então ele estoca novamente, me esticando ainda mais.

— Puta merda! — grito.

— Está indo muito bem, baby. — Ele se inclina e beija minhas costas, e então começa a se mover novamente, me fodendo em movimentos longos e comedidos.

É totalmente incrível.

E então ele começa a mover a mão também, me preenchendo e me esvaziando em conjunto, até que eu esteja gritando e implorando, sem nem saber pelo quê.

Nem tenho certeza se estou falando minha língua.

— Agora, querida. Agora pode gozar.

Arqueio os quadris para trás e, quando seu braço livre circula minha cintura e seus dedos roçam meu clitóris, eu me perco. Grito, conforme meu corpo explode, remexendo-me contra ele e chamando seu nome.

As mãos de Matt deslizam para cima e para baixo nas minhas costas. Ele está enterrado, profundo e imóvel, deixando-me cavalgar durante o resto do meu orgasmo. Finalmente, ele me puxa e me vira de costas, rapidamente desatando minhas mãos.

— Preciso de suas mãos em mim — ele arfa, desatando os nós o mais rápido possível.

— Preciso tocar em você — concordo e, quando sou libertada, seguro seu rosto e o beijo profundamente.

Ele mergulha dentro do meu corpo e se apoia nos cotovelos, agarrando-se a mim como se não pudesse chegar perto o suficiente.

— Eu te amo, pequena — ele sussurra contra meus lábios.

Paro e encaro seus olhos, com aquele azul profundo. Meu coração bate contra seu peito enquanto ele arqueia seus quadris para trás, deslizando para fora de mim quase por completo, depois me penetrando novamente. Mordo o lábio e sinto as lágrimas se formarem nos cantos dos meus olhos.

— Entregue-se, Nic. Deixe-me provar que serei uma das melhores decisões que você já tomou.

Ele passa os lábios por minhas bochechas, enxugando as lágrimas que estão caindo enquanto observo esse homem incrível acima de mim.

Mas e se eu não puder dar tudo o que ele merece?

— Eu também te amo — sussurro e passo meus braços em volta dos seus ombros, agarrando-me a ele.

Ele enterra o rosto no meu pescoço e acelera o ritmo, cantarolando meu nome e palavras de amor, conforme finalmente se libera, sucumbindo ao próprio orgasmo.

Sai de dentro de mim e me beija uma última vez antes de ir ao banheiro, onde ouço a água começar a correr. Alguns momentos depois, volta com uma toalha quente. Depois que me limpa, me abraça. Aninho-me em seu peito, e ele desliza os dedos pelos meus cabelos, beijando minha testa.

— Como se sente? — ele sussurra.

Naufragada. Emocionalmente desequilibrada. Consumida fisicamente.

— Não sei se tenho as palavras certas.

— Diga-as para mim, de qualquer maneira.

Enterro meu nariz em seu peito, depois olho em seu rosto e apoio a cabeça nas mãos, observando-o.

— Eu me sinto bem.

Ele assente e depois ri.

— Não é exatamente a reação que eu queria, mas tudo bem.

Eu me inclino e seguro seu rosto, olhando-o nos olhos, precisando dizer as palavras, decidindo, subitamente, esforçar-me para dar o que ele tanto quer.

— Eu me sinto preenchida, Matt. Física e mentalmente. Sinto como se tivéssemos virado uma esquina que nunca mais poderemos retornar, o que me deixa aterrorizada e empolgada ao mesmo tempo. Quero apenas tentar compreender tudo isso na minha cabeça, mas quero que saiba que sou sua.

Sua expressão suaviza, e ele acaricia meu nariz com o dele.

— E eu sou seu, querida.

210    Kristen Proby

# Capítulo Quinze

## Matt

— Pare com isso. Agora. — Olho-a nos olhos, através do reflexo do espelho, e preciso me conter fisicamente para não agarrá-la, despi-la daquele vestido e transar com ela contra o espelho.

Humm. . . transar com ela contra o espelho.

— Temos que estar lá em uma hora. — Ela ri e balança a cabeça. — E eu me esforcei muito para ficar assim, então, não estrague tudo até chegarmos em casa mais tarde.

Inclino a cabeça e sorrio. Desafio aceito.

Vou dar um beijo em Bailey quando a encontrar. Ela e Nic foram comprar esta obra-prima ontem e, de acordo com Nic, Bailey teve que convencê-la a trazê-lo.

Graças a Deus ela fez isso.

O vestido é em tons de verde e cinza, sem alças, exibindo sua tatuagem incrivelmente sexy. Há franjas de miçangas na parte inferior, como uma peça antiquada dos anos 1940, e isto é a única coisa que o torna decente, porque a bainha é um pouco mais curta do que seria confortável para mim.

Vou transar com ela nesse vestido.

Com a calcinha amarrando seus pulsos atrás das costas.

Eu me remexo, não tentando ser discreto, e vejo Nic aplicar o batom, prender argolas de prata nas orelhas e depois se virar para obter minha aprovação.

Meu Deus, ela é linda pra caralho.

— Estou bonita? — ela pergunta com um sorriso.

— Não é justo ser mais bonita do que a futura noiva — digo com uma expressão sóbria.

— Esta é uma frase clichê. — Nic ri e pega sua bolsinha, onde joga seu celular, carteira e batom, então, dá de ombros. — Estou pronta.

— Não era uma frase clichê. Você está estonteante. E terei que matar meus irmãos só por olharem para você hoje à noite.

— Confie em mim. — Ela ri. — Seus irmãos estão completamente felizes com as mulheres que têm.

Inclino-me e beijo seu pescoço gentilmente, gostando de senti-la estremecer.

— Adoro quando você veste azul — ela murmura, deslizando a mão pela minha camisa de botão.

— Você gosta?

— Faz com que seus olhos pareçam ainda mais azuis, se é que isso é possível.

— Vamos antes que eu. . . — Meu celular me interrompe.

— Espero que esse não seja do seu trabalho. Hoje, não.

— Não. É Jules. O que houve?

— Estamos no hospital — ela começa, com a voz pesada de lágrimas.

— Você está machucada? — pergunto, estreitando os olhos. Meu estômago se aperta de medo.

— Não, não sou eu. — Ela funga. Posso ouvir um bebê chorando ao fundo. — É Nat.

— O que aconteceu? — Nic franze a testa, passando o braço ao redor da minha cintura, ouvindo, preocupada, e eu coloco o meu em volta dos ombros dela, absorvendo seu apoio e amor.

— Natalie está sangrando, Matt. Ela pode perder o bebê.

— Porra!

— Todo mundo está a caminho daqui. A festa foi cancelada.

— Chegaremos aí em quinze minutos. Estão em Harborview?

— Sim. — Ela funga novamente e depois soluça. — Oh, Matty, e se ela perder o bebê?

— Nate está com você?

Há uma mudança na linha, e a voz de Nate surge através do receptor.

— Estou aqui. Estou com Julianne. Os pais de Stacy e Bryn levaram todas as crianças para casa, exceto Livie. Os pais de Luke e os seus estão a caminho.

— Nic e eu também estamos indo. Chegaremos aí em alguns minutos.

— Dirija com cuidado.

Ele desliga, e eu enfio o celular no bolso, puxando Nic para meus braços, segurando-a com força.

— É Nat.

— Eu ouvi. Você precisa ir.

Franzo o cenho para ela e seguro seu rosto.

— Você vem também.

— É uma emergência familiar, Matt. . .

— Você vem também — repito. — Eu preciso de você lá.

Nic assente, e pego a mão dela, guiando-a para fora do apartamento e até o meu carro. A viagem de cinco minutos até o hospital é uma das mais longas da minha vida, comparável apenas a quando Brynna e as meninas sofreram o acidente há vários meses.

Nic estica a mão e segura a minha, enlaça nossos dedos e dá um aperto tranquilizante.

Porra, eu a amo.

— Estou feliz que você esteja aqui — murmuro e beijo as costas da mão dela.

— Nat vai ficar bem — ela afirma com firmeza. — E o bebê também.

Eu sorrio e assinto, silenciosamente rezando para que ela esteja certa.

Quando chego ao hospital, estaciono o carro no meio-fio junto à emergência e ajudo Nic a sair.

— Não podemos deixar o carro aqui.

— Podemos, sim. Eu trabalho com este hospital regularmente. Eles não vão me rebocar.

— Ok. — Ela dá de ombros.

Olho para ela e sorrio. Suas pernas parecem incríveis naqueles saltos.

— Estou procurando Natalie Williams — informo à atendente que encontramos na área das ambulâncias.

— Acho que não temos uma Natalie Williams no pronto-socorro, detetive — ela diz. — Há uma ambulância a caminho?

— Ela provavelmente está internada — contraponho. — Você consegue encontrá-la?

— Ah, claro, deixe-me verificar. — Ela digita no teclado e morde o lábio, em seguida, sorri. — Aqui está ela. Quarto 402. Sabe como chegar lá?

— Eu descubro. Obrigado. — respondo e ando pelo pronto-socorro, pelo corredor dos fundos até o elevador.

— Nossa, você mais parece o dono do lugar — Nic comenta com uma risada.

— Asher e eu sempre acabamos entrando por causa dos casos. — Sorrio para ela enquanto esperamos o elevador.

— Onde está a esposa de Asher? — ela pergunta baixinho.

— Ela faleceu há cerca de três anos. — Meu estômago se revira quando penso naquele tempo sombrio pelo qual meu parceiro passou. — Sofreu um acidente.

— Oh, sinto muito. — Ela pisca rapidamente, e eu posso ver que realmente está falando sério. — Pobre Casey.

— Foi difícil para os dois. Eles estão melhores agora, mas não tem sido fácil.

— Ele tem família aqui?

As portas do elevador se abrem e entramos.

— Não, a família dele está em Nova York. Asher sempre fala sobre voltar para lá, para ficar perto da família, para ter ajuda com Casey.

— Seria uma decisão difícil de tomar.

Pensar em perder meu parceiro é algo que me agrada tanto quanto pensar em perder meu braço direito.

Ouvimos Livie chorando quando saímos do elevador e caminhamos em direção à sala de espera. Jules está segurando a criança agitada, balançando-a e cantando para ela, mas Livie não se acalma.

A sala está cheia de pessoas da família, todas vestidas para uma festa formal, algumas sentadas, outras em pé, todas em silêncio.

Will e Meg estão conversando com Mark, Sam e Leo em um canto. Isaac e Stacy estão ao lado de Caleb e Brynna, enquanto Nate e Dominic tentam ajudar Jules a acalmar Liv.

— Matty! — Jules choraminga e caminha até mim imediatamente, inclinando-se contra o meu peito, embalando Livie. — Oh, meu Deus, foi tão assustador!

— Ok, acalme-se, querida. — Pego Olivia dos braços dela e a seguro contra o peito. Então a bebezinha descansa a cabeça no meu ombro, respira fundo, estremece e suspira.

— Por que ela não fez isso comigo? Ela me ama. — Jules soluça.

— Ela sabe que você está preocupada e chateada, Jules. Isso a deixa chateada também. Agora respire fundo e me dê informações.

— Estávamos indo ao vinhedo — ela começa. — Talvez a cinco minutos da cidade e, de repente, Nat disse que tinha que ir ao banheiro, e todos sabemos como essas coisas são quando você está grávida. Quando precisa fazer xixi, precisa *mesmo* fazer xixi. — Ela engole em seco e seca as lágrimas do rosto.

Nic segura a mão de Jules na dela e, se eu não estivesse apaixonado por essa mulher, teria me apaixonado naquele momento.

— Nós paramos para que ela pudesse usar o banheiro — diz Nate. — E ela saiu dizendo que estava sangrando. Então, viramos à direita e viemos direto para cá. Eles começaram alguns exames no pronto-socorro, mas a trouxeram para este andar, porque, indcpcndcntemente dos resultados, querem mantê-la em observação por pelo menos uma noite.

— Alguma ideia do que está acontecendo? — pergunto e dou um tapinha nas costas de Liv. Ela adormeceu no meu colo, fazendo pequenos movimentos de sucção com os lábios em forma de coração.

Ela é o bebê mais lindo que já vi.

— Estamos esperando notícias do Luke — responde Dom. — Ele está com ela.

— Onde está o meu bebê? — minha mãe indaga quando ela e meu pai saem do elevador.

Jules abraça nossa mãe e beija sua bochecha.

Amarrada Comigo    215

— Ela está sendo examinada pelo médico.

— Por que não podemos entrar lá? É pior do que estão nos contando?

— Samantha exige. — Se foi só um pequeno sangramento, e eles estiverem monitorando, podemos nos revezar para esperar com ela.

— Acho que é uma combinação da dor que ela vem sentindo nas últimas semanas, junto com o sangramento — responde Meg. — Se ela entrar em trabalho de parto, não vão nos querer lá. Eles a estão vigiando.

— Neil — meu pai diz, enquanto aperta a mão do pai de Luke. — Onde está Lucy?

— Ela está lá dentro com eles. O médico disse que podiam levar uma pessoa, e Lucy entrou primeiro.

— Quero entrar em seguida — Jules insiste.

— Você pode ficar com Livie? — peço a Nic. — Vou falar com a enfermeira.

Seus olhos se arregalam, mas ela tira o bebê de mim, aninha Liv em seu ombro e começa a balançá-la para a frente e para trás, beijando sua cabecinha.

Jesus, ela fica bem com um bebê no colo.

Afasto esse pensamento e caminho até a enfermeira no posto de enfermagem.

— Sou o detetive Montgomery. Sou irmão de Natalie Williams. Você pode me dar alguma informação?

— Sinto muito, detetive, não tenho nenhuma informação para você. O médico está com ela. Tenho certeza de que o marido ou a sogra em breve virão falar com todos vocês. — Ela se inclina e baixa o tom de voz. — Aquele é Will Montgomery, o jogador de futebol? E Leo Nash?

Eu a encaro sem simpatia, apertando a mandíbula, até que ela me olha constrangida.

— Espero que minha família não precise se preocupar com a intromissão da imprensa em relação a essa emergência. — A ameaça é velada, mas é clara como o dia: não brinque com minha família.

— Claro que não. Sinto muito. Não vai demorar muito até que tenham notícias.

Eu assinto e volto para Nic, Jules e Nate.

**216    Kristen Proby**

— Quer que eu a pegue de volta? — Aponto para o bebê adormecido.

— Não, deixe-a comigo — Nic responde com um sorriso suave. — Ela está dormindo. Melhor não movê-la.

— Minha mãe está voltando para buscá-la — diz Stacy. — Eles não tinham espaço suficiente na van para todas as crianças.

Concordo com a cabeça, enfio as mãos nos bolsos e suspiro exasperado. Esperar é o pior. Não há absolutamente nada que possamos fazer, e posso dizer, pela expressão de todos os meus irmãos, que isso está nos deixando loucos. Olho para Nic e vejo que ela olha nervosa para minha mãe, então percebo que sou um idiota.

— Sinto muito, mãe e pai, mas acabei de me dar conta de que vocês ainda não conhecem a Nic. — Puxo-a para mais perto. — Esta é Nicole Dalton. Nic, esses são meus pais, Gail e Steven Montgomery.

— Prazer em conhecê-los — Nic responde e aperta as duas mãos.

— Oh, não, é um prazer. — Os olhos da minha mãe estão arregalados de surpresa quando encontram os meus e então ela sorri amplamente para Nic, antes de me olhar com um milhão de perguntas nos olhos. Sei que vou levar um sermão mais tarde.

— Isso vai dar merda. — Will suspira e esfrega as mãos sobre o rosto.

— Eu quero ver a minha garotinha — mamãe sussurra e seca uma lágrima do olho.

Deslizo a mão nas costas dela, acalmando-a, e olho para ver Nic com os lábios apoiados na cabeça de Livie. Ela está sussurrando para a menina e embalando-a, e de repente sinto como se tivesse levado um soco na cara.

Eu vejo o pacote inteiro quando olho para essa mulher. Casamento e bebês, casas e contas compartilhadas. Brigas e risadas.

*Tudo.*

— Alguma notícia? — pergunta a mãe de Stacy uma hora depois, quando sai correndo do elevador e abraça minha mãe.

— Ainda não.

— Bem, mantenha-nos atualizados. Eu vou levar Liv comigo. Quero voltar bem rápido para garantir que as outras crianças não tenham matado os adultos e dominado o mundo.

— Obrigado — digo. — Ela provavelmente vai dormir por um tempo.

Amarrada Comigo    217

Deve ter se cansado com todas aquelas lágrimas.

Nic cuidadosamente entrega o bebê para a outra mulher, passa a mão pelos cachos escuros de Liv e sorri enquanto elas se afastam.

— Você fez o bolo de Brynna e Caleb — mamãe fala para Nic, puxando assunto.

— Sim, fui eu. — Nic assente. — Eu sou dona da *Doces Suculentos.*

— Que adorável — mamãe responde e entrelaça seu braço no de Nic, puxando-a para longe para conversar.

Nic olha para mim por cima do ombro e eu apenas sorrio, dando de ombros.

— Sua mãe será gentil — meu pai me assegura e depois me dá um tapinha no ombro. — Ela é bonita.

— Ela é — concordo.

— Possui uma empresa, então também é inteligente.

— Muito inteligente.

— Deve ser especial. Você normalmente não nos apresenta garotas.

Eu assinto e olho meu pai nos olhos.

— Ela é especial, pai.

Ele aperta os lábios e me observa por um momento, olhando para onde Nic e mamãe estão conversando com Jules, Meg e Sam. Finalmente, volta o olhar para mim e assente.

— Estou ansioso para conhecê-la.

— Você vai amá-la.

Ele balança a cabeça novamente e então todos voltamos nossa atenção para Luke, que vem em nossa direção. Seu rosto está pálido, seus olhos parecem assustados e seu cabelo está mais bagunçado do que o normal.

— O que está acontecendo? — mamãe pergunta, correndo para o lado dele.

Luke passa o braço em volta dos ombros da minha mãe e beija a cabeça dela.

— Ela vai ficar bem. O bebê também está bem.

Todos nós damos um grande suspiro de alívio.

— Mas eles querem mantê-la aqui por um tempo.

— Por quê? — Meg exige.

— Ela está com pedras nos rins, que é de onde veio o sangramento quando foi ao banheiro — Luke responde. — "Dores de crescimento", disse ela, quando, na verdade, estava com dor nos rins. — Ele balança a cabeça e praguEja baixinho. — Eu sabia que deveria tê-la feito ir ao médico.

— Você não poderia saber — mamãe garante e dá um tapinha em seu peito.

— Então, se são apenas pedras, por que ela não pode ir para casa? — Mark pergunta com uma careta.

— Eles querem que ela passe a noite aqui para monitorarem o bebê até que ela esteja fora de perigo.

— Eu também ficarei — Jules se voluntaria.

— Você vai voltar para casa depois de dar uma olhada em Nat — Nate a corrige. — Você está grávida também.

— Ela é minha melhor amiga.

Nate puxa Jules para seus braços e sussurra em seu ouvido. Finalmente, ela sorri e se inclina, assentindo para ele.

— Ok. Você está certo.

— Então, todos podem vê-la — continua Luke —, mas poucos de cada vez, porque o quarto não é muito grande.

Minha mãe, meu pai, o pai de Luke, Neil e Jules entram primeiro, deixando Luke conosco.

— Fiquei assustado, porra — ele sussurra e abraça Meg. — Quando ela disse que estava sangrando, entrei em pânico. Minha vida não funciona sem ela. — Ele engole em seco e balança a cabeça, depois passa os dedos pelo cabelo.

— Assustou a todos nós — comento.

— Você conseguiu ver o bebê? — Meg pergunta.

— Sim, eles fizeram ultrassom — Luke responde e sorri. — Seu coraçãozinho é forte, e ele está crescendo. O médico disse que é saudável. Mas ainda há uma chance de que possa nascer mais cedo, então ela tem que repousar.

— Ter filhos prematuros não é o fim do mundo — Brynna lembra e o abraça com força. — As minhas chegaram mais cedo e olhe para elas agora. Mas nossa garota é forte, então ela e o bebê vão ficar bem.

— Obrigado — Luke responde, com a voz rouca. — Obrigado a todos. É em momentos assim que nossa família me surpreende.

— Não se torne piegas, mano. — Mark sorri. — Vou lá beijar minha cunhada.

— Não chegue nem perto da minha esposa — Luke rosna para o irmão, e todos rimos.

— Só um beijinho — Mark continua com um sorriso sacana.

— Eu vou te dar um soco.

— Não vai, não — Mark responde e vai até o quarto de Nat com arrogância.

Olho para Nic e fico preocupado quando vejo seu rosto empalidecer. Ela está franzindo a testa.

— O que há de errado? — sussurro em seu ouvido.

Ela balança a cabeça e sorri para mim, o sorriso mais falso que já vi.

— Nada. Só estou preocupada com Nat e o bebê. Fico feliz que ela esteja bem.

— Como *você* está se sentindo?

— Eu estou bem.

Vou chegar ao fundo disso em breve.

— Sinto muito por termos arruinado sua festa de noivado — Luke diz a Meg com um sorriso triste.

— Não, não sinta. Na verdade, eu nem queria uma, e Jules comprou sapatos novos, então. . .

— E um vestido novo — acrescenta Nate com uma risada.

— Então todos nós nos demos bem — finaliza Meg, fazendo todos nós rirmos.

Olho ao redor da sala e suspiro, aliviado por todo mundo estar seguro e saudável. Leo está com Sam em seu colo, sussurrando suavemente em seu ouvido enquanto ela se apoia nele. Will, Meg, Isaac e Stacy entram no quarto de Nat, ansiosos para vê-la por si mesmos. Nate e Dominic estão conversando com Luke, e eu tenho a mulher dos meus sonhos ao meu lado.

Por falar nisso, estou pronto para dar uma olhada em Nat para que eu possa levar minha garota para casa e aproveitá-la naquele vestido lindo.

— Por que não saímos para jantar juntos depois de vermos Nat antes de voltarmos para casa? — Will pergunta.

E eu queria tanto levar Nic para casa.

Olho para ela, que apenas assente com um sorrisinho.

— Estamos dentro — confirmo.

Finalmente é a nossa vez de ver Natalie, e eu a tomo em meus braços, segurando-a firme por um longo tempo. Nat respira fundo, agarrando-se à minha camisa, e depois se afasta.

— Você me assustou — murmuro para ela.

— Também fiquei assustada — ela responde com um sorriso. — Sinto muito.

Balanço a cabeça e me afasto para que Nic possa chegar perto.

— Matt estava certo. As coisas nunca são entediantes com esta família — diz Nic com uma piscadela. — Mas talvez, de agora em diante, possamos manter as coisas menos emocionantes.

— Sou a favor disso — Natalie concorda com um sorriso. Ela esfrega a mão na barriga e olha para o marido, que também se juntou a nós.

— Acho que vamos sair para jantar. Querem que a gente traga alguma coisa para vocês? — Nic pergunta, e eu sorrio para ela.

— Não, obrigado — Luke responde. — Nat tem que comer o que eles dão a ela, e eu vou pegar algo na lanchonete. A comida não é tão ruim.

— Eca — responde Nic, colocando a língua para fora.

— Traga um hambúrguer — Nat acrescenta e balança a cabeça para Luke. — Nada de comida da cafeteria, amor.

— Podemos providenciar — respondo. — Liguem se precisarem de mim.

— Pode deixar.

— Eu te amo, garotinha. — Beijo sua bochecha e coloco uma mecha de cabelo atrás da sua orelha. — Cuide deles — peço a Luke e aceno quando saímos do quarto de Nat e nos juntamos aos outros, prontos para irmos jantar.

# Capítulo
## Dezesseis

### Nic

— Eu não estava ouvindo nada do que eles diziam durante todo o jantar — Matt me informa enquanto abre a porta do apartamento e me leva para dentro. — Só conseguia pensar em trazê-la para casa.

— E me deixar nua? — pergunto com uma sobrancelha levantada.

— Não exatamente — ele responde com um sorriso lupino.

Joga as chaves em uma tigela de vidro perto da porta e avança em mim. Ele me leva mais adiante pela sala, senta-se no sofá e me puxa, fazendo-me montar em seu colo. Tenho que erguer meu vestido em volta dos quadris para abrir as coxas o suficiente e me acomodar confortavelmente sobre ele. Seus olhos brilham e obscurecem quando ele desliza suas mãos enormes pelas minhas coxas nuas para agarrar minha bunda.

— Você estava linda hoje.

— Obrigada. — Dou um pequeno sorriso. Não deixarei que perceba que meu mundo inteiro virou de cabeça para baixo no espaço de poucas horas.

Nós não vamos funcionar. Eu soube disso desde o começo, mas hoje, no hospital, a certeza se fortaleceu.

Mas sou egoísta demais para desistir sem uma despedida, mesmo que seja apenas com o meu coração.

— Você estava sexy — murmuro. — Claro, sempre está sexy.

— Não acho que isso seja verdade — ele discorda com um sorriso.

— Mas é. — Eu me inclino e acaricio seu nariz com o meu, em seguida, beijo sua bochecha até seu pescoço, onde inspiro-o.

Vou sentir falta do cheiro dele.

— O verde deste vestido faz seus olhos brilharem — ele sussurra e lambe meu peito por cima do vestido. — Ver você se movimentar é a fantasia de todo homem.

— *Todo* homem? — pergunto, cética.

— Ao menos deste homem, sim — ele responde e morde meu queixo antes de reivindicar minha boca com a dele. Suas mãos mergulham sob minha bainha, seguram a calcinha preta que comprei especificamente para este vestido e a rasgam de cada lado, arrancando-a de mim.

— Era nova — murmuro sem fôlego.

— Vou comprar outra para você. Coloque as mãos atrás das costas.

Eu faço uma careta. Não quero que me amarre. Não dessa vez. Será a última em que faremos amor, e eu quero tocá-lo, sentir todos os músculos gloriosos sob minhas mãos enquanto ele se move dentro de mim, mas ele ainda não sabe, e eu não posso argumentar.

Coloco meus braços para trás, e ele rapidamente me amarra com minhas próprias roupas íntimas, em seguida, me coloca de joelhos, sobre suas pernas, para que possa me ver imobilizada.

— Linda — ele sussurra. Então desabotoa as calças e as desliza pelas coxas somente o suficiente para libertar seu pau.

— Por favor, tire a camisa também — sussurro, mantendo seu olhar fixo no meu.

Ele inclina a cabeça, mas faz o que peço, abrindo apenas dois botões da camisa e puxando-o sobre a cabeça, jogando-a de lado. Agarra meus quadris, e eu me ergo um pouco quando ele me acomoda e afunda nele, sentando-me perfeitamente em seu membro.

— Porra, você já está tão molhada — ele rosna e distribui beijos molhados pelo meu pescoço.

Começo a me movimentar sobre ele, apertando meus músculos a cada investida.

Ele morde o lábio e nos observa, assistindo-nos com olhos cálidos.

Enlaça-me em seus braços e agarra minhas mãos nas dele, me mantendo prisioneira enquanto seus quadris se movimentam debaixo de mim, me fodendo com força.

— Puta merda — ele resmunga, seus olhos deslizando para cima e para baixo no meu corpo, por sobre as curvas do vestido apertado, até onde estamos unidos, e subindo novamente para me olhar nos olhos. — Amo estar dentro de você, pequena.

Mordo o lábio, com medo de chorar. Eu também adoro!

— Por favor, desamarre minhas mãos.

— Está te machucando? — Ele para, seu rosto sóbrio. Segura meu rosto com uma palma e me observa atento.

— Não! — *Sim*! Estou mais machucada do que nunca. — Minhas mãos não estão doendo, mas eu realmente quero tocar em você. Por favor.

Ele franze a testa, mas desata minhas mãos.

Eu imediatamente envolvo meus braços ao redor do seu pescoço e enterro o rosto contra sua garganta. Começo a me remexer, montando-o com força e rapidez.

— Ah, porra, Nic — ele rosna e mais uma vez agarra meus quadris, me guiando enquanto monto nele.

Mantenho o rosto plantado em seu pescoço para que Matt não possa ver as lágrimas que caem silenciosamente enquanto faço amor com ele, mostrando-lhe com meu corpo o quanto o amo.

— Baby, vou gozar. Se você não desacelerar, eu vou. . .

Eu acelero. As lágrimas param e concentro toda a minha energia, tudo o que sou, em Matt.

De repente, ele se levanta e inverte nossas posições, me deitando sobre o sofá, sem deixar cair todo o seu peso em mim.

— Eu tenho que. . . — ele murmura e começa a me foder com impulsos longos e fortes, estocando como nunca, até que finalmente coloca uma das mãos entre nossos corpos e leva o polegar ao meu clitóris, me fazendo esquecer de tudo, exceto dele.

Antes que possamos recuperar o fôlego, ele me puxa de volta para seus braços e me carrega, com minhas pernas em volta da sua cintura e braços ao redor do seu pescoço, para o quarto. Deposita-me gentilmente na cama, cobrindo-me com seu corpo, passando as costas dos dedos pelo meu rosto.

— Matt — começo e tenho que pigarrear, rezando para não começar a chorar novamente.

— Sim, pequena.

Abro a boca para responder, mas tenho que fechá-la novamente, tentando colocar meus pensamentos em ordem.

— Ei. — Ele franze a testa e continua a acariciar meu rosto, meu cabelo. — Fale comigo, querida. Você está agindo de forma estranha desde que estávamos no hospital.

— Eu só. . . — Tento desviar o olhar, mas ele agarra meu queixo e obriga a encará-lo. — Eu te amo — digo a ele simplesmente.

E é verdade.

*Só que* não *sou a mulher certa para você.* Não consigo externar as palavras. Sou uma maldita covarde. Mas eu o conheço, e ele vai tentar consertar as coisas, vai me dizer que tudo ficará bem, e eu acho que não é verdade.

Vê-lo com sua família, preocupado com o bebê que ainda não nasceu, acalmando Olivia e aninhando-a em seu ombro, mostrou-me que não posso me encaixar em sua família.

Não posso lhe *dar* uma família.

E, de quem já conheci na vida, Matt é quem mais merece uma. Eu o amo demais para pedir que desista disso por mim.

Seu rosto suaviza, e ele me beija com ternura antes de se afastar e se deitar ao meu lado. Ele me puxa para si e acaricia meu nariz com o dele.

— Eu também te amo.

Seus olhos estão pesados e logo ele adormece, respirando profundamente.

Fico acordada, observando-o. Não tenho ideia de quanto tempo passa enquanto escuto suas respirações uniformes, deslizo meus dedos por seus cabelos macios e absorvo cada cheiro, cada centímetro de seu rosto e corpo, memorizando-o.

Finalmente, quando o amanhecer está começando a aparecer pela janela, preenchendo o cômodo com um brilho acinzentado, levanto com cuidado, ajeito meu vestido, pego meus sapatos e minha bolsa e saio da casa de Matt.

E da vida dele.

# Capítulo Dezessete

## Matt

Franzo a testa quando começo a despertar e percebo que Nic não está aninhada contra mim, como costuma fazer de manhã. Abro os olhos e lanço um olhar em volta, mas não a vejo na cama. Os lençóis estão frios onde ela deveria estar.

Apuro os ouvidos por um momento, esperando escutar algum movimento na cozinha. Talvez ela tenha decidido levantar e fazer o café da manhã.

Mas não há som em lugar algum. Nem vindo da cozinha. Nem do banheiro.

O apartamento está silencioso.

Onde diabos ela está?

Saio da cama e ando pelo apartamento, só para ter a certeza de que ela não está em algum lugar lendo em silêncio e, quando minhas suspeitas de que ela foi embora são confirmadas, fico perplexo.

Que porra é essa?

Pego meu celular dentro da calça jeans que estava caída no chão ao lado da cama e ligo para ela, mas Nic não atende, então envio uma mensagem rápida.

*Ei, querida. Aonde você foi? Por favor, me diga que só está tomando café da manhã.*

Uso o banheiro, jogo água no rosto e visto uma roupa. Quando ela não responde à minha mensagem, ligo novamente, apenas para ter a ligação enviada para o correio de voz.

Será que aconteceu alguma coisa com ela? Será que recebeu alguma ligação da família ou da confeitaria?

Talvez tenha deixado um bilhete.

Amarrada Comigo    227

Procuro no apartamento novamente, mas não encontro nada. Nada de bilhete. Nada de mensagem.

Ela simplesmente foi embora.

Um medo gélido e intenso revira meu estômago quando pego as chaves e saio para procurá-la. Qualquer coisa poderia ter acontecido com ela. E se saiu para tomar um café e foi assaltada? Estuprada?

Jesus, devo ligar para hospitais?

Encontro uma vaga em frente à confeitaria e bato na porta da frente, rezando para que ela esteja aqui. A loja ainda não está aberta.

Tess atende com uma expressão confusa.

— Oi, Matt.

— Nic está aqui?

— Não, é o domingo de folga dela. Não tenho notícias.

Assinto e me afasto da porta.

— Obrigado.

Subo as escadas correndo até o apartamento dela e bato na porta, mas não recebo resposta nem ouço movimentos lá dentro.

Assim que começo a entrar em pânico, pego meu celular para ligar para Asher e Caleb para me ajudarem a encontrá-la, mas ouço passos nos degraus atrás de mim. Eu me viro para ver Nic, suada em suas roupas de ginástica, música alta em seus ouvidos. Ela está concentrada na corrida e ainda não me viu.

Solto o ar com um suspiro alto. Graças a Deus ela está bem.

Ela levanta os olhos e se assusta quando me vê no topo da escada. Os olhos dela estão vermelhos e inchados de chorar.

— Meu Deus, querida, o que há de errado? — pergunto enquanto ela tira os fones de ouvido. — O que está acontecendo?

Ela balança a cabeça e termina de subir as escadas, abrindo a porta e me conduzindo para dentro.

— O que está acontecendo, pequena? — Suavizo meu tom de voz quando entro e fecho a porta. — Por que não me disse que ia embora?

— Porque você teria tentado me fazer ficar — ela responde e entra no quarto.

Eu a sigo de perto e paro à porta, observando-a enquanto ela joga o celular e os fones de ouvido sobre a cama e tira os tênis.

— Claro que eu teria tentado fazer você ficar. Eu amo estar com você.

— Não consegui ficar. — Ela balança a cabeça e caminha para a sala, para onde a sigo novamente.

Nada do que ela diz faz sentido.

— Nic. Pare.

Ela obedece e me encara com aqueles olhos verdes enormes, fazendo minha pele se arrepiar como acontece quando um caso no qual estou trabalhando está prestes a ficar muito complicado.

Não quero ouvir o que ela está prestes a dizer.

— Nós não vamos dar certo, Matt. — Ela engole em seco e respira fundo.

— Por quê? — Cruzo os braços e me inclino contra a parede, observando-a. Se ela vai me dar um fora, não vou facilitar as coisas.

— Você vai querer ter filhos.

Eu pisco para ela, com a impressão de que a ouvi mal.

— Ok.

— Você tem uma família grande e bonita e também precisa ter seus filhos. Crianças saudáveis. Muitas.

— Por que sinto que entrei no meio de uma conversa? — pergunto, frustrado. — Nada do que você diz faz sentido.

— Você quer filhos? — ela indaga desesperadamente.

— Claro. Um dia.

— Viu? — Ela joga os braços, abrindo-os completamente, e começa a andar pela sala novamente. — Quero dizer, sei que só de falar sobre filhos agora teria feito a maioria dos homens fugir, mas você entende o que estou tentando dizer.

— Não, sinceramente, não entendo nada. Não faço ideia do que está falando.

Ela suspira e esfrega as mãos sobre o rosto, depois me olha nos olhos no momento em que uma lágrima escorre por seu rosto, quase me deixando de joelhos.

— Querida. . . — começo, mas ela rapidamente se afasta, erguendo as mãos.

— Não.

— Você tem que falar comigo, Nicole.

— É que eu apenas. . . — Ela passa os dedos pelos cabelos úmidos e caminha pela sala, depois para e apoia as mãos nos quadris. — Eu não posso mais ficar com você.

— Por quê?

— Porque não posso.

— Você vai ter que me explicar melhor — eu rosno e estreito os olhos.

— Não sou o que você precisa ou quer.

Levanto as sobrancelhas em surpresa e depois solto uma risada.

— Você tem andado comigo ultimamente, Nic? Porque eu discordo totalmente.

— Eu preciso estar no controle. Não tenho uma família rica a quem recorrer, caso essa confeitaria não dê certo. Não tenho pessoas ao meu redor para me ajudar se minha saúde falhar.

— Você poderia ter.

Ela paralisa e olha para mim, a boca abrindo e fechando, e então fica ainda mais irritada.

— Ah, então agora está propondo casamento? Que porra é essa?

— Nic, preciso que seja muito específica. Está dizendo que não sente nada por mim? — Porque, se for isso, ela é uma mentirosa.

— Eu sinto! Pra caralho! — explode. — Sinto tudo! E não estou falando da palma da sua mão na minha bunda!

— Então você não quer um relacionamento excêntrico? É isso que está dizendo? Senti sua hesitação quando amarrei suas mãos ontem à noite.

— Não! — Ela se joga na cadeira e apoia a cabeça nas mãos em derrota. — Não é isso que estou dizendo.

— Estou tão perdido que não sei o que está acontecendo, Nic. Preciso que me ajude.

— Não vou poder te dar uma família, Matt. Nunca.

Franzo a testa e a observo, enquanto ela ergue os olhos derrotados em direção aos meus.

— Não entendo.

— Falei sobre meus problemas de saúde.

Concordo, ainda tentando conectar os pontos.

— Não posso ter bebês.

— Diabéticos têm bebês saudáveis todos os dias, Nicole.

Ela balança a cabeça e ri sem humor.

— Eu também tenho os ovários policísticos.

— É por isso que toma pílula. — Concordo com a cabeça, lembrando.

— Não preciso da pílula para controle de natalidade, Matt. Os ovários policísticos são o meu controle de natalidade. Isso, combinado com o diabetes, torna uma gravidez algo não indicado para mim. *Se* por acaso eu engravidasse por algum milagre, a gravidez seria de alto risco e muito complicada.

— Ok. — Dou de ombros. — O que isso tem a ver conosco?

— Você não está ouvindo? — Ela olha para mim como se eu fosse um idiota, e eu faço uma careta para ela.

— Você não pode ter filhos. Acho que pode haver maneiras de contornar isso, até onde a medicina avançou, mas, mesmo se for verdade, por que não podemos ficar juntos?

— Porque eu não posso dar o que você merece!

— O que eu mereço? — Meu sangue começa a esquentar. — O que exatamente acha que mereço, Nicole?

— Uma mulher boa e submissa que possa te dar muitos filhos e viver feliz para sempre — ela sussurra, sem me olhar nos olhos.

Sento-me na cadeira em frente a ela e a encaro por um longo minuto.

— Você está brincando comigo?

— Não. — Ela balança a cabeça e une as mãos. — Eu te amo o suficiente para te deixar, para que possa encontrar uma pessoa capaz de te dar todas essas coisas.

— Quer saber de uma coisa, Nic? Ninguém gosta de mártires.

Seu olhar se ergue em choque.

— O quê?

— Você me ouviu. Quem é você para decidir o que eu preciso e quero?

Ela se coloca na minha frente.

— Isso não é um pouco hipócrita da sua parte?

Eu me levanto e cerro os punhos ao lado do corpo, olhando para ela, tentando ignorar o buraco no peito que meu coração ocupava.

— Sempre fui mil por cento honesto com você, Nic, mas você compartilhou apenas o que era conveniente ou o que consegui arrancar de você. Eu disse desde o início que a confiança era imperativa neste relacionamento.

Avanço em sua direção, sem tocá-la, e deixo meu rosto a centímetros do dela.

— É a porra do meu *trabalho* mantê-la segura, e saber o que você precisa e quer faz parte disso. Estou apaixonado por você. Precisa de tempo para colocar a cabeça no lugar? Ótimo. Vou deixar você em paz por enquanto, mas te digo agora que você é minha. Nada nunca vai mudar isso.

— E eu digo: *vermelho* — ela sussurra.

Eu a encaro em choque por vários segundos sem piscar.

— Você disse no clube que tudo o que tenho a dizer é "vermelho", então, tudo estaria terminado.

Ela está usando a *palavra de segurança*?

Eu a puxo contra mim e a beijo até deixá-la sem ar, colocando toda a raiva e a frustração que sinto nesse beijo, então me afasto e deslizo meus polegares por seu rosto, enxugando suas lágrimas.

— Não sei como você enfiou na cabeça que não pode me dar o que mereço sendo que estou olhando para tudo o que sempre quis em uma mulher. *Você* é o que eu preciso e mereço, Nicole. Quando descobrir que seus problemas médicos são apenas uma desculpa para me afastar, você sabe onde me encontrar. Enquanto isso, está certa. "Vermelho" é um termo que eu entendo perfeitamente.

Com isso, eu me afasto e saio do apartamento dela sem olhar para trás.

Dirijo direto para o hospital. Preciso ver Natalie e não me preocupar com meus próprios problemas por um tempo.

Tudo o que Nic disse em seu apartamento está se revirando na minha cabeça em um caos, fodido e confuso.

Deus, como chegamos a esse ponto?

Entro no quarto de Natalie com um buquê de flores da loja de presentes, no qual gastei muito dinheiro.

— Oi. — Ela sorri e mantém os braços abertos para um abraço, o que eu felizmente lhe dou.

— Oi, garotinha. Como está se sentindo?

— Melhor hoje.

— A pedra saiu durante a noite — Luke diz enquanto aperta minha mão. — Voltaremos para casa amanhã.

— Graças a Deus. — Nat suspira. — Sinto falta da minha filha.

— Não se preocupe com Liv, preocupe-se apenas com você — Luke a instrui e depois ri quando Nat mostra a língua para ele.

— Ela sempre foi difícil — comento com um sorriso. — Fico feliz em ver que as coisas não mudaram.

— Por que veio aqui? Só para ser mau comigo? — ela pergunta e estreita os olhos para mim.

— Vim para saber como você está.

— O que houve?

— Nada.

— Você está fazendo beicinho. — Ela sorri.

— Não estou. — Faço uma careta e estico a mão para puxar uma mecha de seus longos cabelos escuros. — Não faço beicinho.

— Você faz muito beicinho. Nic te deu uma canseira esta manhã?

Você não faz ideia.

— Eu não estou fazendo beicinho.

— Ok. — Ela sorri. — Vou ligar para Jules, e ela e eu vamos arrancar a verdade de você.

— Vou dizer ao médico para mantê-la aqui por mais um dia.

— Você é mau! — ela exclama.

Dou risada e me inclino para beijar sua bochecha.

— Não se esqueça disso.

Ela segura meu rosto e diz baixinho:

— Eu amo você e sou uma boa ouvinte, se precisar de uma.

Sorrio gentilmente e beijo sua bochecha mais uma vez antes de me afastar.

— Eu também te amo. Obrigado. Só se concentre em ficar bem e cuidar desse garotão aqui, que eu já estarei feliz.

— Ele está bem cuidado — ela responde e esfrega as mãos sobre a barriga.

— Como você está, cara? — pergunto a Luke. Ele parece cansado, sentado com o laptop no colo, mantendo um olho em sua esposa.

— Melhor agora que ela está se recuperando e o bebê está seguro. Acho que estamos ansiosos para voltar para casa.

— Ele vai me fazer descansar. — Nat faz beicinho. — Nada de fotografia até depois que o bebê nascer.

— Esses nazistas! — exclamo em indignação, fazendo Natalie rir. — Como se atreve a cuidar adequadamente de sua esposa?

— Eu sei, sou cruel.

Dou risada enquanto me dirijo à porta.

— Eu te amo. *Descanse.* — Olho para ela de forma repreensiva. — Vou te investigar daqui a alguns dias.

— Sim, detetive. — Ela acena e ri quando eu saio e quase esbarro na minha mãe.

— Oi, mãe. — Dou-lhe um forte abraço.

— Oi, querido. — Ela se afasta e sorri para mim, depois fica séria. — Ah, precisamos conversar. — Ela se vira e caminha comigo pelo corredor até a sala de espera.

— Pensei que estivesse aqui para ver Nat.

— Vejo-a depois que você e eu conversarmos.

— Sobre o que vamos conversar?

— Não se faça de desentendido — ela me repreende e se senta em uma das cadeiras de plástico, apontando para que eu me sente em frente a ela. — Agora, me diga o que aconteceu.

Eu franzo a testa para ela e depois rio, olhando para o teto.

— Preciso mesmo ter esta conversa com a minha mãe?

— Precisa. Vamos lá, sei que tem algo acontecendo. De todos os meus filhos, você sempre foi o mais difícil de ler. — Ela descansa o queixo na mão e me observa por um momento. — Tão sóbrio. Tão sério. Mas, quando você está triste, seus olhos o denunciam. Você manteve esse olhar quando a esposa de Asher morreu. E quando Brynna e as meninas foram feridas. Me deixe te ajudar.

Eu pigarreio e fico chocado quando toda a história começa a fluir, menos o shibari, é claro.

— Então, ela decidiu que, por não poder ter filhos e por achar que eu mereço tê-los, não é a pessoa certa para mim.

— Você lembrou a ela que existem várias maneiras diferentes de adicionar filhos à nossa família? — mamãe pergunta, batendo no queixo com o dedo, pensando profundamente.

— Não, fiquei surpreso e irritado demais para trazer isso à tona.

Mamãe assente e se remexe na cadeira com um suspiro.

— Sinto muito pelas preocupações com a saúde dela.

— Ela administra tudo muito bem. — Dou de ombros. — Não toma medicamentos e cuida de si mesma. É bastante saudável.

— Que bom. — Mamãe sorri, seus olhos brilhando. — E você a ama.

— Apesar de tudo que aconteceu hoje, sim. — Eu rio novamente e esfrego uma mão na outra. — Ela me desafia. É engraçada e inteligente, e é fácil estar com ela. Ela sabe coisas sobre mim que ninguém mais sabe e. . .

— E te ama mesmo assim — mamãe termina suavemente.

— Sim.

Amarrada Comigo    235

— Parece que ela está um pouco assustada, filho. Porque esse relacionamento ainda é recente e aconteceu rapidamente. Apaixonar-se com força e rapidez é emocionante e apavorante, tudo ao mesmo tempo.

Concordo com a cabeça novamente, e então ela vem com a pergunta:

— Você acha que *Nicole* quer filhos?

Penso em como ela foi ótima com Casey, com Maddie e Josie, e como naturalmente aconchegou Olivia em seus braços e a embalou.

— Ela seria uma mãe incrível — respondo suavemente.

— Sabe, pode ser complicado para uma mulher que acredita ser infértil passar muito tempo com grávidas e com casais que têm filhos. Não estou dizendo que ela não goste de estar perto da turma toda, mas pode ter mexido um pouco com suas emoções também. Todas as vezes que vê Nat, Jules, Brynna e seus maridos pairando sobre elas é um lembrete de que ela nunca vai ter isso. — Minha mãe se aproxima e pega minha mão. — E é um lembrete de que ela pode não ser capaz de dar isso a *você*.

— Merda — sussurro.

— De fato. — Mamãe beija minha bochecha e fica de pé. — Ela vai voltar.

— Espero que esteja certa, porque pensar em ficar sem ela me deixa vazio.

— Oh, querido, isso é maravilhoso. — Ela ri quando eu franzo a testa em frustração. — Isso significa que é real.

— Ah, é real, sem dúvidas.

— Dê a ela um pouco de tempo para conversar com as amigas e sentir sua falta.

— Obrigado, mãe.

— É para isso que estou aqui, querido. — Ela pisca e se afasta para ir olhar Natalie, a filha que não veio do seu corpo, mas que não poderia pertencer mais a ela se compartilhassem a mesma linhagem.

# Capítulo Dezoito

*Duas semanas depois*
*Nic*

— Obrigada por sua ajuda hoje, Tess. — Sorrio para a jovem enquanto ela pega sua bolsa para encerrar o dia.

— O prazer é meu, como sempre, chefe — ela responde com um sorriso feliz. — Hoje você não vai sair para tomar vinho com Bailey?

Dou de ombros e balanço a cabeça como se não fosse grande coisa. Eu simplesmente não posso encará-la, nem ninguém, na verdade.

— Tudo que fez nas últimas duas semanas foi abrir a loja e ficar em casa — salienta Tess com uma careta. — Está começando a me incomodar.

— Estou bem — digo, irritada. — Tenha uma boa noite.

— Você também. — Ela suspira, desanimada.

Eu a sigo até a porta da frente para trancá-la, mas, quando Tess sai, Gail Montgomery se aproxima, sorrindo calorosamente, vestida com uma calça capri casual e uma camiseta laranja.

— Olá, senhora Montgomery. — Meu Deus, o que ela está fazendo aqui?

— Olá, querida. Sei que está prestes a fechar, mas eu estava esperando poder tomar um pouquinho do seu tempo. Em particular.

— Claro. — Ergo uma sobrancelha, faço sinal para ela entrar e tranco a porta. — Sente-se.

— Obrigada. — Ela se senta em uma das minhas pequenas mesas redondas e sorri enquanto eu me acomodo em frente a ela. — Como você está, Nic?

— Estou bem.

Os olhos dela se estreitam enquanto me observa, uma expressão com a qual estou familiarizada demais por causa do seu filho.

— Que bom.

— O que posso fazer por você? — pergunto. — Gostaria de um cupcake? Uma xícara de café?

— Oh, não agora, embora eu possa levar alguns para casa, para Steven. — Ela apoia um cotovelo na mesa e observa minha loja. — Sua confeitaria é muito bonita.

— Obrigada.

— Você tem falado com o meu filho? — ela indaga sem rodeios.

— Não. Já faz algumas semanas — falo suavemente e sinto a facada no coração. Deus, sinto tanta falta dele que dói.

— Entendo. — Ela franze a testa e une as mãos, descansando-as no colo. — Posso perguntar por quê?

Pigarreio e franzo a testa. Nossa, quanto posso contar à mãe dele?

— Honestamente, parece uma traição falar sobre nosso relacionamento sem ele aqui.

Ela sorri largamente e estende a mão sobre a mesa para tocar meu braço.

— Eu gosto de você, Nic. É só por isso que estou aqui. Falei com Matt na manhã que vocês brigaram.

Meus olhos se arregalam de surpresa.

— Isso te assusta — ela adivinha.

— Matt não é exatamente o tipo de pessoa que procura alguém com quem conversar — respondo honestamente.

— Ele não me procurou. Ele me encontrou no hospital.

— Oh, como está Natalie? — pergunto, genuinamente preocupada. Outra parte difícil de terminar com Matt foi perder as amizades que comecei a formar com a família dele.

— Ela está muito bem, obrigada. — Gail se remexe na cadeira e considera as próximas palavras com cuidado. — Nic, Matt me confidenciou sobre seus problemas médicos.

E ela continua a me chocar.

238    **Kristen Proby**

— Na verdade, sou bastante saudável.

— Ele disse isso também, mas me contou que a principal razão pela qual você acredita que não pode seguir no relacionamento com ele é porque pode não ser capaz de lhe dar filhos.

Lágrimas pinicam meus olhos enquanto olho para a mesa. Só posso balançar a cabeça em resposta, concordando.

— E você acha que Matt deveria ter uma família grande.

— Eu o vi com as crianças, com as irmãs grávidas, sra. Montgomery. Ele seria um excelente pai e deveria ter o direito a isso.

— Eu concordo, mas, Nic, por que acha que não pode ter isso com ele? Além do fato de que seu relacionamento é recente e que casamento e filhos só aconteceriam em um futuro distante, por que acha que não pode ser a mulher que irá, eventualmente, compartilhar essas coisas com Matt? Vocês, obviamente, estão apaixonados um pelo outro.

— Porque eu não posso ter filhos, senhora. Claro, posso engravidar através dos milagres da medicina moderna, mas a síndrome que tenho é tão severa que fui avisada de que não *devo* ter filhos.

— E por que é necessário que as crianças sejam biologicamente suas?

Sento-me em silêncio, sentindo-me atordoada, e olho para a mulher mais velha, depois franzo a testa, em total confusão.

— Geralmente não é assim que funciona? Matt deveria ter filhos biológicos.

Os olhos de Gail brilham, zangados. Ela cruza os braços contra o peito, e eu tenho um mau pressentimento de que acabei de irritar a mamãe ursa.

Merda.

— Como você é nova na nossa turma, deixe-me explicar uma coisa sobre a nossa família, Nic. O ditado "sangue é mais espesso do que água" é besteira. Minha Natalie entrou pela primeira vez em nossa família quando estava na faculdade com Jules. Elas se tornaram melhores amigas rapidamente, e Nat veio para casa com Jules nas férias. Quando seus pais morreram, deixando-a órfã, fomos nós que a apoiamos, a ajudamos nesse momento difícil e continuamos a amá-la. Natalie é tanto minha filha quanto Jules, mas ela não é biológica. — Gail sorri suavemente. — Caleb — ela continua — adotou Maddie e Josie, e as ama tanto quanto o bebê que

Amarrada Comigo　239

concebeu com Brynna. Aquelas meninas são dele. Sob todos os aspectos, Nic.

Lembro-me das gêmeas com Caleb, quando fui convidada para jantar, e sorrio, enquanto assinto em concordância.

— Outro exemplo são Meg e Leo. Ambos vieram de circunstâncias mais difíceis, mas se encontraram e se reivindicaram como irmãos desde que Meg era pré-adolescente. Mas não são filhos dos mesmos pais, Nic. Eles se amam tanto que formaram uma família juntos. A família Williams, assim como todos os meus filhos e noras, se tornou tanto minha família quanto aqueles a quem eu dei à luz.

Deus, eu sou uma idiota. Durante todo esse tempo, pensei que seria importante para Matt ter seus próprios filhos, mas nunca me ocorreu que ele aceitaria crianças por outros meios.

— E Dominic... — continua Gail, para minha surpresa. — Matt te contou essa história?

— Só que Dominic é seu meio-irmão.

— Estou surpresa que ele tenha colocado desta maneira — murmura Gail. — Meu marido e eu tivemos um momento difícil depois que Caleb nasceu. Nós nos separamos por alguns meses e, durante esse período, Steven dormiu com uma mulher em uma viagem de negócios, resultando em Dominic.

Meu queixo cai quando eu a encaro, chocada.

— Não sabíamos sobre o bebê até o início deste ano, quando Dominic contratou um investigador particular para encontrar seu pai biológico. Chocou Steven, mas, cá entre nós, virou meu mundo de cabeça para baixo, Nic. — Ela se inclina e põe as mãos na mesa. — Meu marido teve um filho com outra mulher. Ele me contou sobre esse caso que teve há mais de trinta anos, logo após o ocorrido, mas agora havia um homem na minha frente, alegando ser filho do meu marido. A mãe dele morreu no ano passado, deixando-o curioso. O que eu deveria fazer? Jogá-lo fora e fingir que nunca existiu?

— O que você fez? — pergunto, encantada.

— Acolhi esse homem em nossa família. Perdoei Steven muitos anos atrás, e Dom é filho dele. Ele se encaixou muito bem com a nossa família, e meus outros filhos também o amam.

— Tem uma família extraordinária, senhora. Famílias como a sua não são muitas.

— Oh, querida, nós não somos perfeitos, pode ter certeza. Mas o que quero dizer é que, seja por sangue ou por puro amor, família é família. Quem vai se atrever a me dizer que as gêmeas, Olivia e o bebê recém-nascido não são meus netos?

— Ninguém — respondo imediatamente.

— E todos os filhos com os quais você e Matt forem abençoados, sejam eles do seu ventre ou através de adoção, ou mesmo de barriga de aluguel, seriam amados da mesma forma, Nic. Isso é o que constitui uma família.

As lágrimas estão fluindo livremente agora.

Gail aproxima sua cadeira da minha e esfrega minhas costas suavemente.

— Eu sou tão ridícula. — Soluço.

— Você o ama, menina. Pensou que estivesse fazendo o que era certo para ele.

— Eu o amo tanto que chega a doer quando respiro.

Lágrimas enchem os olhos de Gail enquanto ela assente.

— Apenas uma mulher apaixonada seria tão estúpida. Tenho certeza de que não ajudou em nada estar perto das meninas grávidas e das crianças.

Dou de ombros e depois assinto, rindo através das lágrimas.

— Eu me sinto tão boba, porque realmente gosto de Nat, Jules e Brynna, e estou feliz por todas elas. Nunca as invejaria por seus filhos.

— Bem, você não é um monstro, Nic. Mas é difícil ver os maridos acariciando suas barrigas.

— Eu... — começo e depois apenas suspiro, apoiando a cabeça nas mãos. — Sim. É difícil.

— É mais fácil quando você tem pessoas ao seu redor que a amam e entendem.

— Eu não quero pena de ninguém. Tenho muito a agradecer e não quero que ninguém sinta pena de mim.

— Há uma grande diferença entre apoio e pena, Nicole, e você sabe disso.

Mordo o lábio e assinto com relutância.

— Causei uma confusão.

— Pode consertá-la.

— Você acha? — pergunto esperançosamente. — Matt e eu não estávamos juntos há tanto tempo. Trazer à tona o assunto de filhos pode ter sido um suicídio para o nosso relacionamento.

Gail ri e dá um tapinha no meu ombro.

— Pode ter sido cedo, sim, mas não acho que os pensamentos de Matt estavam longe dos seus. Uma coisa que precisa entender sobre o meu Matthew é que honestidade é fundamental para ele. Talvez seja por ser policial, mas ele vai respeitar se você for até ele e for honesta. Então vocês dois poderão recomeçar.

— Por que decidiu vir me ver? — pergunto, curiosa.

— Porque Matt está rabugento e, depois de duas semanas, achei que você precisava de um cutucão.

Eu rio e assinto.

— Tenho algumas ideias em mente, mas vou falar com ele em breve.

— Bom. Agora, sobre aqueles cupcakes. . .

— Claro, deixe-me separar alguns para você.

— Obrigada, querida. Boa sorte.

Gail assente e caminha pelo quarteirão, com sua caixa de cupcakes.

Respiro fundo e tranco a porta, depois arrumo a loja, deixando minha mente vagar.

Ela está certa. Eu não preciso dar à luz para poder ter filhos. Por que nunca pensei nisso antes?

E então me lembro.

Porque toda a minha vida foi resumida a meus pais e médicos dizendo: você nunca terá filhos.

Mas, talvez, apenas talvez, algum dia eu possa.

Eu sorrio e me sobressalto quando meu celular vibra no bolso.

— Alô?

— Oi, linda.

— Ben! — Sorrio e subo as escadas para o meu apartamento, feliz em falar com meu velho amigo.

— Como você está?

— Estou bem. Vou ficar em Seattle esta semana. Jante comigo hoje à noite. — Sua voz é calorosa e familiar, e eu percebo que senti sua falta como louca.

— Eu adoraria. Que horas?

— Posso passar aí agora.

— Estarei pronta.

Ben foi meu namorado quando eu tinha vinte e poucos anos e ainda morava na casa dos meus pais. Eu estava acima do peso e não me cuidava, e o belo personal trainer me amou mesmo assim, além de me ajudar a ficar saudável.

Não porque ele não gostava de mim do jeito que eu era, mas porque queria que eu fosse saudável, e eu o amei por isso.

Ben foi meu primeiro amor.

E agora ele é um dos meus melhores amigos.

Arrumo meu cabelo, passo maquiagem e visto uma blusa rosa rendada com uma saia e sandálias brancas. Quando abro a porta, ele me tira do chão nos braços e faz um círculo na minha sala de estar.

— Você está maravilhoso! — exclamo e beijo sua bochecha enquanto ele me coloca de pé novamente.

— Você parece. . . com fome. — Ele ri. — E linda, como sempre.

— Eu estou com fome. Alimente-me, por favor.

— O prazer é meu. Mexicana?

— Hummm. . . sim. — Corremos pelos meus degraus e subimos o quarteirão até um dos nossos restaurantes mexicanos favoritos em Seattle. — Por que está na cidade?

— Uma entrevista de emprego.

— Vai se mudar para cá? — pergunto animadamente.

— Espero que sim. Nunca vou chegar mais longe na minha carreira estando em casa. Nós dois sabemos disso.

— Você deveria ter me avisado que viria. — Bato em seu braço de brincadeira enquanto a hostess nos leva a uma mesa no canto. Alguém nos serve batatas fritas, molho e água, e eu os devoro avidamente.

— Você não perdeu o apetite — ele observa secamente.

— Nunca — concordo e sorrio. — Sério, por que não avisou?

— Queria te surpreender. — Seus olhos castanhos parecem felizes quando sorri para mim. — Como você tem estado?

— Meh. — Dou de ombros, me sentindo muito melhor agora que tive uma conversa encorajadora com Gail e que estou jantando com meu amigo querido.

— Explique o *meh*.

— Ah, é uma história longa cheia de drama.

— O melhor tipo. — Ben pisca e coloca uma batata na boca.

Inclino a cabeça e o observo. Ele não é apenas bonito, embora, com seus músculos incríveis, olhos castanho-claros e mandíbula quadrada, ele seja, certamente, um gato. Ben é bonito por dentro e por fora.

— Você é uma boa pessoa, Benjamin.

— Não diga isso, Nic. Só leva a um "mas", e nós terminamos há muito tempo.

Eu jogo a cabeça para trás e rio com força, depois lanço uma batata nele.

— Não seja idiota. Eu estava te elogiando.

— Vejo que manteve seus treinos. Você está ótima. — Ele inclina a cabeça, me analisando. — Mas te conheço, você está com olheiras, então, desabafe.

Suspiro e apoio o queixo na mão.

— Eu sou uma idiota.

— Concordo.

— Você é um idiota.

— Normalmente, sim.

Eu rio novamente e balanço a cabeça.

— Pare com isso. Você não é, não. Mas é que tem um cara.

— E eu devo querer saber disso? — Ele faz uma careta no rosto bonito. — Quero dizer, sei que somos apenas bons amigos, mas não acho que seja legal saber com quem minha ex-namorada está dormindo. É estranho.

— Como sabe que estou dormindo com ele?

— Você está?

— Sim.

— Agora eu sei.

— Com ciúme? — pergunto com uma sobrancelha erguida.

Ele se remexe no assento e realmente hesita, me surpreendendo. Eu esperava uma resposta espirituosa, mas ele fala com honestidade:

— Não estou com ciúme do jeito como ficaria cinco anos atrás, mas sim preocupado, porque você significa muito para mim e não quero ter que matar esse cara se ele magoá-la.

— Fui eu quem o magoei, Ben. — Suspiro e deslizo os dedos pelos meus cabelos curtos.

— A propósito, gostei do seu novo corte de cabelo.

— Ah, obrigada. Estava na hora de mudar. — Levo outra batatinha à boca. — De qualquer forma, eu me apaixonei muito rápido por ele. É um cara legal. Policial. — Conto a Ben sobre Matt e sua família, como nos conhecemos, *tudo*. E é bom, porque não consegui contar a ninguém tudo sobre o meu relacionamento com Matt, e sei que Ben não me julgará.

— Então, além do sexo excêntrico, que soa muito divertido, mas me deixa muito desconfortável por ouvir isso de você — ele faz careta de novo —, ele parece um cara bom.

— Ele é.

— Então, qual é o problema?

— Eu terminei com ele.

— Por quê?

Mordo o lábio e encaro a cesta de batatas já pela metade.

— Nicole . . . — Ben baixa a cabeça para capturar meu olhar. — Por quê?

— Pensei que ele merecesse mais do que eu — sussurro. — Por causa dos meus problemas médicos.

A testa de Ben se franze em surpresa.

— Nic, fiquei solteiro por alguns anos e posso te dizer com segurança que existem poucas tão boas quanto você.

Meu queixo cai de surpresa.

— Se me propuser casamento agora, vou jogar essa margarita na sua cara.

Ele ri e balança a cabeça.

— Minha namorada pode ficar chateada com isso.

— Namorada! — exclamo. — Você não me contou sobre uma namorada! Ela está aqui ou em Wyoming?

— Em Wyoming, mas, se eu conseguir o emprego aqui, espero que ela se mude comigo.

— Quem é ela? Eu conheço?

— Você a conhecerá depois. — Ele gesticula e estende a mão sobre a mesa para pegar a minha. — Você o ama?

— Sim. Mas, para ser sincera, a família dele, embora seja ótima, é muito intimidadora. Metade é celebridade, Ben. Eles têm dinheiro e são todos lindos. . . eu *leio* sobre esse tipo de pessoa nas revistas.

— Eles são idiotas?

— Não. — Balanço a cabeça enfaticamente. — São muito legais. Quero dizer, são protetores um com o outro, e houve alguns olhares e perguntas desconfortáveis, mas eles foram ótimos em me fazer sentir bem-vinda.

— Que bom. Nem todas as famílias são como a sua.

— Minha família não é tão ruim — comento suavemente. — Eles simplesmente não prestam muita atenção um ao outro.

— Então, estar perto de uma família que *presta* atenção é uma coisa nova. — Ben ri e balança a cabeça. — Sempre me perguntei por que você não era uma daquelas garotas que ligavam ou mandavam mensagens o tempo todo. Por um tempo, pensei que você não estivesse interessada.

**246    Kristen Proby**

— Não, acho que não é da minha natureza estar sempre correndo atrás de alguém. — Sorrio e aperto sua mão. — Você sabe que eu estava interessada.

— Sim, e então decidiu estudar culinária e partiu meu coração.

— Sinto muito — murmuro. — Eu não queria ter te machucado.

— Nós superamos isso — Ben responde com um encolher de ombros.

— Então sabe que terá que se desculpar com o cara por ter agido como uma idiota.

— Sim. — Eu rio. — Provavelmente terei que me rastejar um pouco.

— Nah, não faça isso, querida. — Ele pisca e toma um gole de água.

— Então, o que vai fazer?

— Vou falar com ele. Provavelmente amanhã.

Ben assente e depois olha para alguém que se aproxima da mesa.

Eu olho para cima, esperando ver o garçom, mas meus olhos encontram um olhar azul muito bravo.

— Matt. — Puta merda. Eu puxo minha mão da de Ben, mas o olhar de Matt segue essa trajetória, não perdendo a cena.

Ele percebeu tudo, tenho certeza.

— Nicole — ele retorna friamente, mas com suavidade. — Gostaria de conversar com você em particular, por favor. — Ele olha para Ben, que sorri e oferece a mão direita para apertar.

— Oi, eu sou Ben.

Ele não esclarece exatamente *quem* é, o que me irrita e parece divertir Ben demais.

— Eu sou Matt. — Ele aperta a mão de Ben, com aquele tipo de educação que deve ter sido ensinada por Gail, tenho certeza, e me aprisiona com seu olhar duro. — Agora.

Amarrada Comigo 247

248    Kristen Proby

# Capítulo
## Dezenove

### Nic

Matt me conduz pelo restaurante e por um pequeno corredor até os banheiros. Abre a porta do masculino e, quando vê que não há ninguém lá dentro, me puxa consigo, trancando a porta.

— Matt. . .

— Duas semanas. — Ele me prende, imprensando minhas costas contra a porta e plantando as mãos em ambos os lados da minha cabeça. — Não nos falamos há duas semanas e agora você está com outro cara?

— Não é o que parece. . .

— Quer saber o que parece? — Matt baixa o rosto, deixando-o mais perto do meu. Seus olhos estão ferozes, mais bravos do que já os vi, e ele está ofegante. — É o amor da minha vida permitindo que outro homem segure sua mão durante o jantar e flerte com ela. Que porra é essa, Nic?

— Ele é apenas um amigo — insisto e olho para ele, mas meu estômago se retorce com a sensação de tê-lo tão perto de mim. — É só um bom amigo.

Ele rosna e planta sua boca na minha, não gentilmente, não com cuidado, mas com fome e luxúria, como se ele estivesse sem água há dias e eu fosse uma miragem no deserto. Segura meu rosto e saqueia minha boca, sua língua procurando a minha. Morde meu lábio inferior e depois volta a me beijar enquanto suas mãos deslizam pelas laterais do meu corpo até chegar aos meus quadris e coxas, onde ele agarra o tecido macio da saia, puxando-o antes de rasgar minha calcinha, jogando-a no chão por cima do ombro.

— Você é *minha*. Fiquei longe como prometi, mas acabou, Nic.

Sua voz suaviza, mas ainda é intensa. Sua mão desliza para dentro da minha coxa enquanto ele encosta a testa na minha, os olhos fechados. Sua mão sobe mais até que seus dedos rocem meus lábios e circulem meu clitóris sutilmente.

Amarrada Comigo    249

— Posso sentir o quanto está molhada, pequena, mas, aparentemente, preciso te lembrar a quem você pertence.

Matt me ergue contra a parede e pressiona seu pau coberto pelo jeans contra o meu núcleo, remexendo-se contra mim, fazendo-me ofegar e gemer. Porra, sim, eu sou dele! E, de repente, ele não entra em mim rápido o suficiente. Não ligo para o fato de estarmos no banheiro de um restaurante. Eu preciso dele. Agora.

Matt se inclina para trás, para desabotoar sua calça jeans, liberta seu pau e esfrega muito gentilmente a cabeça dura sobre meu clitóris e minhas dobras, até que desliza para dentro de mim, enterrando-se o mais fundo que consegue. Ele ergue minhas mãos sobre minha cabeça e as prende com uma das suas, segurando minha bunda com a outra, e passa a me foder forte e rápido, ofegando e rosnando. Morde meu pescoço, deixando uma marca, tenho certeza, depois me beija novamente, até que nós dois tenhamos que parar para respirar.

— Eu te disse antes, nunca vou compartilhar você, querida, e falei sério. — Ele solta minhas mãos para segurar meu rosto, roçando a maçã do meu rosto com o polegar.

Deus, ele está me consumindo. Posso sentir a frustração fluindo dele em ondas e, embora seus movimentos sejam urgentes, ele ainda é gentil, cuidadoso para não me machucar.

Ele nunca me machucaria.

Matt encosta a testa na minha e, em voz baixa, ordena:

— Goze.

E eu não posso evitar, apenas obedeço. Tê-lo me tocando, dentro de mim, é a minha ruína, e eu gozo com força, arqueando meus quadris e me apertando em torno dele.

— Não há nada mais sexy do que assistir você gozar — ele geme e explode dentro de mim.

Nós dois estamos ofegantes, e estou tremendo por causa do orgasmo. Antes de sair de dentro de mim ou mesmo de me colocar de volta no chão, ele agarra meu queixo e mantém meu olhar fixo no dele.

— Você tem cinco minutos para se livrar do imbecil e entrar no meu carro. Já vai passar a noite toda amarrada à minha cama, mas, se demorar mais um segundo, vai ficar com os olhos vendados também.

Olho para ele quando sai de dentro de mim, me coloca no chão e ajusta o relógio. Vira-se para a pia, molha uma toalha de papel e volta para mim, ajoelhando-se aos meus pés, limpando a parte interna das minhas coxas, onde seu sêmen ainda escorre. Ajeita minha saia, joga o papel fora, se levanta e me beija intensamente. Depois, pega minha mão e me leva para fora do banheiro, de volta à mesa.

Quando chegamos, Ben está sorrindo mais do nunca.

Matt se inclina e beija minha bochecha, depois sussurra no meu ouvido:

— O relógio está correndo. Vejo você lá fora. — E então ele se vai.

— Então, as coisas estão resolvidas? — Ben pergunta, observando Matt se afastar.

— Hum, acho que o rastejamento está prestes a chegar mais cedo do que eu esperava — respondo com vergonha. — Sinto muito, Ben, mas. . .

— Não, não se desculpe. Estarei aqui a semana toda. Vamos nos encontrar outro dia.

Inclino-me e beijo sua bochecha.

— Obrigada.

Pego minha bolsa e corro para fora do restaurante para encontrar Matt estacionado em frente à entrada, com o motor ligado e me esperando.

Sento no banco do passageiro e o observo com cautela.

— Estou aqui.

— É um bom começo — ele diz e se afasta do restaurante em direção ao seu apartamento.

— Para onde estamos indo?

— Para casa.

— Por quê?

O olhar que ele me envia é cheio de mágoa e raiva, o que me faz remexer no assento.

— Você e eu temos algumas coisas para resolver. Sendo que a primeira delas é que você não pode sair com ninguém além de mim.

— Nós terminamos, Matt. Eu posso sair com quem eu escolher.

Amarrada Comigo    251

— Porra nenhuma. — Sua voz é baixa e severa, e a calma habitual que Matt exala desapareceu.

— O quê?

— Você me ouviu.

Ele estaciona em sua vaga, então desce do carro e dá a volta, abrindo a porta, e espera que eu saia.

Estendo a mão para a dele. Ele a pega, leva aos lábios e beija meus dedos com ternura antes de me conduzir ao elevador. Fica quieto enquanto subimos até o andar, depois me conduz até a porta.

Uma vez lá dentro, sinto-me perdida. Não sei por onde começar.

Devo apenas pedir *desculpas*?

— Vamos começar com quem ele era — Matt fala e se senta na beira de uma cadeira da sala de estar. Ele gesticula para o sofá à sua frente, e eu me sento, lembrando da nossa última noite juntos.

— Ben — começo e pigarreio. — Ele é um bom amigo.

Matt ergue uma sobrancelha, esperando mais explicações.

— Ele é da minha cidade natal e foi meu namorado até eu me mudar para cá para estudar culinária.

Os olhos de Matt escurecem e suas mãos se fecham.

— Não há nada sexual acontecendo entre nós há anos e, francamente, pouco antes de sua interrupção, estávamos conversando sobre você. — Levanto uma sobrancelha e continuo falando: — Sobre como eu iria consertar essa confusão.

— Sair com outros homens não é a resposta — Matt murmura.

— Ele vai ficar na cidade por uma semana, me convidou para jantar e queria saber por que estou triste. — As últimas palavras saem em um sussurro enquanto olho para os meus pés.

— Por que você está triste, pequena?

Sinto as lágrimas se acumularem, então cubro o rosto com as mãos e respiro fundo.

— Porque sinto sua falta — murmuro. — Matt, eu te devo um enorme pedido de desculpas.

— Abaixe suas mãos e me olhe nos olhos.

Obedeço e fico chocada ao ver lágrimas em seus olhos também, quando nossos olhares se encontram.

— Sinto muito por não ser mais aberta com você, por presumir em vez de discutir. Porra, por ser uma idiota em geral.

— Você não é uma idiota, mas aceito o pedido de desculpas pelo resto. — Matt passa a mão na boca, me olhando. Deus, ele está lindo. Seu cabelo está bagunçado, e seus olhos parecem cansados, mas a camiseta que veste molda a parte superior do corpo, mostrando todas as linhas de cada músculo, e seus jeans são deliciosos.

Não consigo parar de olhar para ele, inundando-me com sua visão.

Ah, como senti sua falta.

— Eu não suporto isso. — Matt se levanta e me puxa para ficar de pé, então me ergue em seus braços, senta no sofá e me coloca em seu colo. — Assim é melhor.

Passo os braços ao redor do pescoço dele e me agarro, abraçando-o com força, sentindo seu cheiro.

— Fale comigo, querida.

Inclino-me para olhar em seu rosto, deslizando a ponta dos dedos pelas bochechas.

— Estou com medo.

— De quê?

Engulo em seco e deixo uma lágrima deslizar pela minha bochecha.

— Ah, querida, não chore. Isso me mata.

— Sinto muito — sussurro. — Tenho medo de que um dia você decida que não sou o que precisa.

— Por que eu iria decidir isso? — Ele franze a testa para mim, confuso.

— Sei que é cedo e que temos muito tempo pela frente, mas, quando vi você com suas irmãs grávidas e todas as crianças da sua família, ocorreu-me que, se continuarmos no caminho que estamos seguindo, terei que admitir para você, mais cedo ou mais tarde, que não posso lhe dar nada disso. Não quero que decida ficar comigo e que, daqui a alguns anos, se arrependa, porque quer começar uma família.

— Eu não vou mentir, querida. Vou querer uma família algum dia. Mas há outras maneiras de termos filhos. Não gostaria que colocasse seu corpo em perigo, por algo que ele não é capaz. Mais importante do que tudo isso somos você e eu. Isto aqui. — Ele balança o dedo indicador para a frente e para trás, apontando para nós dois. — Não funciona sem você. Então, quando chegarmos a um ponto onde estaremos prontos para adicionar mais pessoas a esta vida, vamos conversar para decidir como vai funcionar.

— Eu sei disso agora — admito timidamente.

— O que te fez mudar de ideia?

— Sua mãe foi me ver hoje.

— Oh, Deus — ele geme e depois ri. — O que ela disse?

— Ela me lembrou de que família é amor, e o resto são detalhes. É uma mulher inteligente.

— É, sim.

— Eu não quero te perder — sussurro. — Amo que me apoie e que tenha orgulho de mim. Você me incentiva a ser melhor e não tenta controlar todos os aspectos da minha vida. Mas também adoro quando é mandão e controlador na cama, e posso entregar essa parte de mim a você e confiar, pois sei que entende do que preciso e o que me faz sentir bem. É bom não precisar me preocupar em algum aspecto.

— Ah, querida. — Ele se inclina e beija minha testa com ternura. — Você finalmente entendeu.

— Sim — concordo e dou de ombros. Depois mordo meu lábio, com medo da próxima pergunta.

— O que foi?

— Podemos tentar de novo?

— Eu nunca desisti, em primeiro lugar — ele me lembra. — Estive te esperando. E então entrei naquele restaurante, para pegar o jantar, e vi você lá com outro homem. Pela primeira vez na vida, tive pensamentos assassinos.

— Matá-lo não teria resolvido nada.

— Quem disse que eu queria matá-*lo*? — ele pergunta com uma sobrancelha erguida.

— Me matar também não resolveria.

— Eu nunca quero me sentir assim de novo — ele sussurra e me abraça com mais força. — Normalmente não sou um homem ciumento, Nicole, mas, quando o vi segurando sua mão, quase enlouqueci.

— Entendo. Se fosse o contrário, eu cortaria a vadia em pedacinhos.

Ele ri e se levanta comigo nos braços, carregando-me para o quarto.

— Vai mesmo me amarrar na cama?

— Você vai fugir pela manhã?

— Não — respondo quando ele me coloca em pé. Pego sua camisa, ajudando-o a tirá-la sobre a cabeça. — Deus, você fica maravilhoso nesta camisa.

— Assim você massageia o meu ego, pequena. — Ele sorri. — Acho que vou amarrá-la mais tarde. Primeiro, quero suas mãos em mim.

— Graças a Deus — murmuro e desabotoo seu jeans, observando seu pau se libertar. — Deveríamos tomar um banho.

— Nós vamos.

— Deveríamos tomar um agora.

— Você se lembra de alguns minutos atrás, quando disse que gosta de me deixar lidar com essa parte das coisas? — Seus olhos estão brilhando, divertidos, enquanto ele me despe, puxando minha blusa por cima da cabeça e minha saia pelos meus quadris, deixando-me apenas de sutiã.

— Sim.

— Pare de tentar me superar, mulher teimosa, e divirta-se.

Eu rio enquanto ele me joga na cama e me cobre com seu corpo, descansando seus quadris contra a minha pélvis, aninhando seu pau nas minhas dobras.

Ele enterra os dedos no meu cabelo e passa o nariz no meu, depois me penetra e me beija profundamente, lambendo meus lábios e mordiscando os cantos da boca, descendo pela mandíbula até o pescoço.

— Porra, sua pele é tão macia.

Enlaço seus quadris com minhas pernas e deslizo minhas mãos pelas costas dele até a bunda.

— Matt — sussurro quando o meio das minhas pernas entra em combustão. O toque suave da cabeça do seu pau contra o meu clitóris não é suficiente.

— Sim, querida.

— Oh, Deus, por favor — rosno enquanto ele remexe seus quadris, deslizando seu pau através dos meus lábios molhados.

— Você está sempre tão pronta para mim, pequena. — Ele arqueia os quadris para trás e depois me penetra lentamente. — Deus, tão apertada.

Lágrimas se avolumam e caem na minha linha do cabelo.

Matt faz uma careta para mim, beija minha boca suavemente, acariciando meu cabelo e meu rosto.

— O que houve?

— Nunca pensei que estaríamos aqui novamente — sussurro. — Eu te amo muito.

Ele fecha os olhos e descansa a testa na minha enquanto se afunda em mim.

— Eu sei. Nunca quero te perder, Nic. Quando você me abraça, me sinto em casa. Estou permanentemente apaixonado por você. Nunca se esqueça disso.

*Dois meses depois*

## Matt

— Não acredito que me convenceu a te deixar dirigir meu carro. — Eu sorrio e balanço a cabeça, percebendo que ela está dirigindo a pelo menos dez quilômetros acima do limite de velocidade. — Devagar, Nicole.

— Adoro dirigir, e faz muito tempo que não faço isso.

— Vou comprar um carro para você — prometo e prendo a respiração enquanto Nic faz uma curva um pouco rápido demais. — E, pelo amor de Jesus, diminua a velocidade!

— Ah, não seja um desmancha-prazeres. — Ela revira os olhos e depois grita quando luzes vermelhas e azuis e um som de sirene surgem atrás de nós. — Ah, merda.

— Tentei te avisar — murmuro para ela.

— Está tudo bem, eu entendi.

Ergo a sobrancelha e depois assisto com diversão absoluta quando ela abre a janela e esfrega freneticamente o nariz.

— Sinto muito, oficial!

— Olá. Você percebeu que estava a quinze quilômetros por hora acima do limite de velocidade?

— Não! Não percebi. Sinto muito. Eu estava tendo um ataque de espirro.

Fico ali parado e cruzo os braços, observando com espanto minha pequena namorada tentar sair dessa situação.

— Um ataque de espirro? — pergunta o policial.

— Sim, sabe quando você de repente precisa espirrar e faz isso oito ou nove vezes seguidas?

— Ah, sim, já aconteceu comigo.

— Eu não consegui parar, e acho que devo ter acelerado sem querer.

Amarrada Comigo     257

— Ela funga novamente e, para minha surpresa, o policial dá de ombros e assente.

Dá de ombros e assente!

— Bem, deixe-me dar uma olhada na sua carteira de motorista de qualquer maneira, para que eu possa ter certeza de que tudo está em ordem, e então você pode seguir.

— Muito obrigada. — Ela entrega a carteira e depois sorri presunçosamente para mim quando o policial volta para o carro dele.

— Você está brincando comigo?

— O que foi? — ela pergunta inocentemente com os olhos arregalados e depois ri. Após alguns instantes, o policial volta.

— Bem, parece que é seu dia de sorte, srta. Dalton. Meu computador está desligado, então não vou poder emitir nem uma advertência.

— Oh!

— Um ataque de espirro, hein? — Ele balança a cabeça e ri, batendo no capô do carro. — Essa é nova. Cuide-se.

Com isso, ele volta para o carro e se afasta.

— Eu disse que ia resolver — diz ela com um sorriso. — Funciona muito melhor do que chorar.

— Você é parada com frequência? — Nossa, talvez eu deva puxar o registro dela para ver o que há nele.

— Não. — Ela balança a cabeça e depois ri. — Bem, talvez.

— Diminua a velocidade e não será parada.

Ela estaciona em frente ao parque, onde vamos fazer nosso piquenique, e deixa as chaves na palma da minha mão quando a estendo para ela.

— Foi divertido. — Ela sorri.

— Eu dirijo na volta — respondo e saio do carro, pegando a cesta de piquenique do porta-malas e levando-a até uma árvore fora do caminho de terra batida.

Ela abre a manta vermelha e azul no chão, tira os chinelos e se senta.

— Estou faminta.

— Você está bem? — pergunto. Eu ainda me preocupo com o diabetes, mas ela está sempre controlada.

— Ah, estou bem. Estou sempre com fome.

— Antes de começarmos — esfrego as mãos, que de repente ficaram suadas, na minha calça jeans —, eu tenho algo para você.

— Tem?

— Sim.

— Oh, meu Deus. — Seu rosto empalidece, me fazendo rir e balançar a cabeça.

— Não é isso. E vejo pela sua reação que você definitivamente ainda não está pronta.

— Ah. — Ela franze a testa por um segundo, quase decepcionada, me fazendo sorrir novamente. Talvez esteja pronta mais cedo do que eu pensava.

Mas não hoje.

— Vamos ao clube hoje à noite.

Ela sorri e assente, corando lindamente.

— Não vamos lá há um bom tempo — ela diz. — Vai ser divertido.

Eu assinto e tiro uma pequena caixa quadrada azul com um laço branco da cesta de piquenique e vejo seus olhos se arregalarem.

— Você tem bom gosto — ela sussurra.

— Eu escolhi você. — Dou de ombros e deslizo os dedos por meus cabelos, tentando decidir o que dizer. — Você notou no clube que algumas das submissas usam coleiras?

— Sim — ela responde e faz uma careta.

— Em alguns casos, essas coleiras significam tanto, senão mais, quanto um anel de noivado entre o Dom e sua submissa. Não é apenas um símbolo de propriedade, mas também de companhia. Eu não estou interessado em ver você usar uma coleira de verdade, mas. . .

Entrego a caixa para ela e vejo como puxa a tampa e suspira ao ver a corrente de platina lá dentro. Ela a tira da caixa e a segura, examinando o pingente simples de dois corações entrelaçados.

— Eu gostaria que usasse isso, como um símbolo de que é minha.

Quero que esteja amarrada a mim de todas as formas, assim como estou amarrado a você. — Pego a corrente da mão dela e a fecho em volta do seu pescoço, deslizando o dedo sobre os dois delicados corações. — Quero que todos saibam que você é minha, pequena.

— Eu sou sua, querido. — Ela olha para os corações e volta para os meus olhos, sorrindo alegremente. — Vou usar com orgulho. Obrigada.

Ela se lança em minha direção, me empurrando de costas no chão duro e me beijando profundamente.

— É linda.

— *Você* é linda — respondo e passo o polegar em seu lábio inferior.

— Estou com fome — ela me lembra e vira de costas, ainda admirando os corações.

Estou aliviado por ela ter gostado. Sento-me, tiro a comida da cesta e, quando olho de volta para ela, Nic está me encarando com tanto amor e confiança que rouba meu fôlego.

— Continue me olhando assim e vamos demorar para almoçar. Além disso, há crianças não muito longe daqui.

Ela sorri e se senta ao meu lado. Beija meu ombro e depois minha bochecha.

— Eu te amo.

— Eu te amo também.

Conheça a Série
# With me in Seattle

**Livro 1: Fica Comigo**

**Livro 1.5: Um Natal Comigo (somente em ebook - gratuito)**

**Livro 2: Luta Comigo**

**Livro 3: Joga Comigo**

**Livro 4: Canta Comigo**

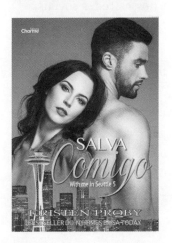

**Livro 5: Salva Comigo**

Entre em nosso site e viaje no nosso mundo literário.
Lá você vai encontrar todos os nossos
títulos, autores, lançamentos e novidades.
Acesse www.editoracharme.com.br

Você pode adquirir os nossos livros na loja virtual:
loja.editoracharme.com.br

Além do site, você pode nos encontrar em nossas redes sociais.

 https://www.facebook.com/editoracharme

 https://twitter.com/editoracharme

 http://instagram.com/editoracharme